Richelle Mead vit à Seattle, aux États-Unis. Passionnée de littérature, elle a toujours été attirée par la mythologie et le folklore. Quand elle parvient à lâcher ses livres (ceux qu'elle lit autant que ceux qu'elle écrit), elle aime regarder de mauvais films, voyager, tester de nouvelles recettes et s'acheter des robes (trop).
Vampire Academy est sa première série de romans pour jeunes adultes. Sa deuxième série, *Bloodlines*, se déroule dans le même univers et est également disponible chez Castelmore.

Sœurs de sang

Du même auteur, chez Castelmore :

Vampire Academy :
1. *Sœurs de sang*
2. *Morsure de glace*
3. *Baiser de l'ombre*
4. *Promesse de sang*
5. *Lien de l'esprit*
6. *Sacrifice ultime*

Bloodlines :
1. *Bloodlines*

Richelle Mead

SŒURS DE SANG

VAMPIRE ACADEMY – TOME 1

Traduit de l'anglais (États-Unis)
par Karen Degrave

CASTELMORE

Titre original : *Vampire Academy*

Loi n°49-956 du 16 juillet 1949 sur les publications destinées à la jeunesse

Dépôt légal : février 2014

1re édition : octobre 2010
2e édition : mai 2013
3e édition : février 2014

ISBN : 978-2-36231-107-9

CASTELMORE
60-62, rue d'Hauteville – 75010 Paris
E-mail : info@castelmore.fr
Site Internet : www.castelmore.fr

Chapitre premier

Je sentis sa peur avant d'entendre ses cris.

Son cauchemar résonna dans ma tête et me tira de mon propre rêve, où il était question d'une plage et d'un garçon sexy qui m'étalait de la crème solaire sur le corps. Des images, les siennes et non les miennes, se bousculèrent dans mon esprit : du feu et du sang, une odeur de fumée, le métal broyé d'une voiture accidentée. La scène me submergea à m'en faire suffoquer jusqu'à ce que la part rationnelle de mon cerveau se souvienne que ce rêve n'était pas le mien.

Je me réveillai en sursaut, mes longs cheveux bruns collés sur le visage.

Lissa se débattait dans son lit en hurlant. Je bondis aussitôt hors du mien et franchis en un instant la distance qui nous séparait.

— Liss ! criai-je en la secouant. Réveille-toi, Liss !

Ses cris se transformèrent en faibles gémissements.

— André…, murmura-t-elle. Mon Dieu !

— C'est fini, Liss, la rassurai-je en la redressant. Tu n'es plus là-bas. Réveille-toi…

Elle ouvrit les yeux au bout de quelques instants. Malgré la faible luminosité, je vis poindre dans son regard une lueur de conscience. Elle posa sa tête sur mon épaule et je lui caressai doucement les cheveux tandis que sa respiration se calmait peu à peu.

— Tout va bien, Liss.

— J'ai encore fait ce cauchemar…

— Je sais.

Lorsque je sentis qu'elle s'apaisait un peu, après plusieurs minutes de silence, je me penchai sur la table de nuit pour allumer la lampe. Celle-ci n'éclairait pas grand-chose, mais aucune de nous deux n'avait besoin de beaucoup de lumière pour y voir. Attiré par l'agitation, le chat d'un de nos colocataires, Oscar, bondit sur le rebord de la fenêtre ouverte.

Après avoir craché sauvagement à mon intention, car, pour une raison qui m'échappe, les animaux détestent les dhampirs, il alla se frotter contre Lissa en ronronnant. Les animaux n'ont en revanche rien contre les Moroï, et ils adorent particulièrement Lissa. Celle-ci lui gratta le menton en souriant, ce qui l'aida à s'apaiser davantage.

— À quand remonte la dernière fois que nous t'avons nourrie ? m'inquiétai-je en scrutant son visage. (Sa peau était encore plus pâle que d'habitude. Ses yeux, cerclés de noir, et toute sa personne dégageaient une impression de grande fragilité. La semaine de cours avait été si agitée que je ne me souvenais même plus quand je lui avais donné mon sang, la dernière fois.) Ça fait… plus de deux jours, n'est-ce pas ? Trois ? Pourquoi ne m'as-tu rien dit ?

Elle haussa les épaules en évitant mon regard.

— Tu étais occupée. Je n'ai pas voulu…

— Tu aurais dû, l'interrompis-je en adoptant une position plus confortable. (Il n'y avait rien d'étonnant à ce qu'elle ait l'air si faible… Oscar, qui dut trouver que je m'approchais trop près de lui, retourna se poster sur le rebord de la fenêtre, d'où il pouvait nous surveiller à distance.) Allons-y !

— Rose…

— Vas-y ! Tu te sentiras mieux après.

Je penchai la tête et écartai mes cheveux pour dégager mon cou. Je la sentis hésiter un instant, mais l'attrait de ce que j'avais à lui offrir était trop puissant. Une expression vorace passa sur son visage tandis que ses lèvres s'entrouvraient pour découvrir les canines qu'elle dissimulait aux humains au milieu de qui nous vivions. Ces canines formaient un contraste bizarre avec son joli visage et ses cheveux blonds, qui lui donnaient plutôt l'air d'un ange que celui d'un vampire.

Lorsqu'elle se pencha sur ma peau, mon cœur s'emballa sous le coup d'un mélange de crainte et de désir. Même si je détestais toujours cette impression, je ne pouvais m'empêcher de la ressentir chaque fois. C'était une faiblesse dont je n'arrivais pas à me débarrasser.

Je laissai échapper un cri de douleur à l'instant de la morsure, mais cette sensation fut vite remplacée par une joie délectable qui se répandit dans tout mon corps. C'était bien plus agréable que toutes les fois où je m'étais retrouvée saoule ou défoncée, meilleur que le sexe, du moins tel que je l'imagine, puisque je n'ai jamais essayé. C'était comme si on m'enveloppait dans une couverture de pur plaisir en me promettant que plus rien n'irait jamais mal. Le délice se poursuivit tandis que les endorphines de sa salive me jetaient dans l'oubli du monde extérieur et de moi-même.

Puis, à mon grand regret, ce fut fini. En réalité, cela avait duré moins de une minute.

Lissa s'écarta pour m'observer tout en s'essuyant les lèvres.

— Est-ce que ça va ?

— Je… Oui, répondis-je en m'allongeant, étourdie par la perte de sang. Tout va bien. J'ai seulement besoin de dormir pour récupérer…

Ses yeux vert pâle, de la couleur du jade, me regardaient avec inquiétude.

— Je vais te chercher quelque chose à manger, décida-t-elle en se levant.

Je voulus protester mais elle quitta la pièce avant que je parvienne à formuler une phrase cohérente. L'étourdissement causé par sa morsure avait cessé dès qu'elle m'avait lâchée, mais l'effet de sa salive persistait dans mes veines, au point que je n'essayai même pas de lutter contre mon sourire idiot. En tournant la tête, je vis Oscar qui n'avait pas quitté le rebord de la fenêtre.

— Tu ne sais pas ce que tu rates ! lui annonçai-je.

Mais son attention était tendue vers l'extérieur. Indifférent à mon commentaire, il se ramassa soudain sur lui-même, tous les poils hérissés. Sa queue était agitée de mouvements saccadés.

Mon sourire s'évanouit aussitôt, tandis que je me redressai péniblement. La chambre se mit à tournoyer, et j'attendis que cette impression cesse avant d'essayer de me lever. Lorsque j'y parvins enfin, le vertige me reprit mais, cette fois, il refusa de passer. Néanmoins, je trouvai la force de tituber jusqu'à la fenêtre pour découvrir ce qui contrariait tant Oscar. Mon approche le fit sursauter, mais son regard inquiet se reporta vite sur l'extérieur.

Lorsque je me penchai à la fenêtre, une brise tiède, étonnamment tiède pour un automne à Portland, souleva mes cheveux. La rue était sombre et relativement calme. Il était 3 heures du matin, la seule heure où un campus s'apaise vaguement. La maison dans laquelle nous logions depuis huit mois était située dans une rue résidentielle où s'alignaient des habitations aux façades dépareillées. L'ampoule moribonde du lampadaire le plus proche clignotait, mais me permettait encore de deviner les silhouettes des bâtiments et des voitures. Dans le jardin de notre propre résidence, je distinguais assez bien les arbres et les buissons.

Et un homme qui me regardait.

Je sursautai. Il était appuyé contre le tronc d'un arbre, à une trentaine de pas, à un endroit qui lui permettait de voir presque toute la chambre. Il était assez près pour que je puisse l'atteindre en lui jetant quelque chose, et donc bien assez près pour avoir vu ce que Lissa et moi venions de faire.

Cet homme était si bien dissimulé dans l'ombre que je ne discernai que sa taille, malgré ma vue hypersensible. Il était grand. Très grand. Il resta encore quelques instants immobile, presque invisible, puis recula pour disparaître dans les ténèbres du fond du jardin. Je fus presque certaine de voir une autre silhouette le rejoindre avant que les ténèbres les engloutissent tous les deux.

Qui que soient ces individus, ils déplaisaient à Oscar. Mon cas mis à part, c'était un animal plutôt sociable qui ne se montrait agressif que lorsqu'il se sentait menacé. Puisque cet homme ne lui avait rien fait, il avait dû percevoir quelque chose en lui qui l'avait inquiété.

Quelque chose de semblable à ce qu'il avait toujours senti en moi.

La terreur qui m'envahit fit presque entièrement disparaître les effets délectables de la salive de Lissa. Je m'écartai de la fenêtre, me glissai dans un jean qui gisait par terre, en manquant de tomber dans ma hâte, et enfilai la première paire de chaussures que j'aperçus. Après avoir attrapé nos deux portefeuilles et le manteau de Lissa, je courus vers la porte.

Au rez-de-chaussée, je la retrouvai dans la petite cuisine de la maison, occupée à fouiller dans le frigo. L'un de nos colocataires, Jérémy, se tenait tristement le front devant un livre de maths posé sur la table. Lissa me jeta un regard surpris.

— Tu n'aurais pas dû te lever…

— Nous devons partir. Tout de suite.

Elle écarquilla les yeux et mit quelques instants à comprendre.

— Vraiment ? Tu es sûre ?

J'acquiesçai sans pouvoir lui expliquer pourquoi j'en étais si certaine. L'instinct.

— Qu'est-ce qui se passe ? nous demanda Jérémy en levant la tête.

Une idée germa aussitôt dans mon esprit.

— Récupère les clés de sa voiture, Liss.

Le regard interloqué de Jérémy passa de l'une à l'autre.

— Mais qu'est-ce que… ?

Lissa avança vers lui d'un pas hésitant. Sa peur déferla en moi, par l'intermédiaire de notre lien psychique, mais je sentis aussi autre chose : sa certitude absolue que j'allais finir par tout arranger. Comme chaque fois, j'espérai me montrer digne d'une telle confiance.

Elle regarda Jérémy dans les yeux en lui décochant un sourire irrésistible. Je le sentis lutter pendant quelques instants, puis s'abandonner à elle, en pleine adoration.

— Nous avons besoin d'emprunter ta voiture, lui annonça-t-elle d'une voix douce. Où sont tes clés ?

Le sourire qu'il lui adressa me fit frissonner. Même si j'étais particulièrement résistante à la suggestion, j'en ressentais toujours les effets lorsqu'elle était dirigée vers une tierce personne ; sans compter le fait qu'on m'avait répété toute ma vie que c'était mal. Jérémy fouilla dans sa poche pour en extraire un gros anneau rouge auquel pendaient plusieurs clés.

— Merci, lui dit Lissa. Où l'as-tu garée ?

— En bas de la rue, répondit-il d'une voix pâteuse. Presque tout au bout… Devant chez Brown.

À environ cinq cents mètres, estimai-je.

— Merci, répéta-t-elle en s'écartant. Dès que nous serons parties, tu vas te remettre au travail et tu oublieras que tu nous as vues ce soir.

Il acquiesça docilement en me donnant l'impression qu'il se serait jeté d'une falaise si elle le lui avait demandé. Tous les humains étaient sensibles à la suggestion, mais Jérémy était plus réceptif que la moyenne ; ce qui s'avérait bien utile à cet instant précis.

— Viens ! la pressai-je. Nous devons y aller.

Une fois dehors, je l'entraînai dans la direction qu'il avait indiquée. Un reste d'étourdissement m'empêchait d'avancer aussi vite que je l'aurais voulu et Lissa dut même m'empêcher de tomber à une ou deux reprises. Pendant tout le trajet, je fis de mon mieux pour ne pas me laisser submerger par son angoisse, car j'avais déjà bien assez de mal à contenir mes propres craintes.

— Rose... qu'allons-nous faire s'ils nous attrapent ? chuchota-t-elle.

— Je ne les laisserai pas faire, répondis-je avec conviction.

— Mais s'ils nous ont retrouvées...

— Ils nous ont déjà retrouvées, sans nous attraper pour autant. Nous allons seulement nous rendre à la gare et prendre un train pour Los Angeles. Nous aurons vite fait de les semer.

Formulé de cette manière, cela semblait si simple... Il n'y avait pourtant rien de simple à fuir les gens qui vous avaient élevée. Cependant, nous y parvenions depuis deux ans, en tentant de poursuivre nos études malgré nos fréquents déménagements. Nous étions au début de l'année scolaire et ce campus nous avait paru sûr. Cela ressemblait beaucoup à la liberté...

Lissa n'ajouta rien et je sentis une nouvelle vague de confiance déferler en moi. Les choses s'étaient toujours passées de cette manière entre nous. J'étais celle qui agissait, avec parfois un peu trop de témérité. Elle était bien plus raisonnable et réfléchissait longuement, parfois trop, avant d'agir. Les deux styles avaient leurs avantages, mais c'était la témérité qui avait ma préférence dans ces circonstances. Nous n'avions pas le temps de réfléchir.

Lissa et moi étions amies depuis la maternelle et l'époque où on nous avait enseigné l'alphabet. Forcer des petites filles de cinq ans à épeler « Vasilisa Dragomir » et « Rosemarie Hathaway » était une torture cruelle et nous avions, ou plutôt, j'avais, réagi en conséquence : j'avais jeté mon livre à la figure de notre instituteur en le traitant de « salaud fasciste ». Même si j'ignorais ce que ces mots voulaient dire, je savais déjà atteindre une cible en mouvement.

Depuis, nous étions inséparables.

— Tu as entendu ? me demanda-t-elle soudain.

Il me fallut quelques secondes pour discerner ce que ses sens, bien plus aiguisés que les miens, avaient déjà perçu : des pas, très rapides. Ils m'arrachèrent une grimace. Nous étions encore à deux cents mètres du but.

— Nous devons courir ! m'écriai-je en lui attrapant le bras.

— Mais tu ne peux pas…

— Cours !

Je dus mobiliser toute ma volonté pour ne pas m'évanouir sur le trottoir. Mon corps n'avait aucune envie de courir après avoir perdu du sang, sans compter qu'il subissait encore l'effet de la salive de Lissa. Néanmoins, j'ordonnai à mes muscles de m'obéir et de suivre l'allure de mon amie. En temps normal, je l'aurais battue à la course sans le moindre effort, et ce d'autant plus qu'elle était pieds nus, sauf que, ce soir-là, elle était le seul élément à peu près stable de mon univers.

Les pas se rapprochaient. Malgré les points noirs qui dansaient devant mes yeux, j'aperçus enfin la Honda verte de Jérémy. Si seulement on parvenait…

À dix pas de la voiture, un homme se planta devant nous et nous força à nous arrêter net. C'était lui : l'homme qui nous avait espionnées depuis le jardin. Il était plus âgé que nous, sans doute dans les vingt-cinq ans, et mesurait plus de deux mètres. En d'autres circonstances, mettons, s'il n'était pas en train de ruiner tous mes espoirs de fuite, je l'aurais trouvé absolument craquant. Il avait un regard sombre, des cheveux bruns, attachés en queue-de-cheval, qui devaient lui arriver aux épaules et portait un long manteau marron.

Mais il y avait plus urgent à faire que détailler ses charmes. En cet instant, il n'était qu'un obstacle qui se dressait entre la voiture et nous. Des mouvements m'indiquèrent que d'autres approchaient pour nous encercler. Ils avaient envoyé une bonne dizaine de gardiens à nos trousses… C'était fou: même la reine n'en avait pas autant dans sa garde personnelle.

Comme la panique m'empêchait de réfléchir correctement, je me reposai sur mon instinct et poussai Lissa derrière moi pour la protéger de l'homme qui paraissait être le chef.

— Ne l'approche pas, grognai-je. Ne la touche pas…

Son expression resta impassible, mais il écarta les bras en un geste qui se voulait rassurant, comme si j'étais un animal féroce qu'il avait l'intention d'apprivoiser.

— Je ne vais pas…

Il fit un pas. Le pas de trop.

Je me jetai sur lui en mettant en application une manœuvre offensive que je n'avais pas pratiquée depuis notre fuite, deux ans plus tôt. Ce fut une réaction stupide et désespérée, dictée par la peur et l'instinct. Cet homme était un gardien confirmé et non une novice qui avait interrompu sa formation, et qui était sur le point de tourner de l'œil.

Et il était rapide. J'avais oublié à quel point les gardiens bougeaient vite, un peu comme des cobras. Il m'assomma aussi facilement qu'il aurait chassé une mouche. J'étais presque certaine qu'il n'avait pas eu l'intention de frapper si fort, mais mon manque de coordination m'empêcha de répondre de manière adaptée. Déséquilibrée, je m'apprêtais à heurter le trottoir avec un angle qui n'allait pas manquer de faire mal.

Sauf que ma chute s'interrompit miraculeusement.

L'homme me rattrapa par le bras aussi rapidement qu'il m'avait frappée. Lorsque je recouvrai l'équilibre, je me rendis compte qu'il me regardait, ou, plus précisément, qu'il regardait mon cou. L'esprit encore confus, je ne compris pas immédiatement pourquoi. Puis, lentement, je portai ma main libre à la marque que la morsure de Lissa y avait imprimée. Lorsque je retirai mes doigts, je vis qu'ils étaient couverts de sang. Terriblement embarrassée, je secouai la tête pour que mes cheveux dissimulent entièrement mon cou. Ils étaient épais, et c'était précisément pour cela que je les avais laissé pousser.

Le regard de l'homme s'attarda encore un moment sur la morsure désormais invisible avant de croiser le mien. Avec un air de défi, je m'arrachai rapidement à sa poigne. Il me laissa faire, alors que nous savions tous les deux qu'il aurait pu m'immobiliser toute la nuit s'il l'avait voulu. Je reculai vers Lissa en tâchant de combattre mon vertige et me préparai à attaquer de nouveau lorsqu'elle me prit la main.

— Rose, murmura-t-elle. Arrête.

Ses mots n'eurent d'abord aucun effet sur moi, mais des pensées apaisantes se frayèrent un chemin dans mon esprit par l'intermédiaire de notre lien. Ce n'était pas vraiment de la suggestion, car Lissa ne se serait jamais permis de s'en servir sur moi, mais ce fut efficace, autant que le nombre des gardiens qui nous encerclaient. Toute résistance était vaine. J'étais moi-même forcée de le reconnaître. Mes épaules retombèrent sous le poids de la défaite.

Ma résignation incita l'homme à avancer d'un pas pour s'adresser à Lissa. Le visage serein, il s'inclina avec une élégance surprenante pour sa taille.

— Je m'appelle Dimitri Belikov, déclara-t-il avec un léger accent russe. J'ai pour mission de vous ramener à l'académie de Saint-Vladimir, princesse.

Chapitre 2

Malgré ma rage, je dus admettre que Dimitri Belimachin-chose était intelligent. Il nous conduisit à l'aéroport, nous fit embarquer dans le jet privé de l'académie et exigea aussitôt qu'on nous sépare.

— Ne les laissez pas se parler, ordonna-t-il aux gardiens qui nous conduisaient à nos sièges. Il leur suffirait de cinq minutes pour mettre au point un plan d'évasion.

Même si nous avions bel et bien commencé à conspirer, je lui décochai un regard hautain avant de me laisser entraîner.

À ce moment de l'intrigue, la situation de vos héros, ou plutôt de vos héroïnes, en l'occurrence, n'était guère brillante. Après le décollage, nos chances de leur échapper diminuèrent considérablement. Même si un miracle m'avait permis de neutraliser les dix gardiens, nous aurions encore dû trouver un moyen de sortir de cet avion. Je me doutais bien qu'il devait y avoir des parachutes quelque part, mais, en admettant même que je sois capable d'en actionner un, nous serions tombées au beau milieu des Rocheuses, avec des chances de survie assez minces.

Non, nous n'allions pas quitter cet avion avant qu'il ait atterri dans les forêts du Montana. C'était de là-bas que nous allions devoir nous enfuir, c'est-à-dire d'un endroit protégé par la magie et dix fois plus de gardiens. Un jeu d'enfant...

Lissa avait été installée à l'avant de l'appareil, près du Russe. Malgré la distance entre nos deux sièges, sa peur martelait l'intérieur de mon crâne, au point que l'inquiétude ne tarda pas à prendre le dessus sur ma colère. Ils ne pouvaient pas la ramener là-bas... Dimitri aurait-il hésité à remplir sa mission s'il avait ressenti ce que je ressentais et bien compris la situation ? Sûrement pas... Ce n'était pas son problème.

Les émotions de Lissa devinrent si puissantes que j'eus bientôt l'impression déstabilisante d'être assise à sa place, voire dans sa peau. Cela arrivait parfois, en général sans que je m'y attende. Je me retrouvai donc assise à côté de la masse impressionnante de Dimitri, une bouteille d'eau dans la main – dans sa main. Lorsqu'il se pencha pour ramasser quelque chose, j'aperçus six symboles tatoués sur sa nuque : ses molnija. Ils ressemblaient à des éclairs entrecroisés et tenaient le compte des Strigoï qu'il avait éliminés. Une ligne sinueuse s'étirait au-dessus de ceux-ci : la marque de la Promesse, qu'il avait reçue le jour où il était devenu gardien.

Je clignai des yeux, puis regagnai péniblement ma propre peau. Je détestais que cela se produise. Le fait de ressentir les émotions de Lissa avait ses avantages, mais ces moments de fusion nous contrariaient l'une et l'autre. Comme elle les considérait comme des violations de son intimité, j'avais pris l'habitude de les lui cacher. Ni elle ni moi ne pouvions contrôler ce phénomène : c'était l'un des effets secondaires d'un lien que nous comprenions mal. Certaines légendes évoquaient bien l'existence d'un lien psychique entre des Moroï et leurs gardiens, mais aucune des histoires que j'avais entendues ne ressemblait à ce qui nous arrivait. Nous étions donc obligées de nous débrouiller avec au jour le jour...

Vers la fin du vol, Dimitri vint prendre la place du gardien qui me surveillait. Je tournai ostensiblement la tête vers le hublot.

— Avais-tu vraiment l'intention de nous attaquer tous ? me demanda-t-il après un long silence.

Je ne me donnai pas la peine de répondre.

— C'était très... courageux. (Il hésita.) Stupide, mais tout de même courageux. Pourquoi as-tu seulement essayé ?

Je me tournai vers lui, et repoussai une mèche de cheveux pour le regarder droit dans les yeux.

— Parce que je suis sa gardienne, répondis-je, avant de revenir au hublot.

De longues minutes de silence s'écoulèrent avant qu'il se résigne à regagner son siège.

Dès que nous eûmes atterri, le commando nous conduisit directement à l'académie. Notre voiture s'arrêta quelques instants à la grille afin que d'autres gardiens s'assurent que nous n'étions pas des Strigoï venus commettre un massacre. Après quelques échanges de politesse, ils nous laissèrent au campus, que les ombres du crépuscule commençaient à envahir. C'était le début de la journée pour les vampires.

L'académie était exactement comme dans mon souvenir : gothique et immense. Les Moroï étaient des enragés de la tradition ; avec eux, on pouvait être certain que rien ne changerait jamais. Cette institution n'était pas aussi ancienne que les académies européennes, mais elle avait été construite dans le même style. Les bâtiments à l'architecture compliquée, ornés de statues et de gargouilles, rappelaient les édifices religieux. De petits jardins et des passages mystérieux se dissimulaient çà et là derrière des grilles en fer forgé. Après avoir vécu sur d'autres campus, je pouvais apprécier à sa juste valeur la majesté de celui-ci.

Le site était divisé en deux secteurs : l'un réservé au collège, l'autre au lycée. Chacun était constitué de bâtiments, encadrant une vaste cour de verdure rectangulaire plantée d'arbres centenaires, et sillonnée de chemins pavés. On nous conduisit directement dans la section du lycée. Les salles de cours s'élevaient d'un côté, tandis que le dortoir des dhampirs et le gymnase occupaient le côté opposé. Le dortoir des Moroï se dressait à l'une des extrémités de l'immense rectangle, tandis que les bâtiments administratifs, communs aux deux sections, lui faisaient face. Les élèves du collège dormaient de l'autre côté de l'académie.

Tout autour, l'espace s'étirait à l'infini. Après tout, nous étions dans le Montana, à des kilomètres de toute civilisation. L'air froid était chargé d'une odeur de sapin et de feuilles mortes. La forêt encerclait l'académie et l'on pouvait voir les montagnes à l'horizon si l'on était réveillé pendant la journée.

Lorsque les bâtiments administratifs furent en vue, j'échappai à mon gardien pour rattraper Dimitri.

— Hé ! camarade !

— Tu as envie de parler, maintenant ? riposta-t-il sans me regarder.

— Est-ce que tu nous emmènes chez Kirova ?

— Chez Mme le proviseur, me corrigea-t-il.

Lissa, qui marchait près de lui, me décocha un regard qui signifiait : « Ne commence pas ! »

— Mme le proviseur, si tu veux… Ça ne l'empêche pas d'être une vieille peau mal…

Mon flot d'insultes se tarit dès que les gardiens nous introduisirent dans le réfectoire. Je soupirai. Ces gens étaient-ils vraiment si cruels ? Il devait bien y avoir une dizaine de manières d'accéder au bureau de Kirova. Pourquoi nous faisaient-ils passer par là ?

Et c'était l'heure du petit déjeuner.

Les apprentis gardiens, des dhampirs, tout comme moi, et les Moroï se mêlaient pour manger et discuter des derniers ragots qui agitaient l'académie. Notre apparition interrompit instantanément toutes les conversations, comme si quelqu'un avait appuyé sur un interrupteur. Des centaines de regards se tournèrent vers nous.

Je décochai un sourire en coin à mes anciens camarades de classe en essayant de mesurer à quel point les choses avaient changé. Non. Tout semblait parfaitement à sa place. Camille Conta, cheftaine autoproclamée de la clique des Moroï de sang royal, ressemblait toujours à la peste parfaitement coiffée et maquillée de mon souvenir. Natalie, la cousine empotée de Lissa, nous regarda passer avec des yeux écarquillés. Apparemment, elle n'avait rien perdu de sa naïveté.

De l'autre côté de la salle... Voilà qui était intéressant. Aaron. Le pauvre Aaron, à qui le départ de Lissa avait dû briser le cœur. Il était toujours aussi mignon, peut-être même davantage, avec ses boucles blondes si bien assorties à celles de Lissa. Il épiait ses moindres gestes. Non : il ne l'avait pas oubliée. C'était triste, d'ailleurs, puisque Lissa n'avait jamais été aussi éprise de lui que lui d'elle. À l'époque, j'avais surtout eu l'impression qu'elle était sortie avec lui parce qu'il semblait le candidat le plus logique.

Il y avait plus intéressant encore : Aaron semblait avoir trouvé un moyen de tuer le temps en son absence. Il tenait la main d'une Moroï qui paraissait avoir onze ans mais devait en avoir plus, à moins qu'il soit devenu pédophile durant notre absence. Ses joues bien rondes et ses anglaises lui donnaient l'air d'une poupée de porcelaine. Elle suivit Lissa des yeux avec tant de haine dans le regard que j'en restai bouche bée. Mais que lui voulait-elle ? J'étais presque certaine de ne l'avoir jamais vue. Elle devait être jalouse de l'ex-petite amie... J'avoue que je n'aimerais pas non plus que mon copain regarde une fille avec ces yeux-là.

J'éprouvai un certain soulagement lorsque notre calvaire prit fin, même si notre destination, le bureau de Mme le proviseur Kirova, n'offrait pas une perspective très réjouissante. La vieille bique n'avait pas changé non plus : son nez busqué et ses cheveux gris étaient exactement tels que dans mon souvenir. Elle était grande et mince, comme la plupart des Moroï, et m'avait toujours fait penser à un vautour. Le temps que j'avais passé dans son bureau m'avait permis de bien la connaître.

L'essentiel de notre escorte nous quitta dès que nous fûmes assises, atténuant mon impression d'être prisonnière. Seuls Dimitri et Alberta, la responsable des gardiens de l'académie, restèrent avec nous. Ils se postèrent de part et d'autre de la porte, dos au mur, dans les attitudes stoïques et terrifiantes que requérait leur fonction.

Kirova nous considéra tour à tour d'un œil furieux, ouvrit la bouche pour se lancer dans ce qui n'allait pas manquer d'être l'un de ses meilleurs savons, quand elle fut interrompue par une voix douce.

— Vasilisa.

Je pris conscience en sursautant que quelqu'un d'autre se trouvait dans la pièce. Comment sa présence avait-elle pu m'échapper ? C'était une erreur grave pour un gardien, même débutant. Victor Dashkov quitta péniblement le fauteuil qu'il occupait dans un coin. Lissa courut aussitôt enlacer sa frêle silhouette.

— Mon oncle, chuchota-t-elle, au bord des larmes.

Victor lui tapota l'épaule avec un faible sourire.

— Tu ne peux pas savoir à quel point je suis content de te retrouver saine et sauve, Vasilisa, l'accueillit-il avant de se tourner vers moi. Et toi aussi, Rose.

Je lui répondis par un hochement de tête en essayant de dissimuler mon choc. Bien sûr, il était déjà malade avant notre départ, mais là… il était méconnaissable. Victor, le père de Natalie, devait avoir environ quarante ans et paraissait deux fois plus âgé. La vue de son visage blême, émacié, et de ses mains tremblantes me brisa le cœur. Alors que les mauvaises gens pullulaient dans le monde, je trouvais très injuste qu'il soit frappé, lui, plutôt qu'un autre, par cette maladie qui allait le tuer jeune et l'empêcher de devenir roi.

Même s'il n'était pas vraiment l'oncle de Lissa – les Moroï, surtout ceux de sang royal, employaient les termes de parenté dans un sens très large –, Victor était un ami proche de ses parents et avait fait tout son possible pour l'aider après leur mort. Je l'aimais bien… C'était la première personne que j'avais plaisir à revoir.

Kirova leur laissa encore quelques instants avant de demander sèchement à Lissa de regagner sa chaise.

C'était l'heure du savon.

Ce fut l'un des meilleurs de Kirova, ce qui n'est pas peu dire. Elle était passée maîtresse dans cet art. Puisque aucun indice ne laissait supposer qu'elle aimait les enfants, ce devait être ce talent qui l'avait incitée à faire carrière dans l'administration scolaire. Elle développa les sujets habituels : la responsabilité, l'inconscience dont nous avions fait preuve, l'égocentrisme de nos motivations… Je cessai vite de l'écouter pour estimer nos chances de nous enfuir par la fenêtre de son bureau.

Néanmoins, je fus bien forcée de lui rendre mon attention lorsque sa tirade se concentra sur moi.

— Quant à vous, mademoiselle Hathaway, vous avez trahi l'engagement le plus sacré de tout gardien : celui de protéger un Moroï. C'est une grande responsabilité et un grand honneur, que vous avez bafoués en emmenant la princesse hors de ces murs pour des raisons égoïstes. Les Strigoï ne demandent pas mieux que d'en finir avec la lignée des Dragomir et vous avez failli le leur permettre.

Lissa ne me laissa pas le temps de lui répondre.

— Rose ne m'a pas enlevée, précisa-t-elle d'une voix calme, malgré la confusion de ses sentiments. C'est moi qui ai voulu partir. Il ne serait pas juste de reporter la faute sur elle.

Kirova rejeta sa remarque d'une grimace dédaigneuse avant de se mettre à faire les cent pas, les mains jointes derrière son dos étroit.

— Mademoiselle Dragomir… Quand bien même vous auriez intégralement planifié votre fugue, il n'en reste pas moins qu'elle avait le devoir de vous arrêter. Si elle avait rempli son devoir, elle aurait alerté quelqu'un. Elle vous aurait protégée.

Je bondis de ma chaise.

— J'ai rempli mon devoir ! m'écriai-je. (Dimitri et Alberta tressaillirent, mais n'intervinrent pas, puisque je n'avais cogné sur personne jusque-là.) Je l'ai protégée ! Je l'ai protégée, contrairement à vous, ajoutai-je en embrassant la pièce d'un geste théâtral. C'est pour ça que je l'ai emmenée loin d'ici. J'ai fait ce que je devais faire. Vous n'en étiez pas capables.

Lissa essaya de m'envoyer des pensées apaisantes par l'intermédiaire de notre lien émotionnel, pour m'empêcher de me laisser aveugler par la colère. Trop tard.

Kirova me toisa d'un regard glacial.

— Pardonnez-moi, mademoiselle Hathaway, mais j'ai du mal à comprendre en quoi le fait d'emmener la princesse loin d'un environnement hautement sécurisé constituait une mesure de protection. À moins qu'il y ait quelque chose que vous ayez omis de nous dire...

Je me mordis la lèvre.

— Je vois. Dans ce cas, j'en conclus que vous n'êtes partie que pour éviter d'assumer les conséquences du chaos que vous avez provoqué avant votre départ, et pour le plaisir de l'aventure, je n'en doute pas.

— C'est faux !

— Par conséquent, je n'aurai aucun scrupule à prendre les mesures qui s'imposent. Puisque la princesse est une Moroï, nous devons la garder auprès de nous dans l'intérêt de sa propre sécurité. Nous n'avons aucune obligation de ce genre envers vous. Vous êtes renvoyée, mademoiselle Hathaway. Vous quitterez l'académie le plus tôt possible.

Je ravalai aussitôt mon insolence.

— Je... Quoi ?

— Vous ne pouvez pas faire ça ! s'écria Lissa en bondissant à son tour. C'est ma gardienne !

— Certainement pas. Ce n'est la gardienne de personne puisqu'elle n'est qu'une novice.

— Mais mes parents...

— Je sais que c'était le souhait de vos parents, Dieu ait leur âme. Mais la situation a changé. Mlle Hathaway n'est pas indispensable et ne mérite pas d'achever sa formation. Elle va donc nous quitter.

Je regardai Kirova sans en croire mes oreilles.

— Mais où allez-vous m'expédier ? Chez ma mère, au Népal ? L'avez-vous seulement informée que j'étais partie ? À moins que vous vouliez me renvoyer chez mon père ? (L'aigreur de mon ton lui fit plisser les yeux. Je poursuivis d'une voix si glaciale que je la reconnus à peine.) Vous pourriez aussi faire de moi une catin rouge, ce serait le plus simple.

— Mademoiselle Hathaway ! glapit-elle. Vous dépassez les bornes !

— Elles sont liées l'une à l'autre. (La voix grave au léger accent russe de Dimitri nous détourna de notre altercation. Kirova semblait avoir oublié sa présence. Pas moi. La puissance qui émanait de lui était trop forte pour cela. Il était toujours adossé au mur, dans une pose qui faisait penser à celle d'un cow-boy, avec sa veste ridiculement longue, et il ne regardait que moi.) Rose sait ce que ressent Vasilisa. N'est-ce pas, Rose ?

J'eus au moins la satisfaction de voir Kirova stupéfaite.

— C'est impossible..., balbutia-t-elle. Ça ne s'est pas produit depuis des siècles.

— C'est évident, insista Dimitri. Je m'en suis douté dès que j'ai commencé à les observer.

Je détournai les yeux sans rien dire.

— C'est un don, murmura Victor depuis son fauteuil. Une chose rare et précieuse.

— Les meilleurs gardiens de notre histoire avaient tous un lien avec leur Moroï, ajouta Dimitri.

Kirova reprit vite son air outragé.

— Ça remonte à une éternité ! s'exclama-t-elle. Vous ne suggérez tout de même pas que nous la gardions à l'académie après tout ce qu'elle a fait ?

Il haussa les épaules.

— Elle est peut-être insolente et imprévisible, mais si elle a du potentiel...

— « Insolente et imprévisible » ? répétai-je. Qui es-tu, d'abord ?

— Le gardien Belikov est le nouveau gardien de la princesse, intervint Kirova. Son gardien officiel.

— Vous êtes contraints de faire venir de la main-d'œuvre étrangère pour protéger Lissa ?

C'était assez dur de ma part, d'autant que la plupart des Moroï et de leurs gardiens étaient d'origine russe ou roumaine, mais ce commentaire me parut spirituel sur le coup. En réalité, il ne l'était pas tant que cela, et j'étais assez mal placée pour le faire. Même si j'avais été élevée aux États-Unis, mes parents étaient tous les deux nés à l'étranger. Ma mère dhampir était une pure Écossaise : petite, rousse et affublée d'un accent ridicule. D'après ce que je savais, mon père moroï était turc. Cette combinaison génétique m'avait donné une peau couleur d'amande et des traits que je me plaisais à imaginer exotiques, dans le genre princesse du désert : de grands yeux sombres et des cheveux d'un brun si foncé qu'ils paraissaient souvent noirs. Je n'aurais rien eu contre le roux maternel, mais il faut bien se contenter de ce que l'on a.

Exaspérée, Kirova se tourna vers Dimitri en levant les bras au ciel.

— Vous voyez ? Aucun sens de la discipline. Tous les liens psychiques et tous les potentiels du monde ne suffiront pas à compenser ça. Un gardien indiscipliné est plus dangereux que pas de gardien du tout.

— Alors, enseignons-lui la discipline. L'année vient à peine de commencer. Réintégrons-la pour qu'elle achève sa formation.

— Impossible : elle passera encore son temps à créer des problèmes.

— Je vous promets de me tenir tranquille ! m'écriai-je sans que personne m'écoute.

— Dans ce cas, imposons-lui des entraînements supplémentaires.

Ils poursuivirent ainsi, tandis que le reste d'entre nous observait leur échange comme s'il s'était agi d'une partie de ping-pong. Mon orgueil se ressentait toujours de la manière dont Dimitri nous avait piégées, mais je commençais à comprendre qu'il était ma seule chance de rester auprès de Lissa. Mieux valait être condamnée à cet enfer que de la laisser seule. Un fragile espoir me parvint par l'intermédiaire de notre lien.

— Qui va se charger des entraînements supplémentaires ? s'inquiéta Kirova. Vous ?

Dimitri fut pris de court.

— Eh bien… ce n'était pas exactement…

— C'est bien ce qui me semblait, l'interrompit Kirova en croisant les bras avec satisfaction.

Visiblement mis au pied du mur, il fronça les sourcils et tourna les yeux vers nous. Je ne pus m'empêcher de me demander ce qu'il voyait. Deux petites filles pathétiques aux grands yeux suppliants ou deux fugitives qui s'étaient échappées d'une institution hautement sécurisée pour dépenser la moitié de l'héritage de Lissa ?

— Très bien, se rendit-il finalement. Je m'occuperai de Rose. Je lui dispenserai les entraînements supplémentaires dont elle aura besoin.

— C'est tout ? riposta Kirova avec colère. Elle s'en sort sans punition ?

— Trouvez un autre moyen de la punir, répondit Dimitri. Il y a trop peu de gardiens pour qu'on se permette d'en renvoyer un, et une fille, en particulier.

Son sous-entendu, qui faisait écho à ma remarque sur les catins rouges, me fit frissonner. Très peu de femmes dhampirs choisissaient de devenir gardiennes.

— Je suis de l'avis du gardien Belikov, intervint Victor depuis son fauteuil. Ce serait un vrai gâchis de renvoyer Rose.

Kirova alla se placer à la fenêtre pour laisser son regard se perdre dans la nuit noire. Dans cette académie pour vampires, « matin » et « après-midi » n'étaient que des termes relatifs.

Lorsqu'elle se retourna vers nous, Lissa retint son regard.

— Je vous en supplie, madame Kirova, laissez-la rester.

Sois prudente, Lissa, songeai-je.

Elle risquait gros à pratiquer la suggestion sur un Moroï, et qui plus est devant témoins. Heureusement, Lissa n'employa qu'une infime partie de son pouvoir. Personne ne sembla rien remarquer et nous avions bien besoin de toute l'aide disponible.

À vrai dire, je ne sais pas si la suggestion fit une différence ou non, mais finalement Kirova soupira.

— Si j'autorise Mlle Hathaway à rester, voici comment les choses se passeront, conclut-elle en se tournant vers moi. Votre présence à l'académie de Saint-Vladimir restera strictement conditionnelle. Franchissez les limites une seule fois et vous serez renvoyée. Vous allez suivre tous les cours et tous les entraînements des novices de votre âge. Le gardien Belikov se chargera de vous pendant tous vos moments de liberté, avant et après les cours. Toutes les activités extrascolaires vous seront interdites, hormis les repas, et vous serez consignée dans votre chambre. Je me ferai un plaisir de vous renvoyer au moindre faux pas.

Je laissai échapper un rire amer.

— Privée d'activités extrascolaires ? Vous essayez de nous séparer ? ricanai-je en indiquant Lissa du menton. Vous avez peur qu'on essaie encore de s'enfuir ?

— Je prends des précautions. Comme vous vous en souvenez sûrement, vous n'avez jamais été punie pour avoir détruit les biens de l'académie. Vous avez beaucoup à vous faire pardonner. (Ses lèvres minces s'étirèrent en une ligne dure.) C'est une proposition très généreuse, mademoiselle Hathaway. Vous seriez bien avisée de ne pas la gâcher par votre attitude.

Je m'apprêtais à répliquer que je ne voyais rien de généreux là-dedans lorsque je croisai le regard de Dimitri. Il fut difficile à déchiffrer. Me disait-il qu'il croyait en moi, ou bien que j'étais stupide de continuer à provoquer Kirova ? Je ne sus le dire.

Je m'arrachai à son regard pour la seconde fois depuis le début de cette réunion et baissai les yeux vers mes pieds. Les encouragements de Lissa déferlèrent en moi par l'intermédiaire de notre lien. Après un long soupir, je levai les yeux vers Kirova.

— Très bien. J'accepte.

Chapitre 3

Il était plus que cruel de nous envoyer en cours juste après la réunion. Kirova n'hésita donc pas un instant. En regardant Lissa s'éloigner entre deux gardiens, je fus heureuse que notre lien émotionnel me permette de continuer à suivre l'évolution de ses états d'âme.

On me conduisit d'abord auprès d'un conseiller d'éducation, un vieux Moroï qui occupait déjà cette fonction avant notre départ. Je fus stupéfaite de le trouver encore là. Il était si vieux qu'il aurait dû être en retraite, ou bien mort.

L'entrevue ne dura guère plus de cinq minutes. Il ne fit aucun commentaire sur mon retour et se contenta de me poser quelques questions sur les cours que j'avais suivis à Chicago et à Portland. Après avoir comparé ses notes à mon ancien dossier, il me composa un emploi du temps à la hâte. Je le reçus sans enthousiasme et me dirigeai vers mon premier cours.

« Première heure : techniques de combat pour gardiens confirmés
Deuxième heure : théorie de la protection personnelle niveau 3
Troisième heure : musculation

Quatrième heure : arts du langage (pour novices)
Déjeuner
Cinquième heure : physiologie et comportement des animaux
Sixième heure : mathématiques (débutants)
Septième heure : culture moroï niveau 4
Huitième heure : art slave »

Aïe ! j'avais oublié à quel point les journées à l'académie étaient longues. Les novices et les Moroï suivaient des formations différentes pendant la première moitié de la journée, ce qui signifiait que je n'allais revoir Lissa qu'après le déjeuner, et seulement si nous avions des cours en commun. Comme ceux dont j'avais écopé étaient assez courants, j'avais plutôt bon espoir. Quant à l'art slave, c'était typiquement le genre d'option dont personne ne voulait. Il était donc fort probable qu'on l'y avait également inscrite.

Dimitri et Alberta m'escortèrent jusqu'au gymnase sans paraître avoir conscience de mon existence. Comme beaucoup de gardiennes, Alberta portait les cheveux courts pour dégager sa nuque où ses molnija s'alignaient sous sa marque de la Promesse. Pour ma part, je n'avais aucune envie de me couper les cheveux. Cela n'avait pas grande importance tant que je n'avais aucun tatouage à exhiber.

Dimitri et elle n'échangèrent pas un mot. À en juger par leur attitude, cette journée n'avait vraiment rien d'extraordinaire. Dès notre arrivée, les regards de mes camarades de classe, occupés à installer les tapis, m'assurèrent du contraire. Comme lors de notre traversée du réfectoire, tous les yeux se tournèrent instantanément vers moi, me donnant l'impression d'être soit une rock star, soit un monstre de foire, sans que je puisse me décider pour l'une ou l'autre.

Très bien. Si je devais rester dans les parages encore un moment, je n'allais pas me comporter comme si j'avais peur d'eux. Il était temps de leur rappeler que Lissa et moi avions autrefois imposé le respect à toute l'académie. Je scrutai le groupe de novices stupéfaits à la recherche d'un visage familier. Il y avait surtout des garçons. Je ne pus m'empêcher de sourire en croisant le regard de l'un d'eux.

— Hé ! Mason ! essuie ton filet de bave ! Si tu veux m'imaginer toute nue, fais-le durant ton temps libre.

Quelques ricanements troublèrent le silence ébahi avant que Mason Ashford s'arrache à sa stupeur pour m'offrir un sourire narquois. Avec sa tignasse poil de carotte et son visage couvert de taches de rousseur, il était mignon sans être irrésistible. C'était aussi l'un des garçons les plus drôles que je connaissais, et un ami, avant mon départ.

— Je suis sur mon temps libre, Hathaway. C'est moi qui dirige l'entraînement aujourd'hui.

— Ah oui ? ripostai-je. Alors, ça doit être le moment idéal pour m'imaginer toute nue.

— C'est toujours le moment idéal pour t'imaginer toute nue, lança quelqu'un pour m'aider à détendre l'atmosphère.

Eddie Castile, un autre de mes amis.

Dimitri secoua la tête et s'éloigna en marmonnant quelques mots en russe, qui me semblèrent peu flatteurs. Je m'en moquais éperdument : j'étais redevenue une novice. Les dhampirs, bien moins obsédés que les Moroï par leur arbre généalogique et la politique, formaient une assez joyeuse bande.

Quelques instants suffirent pour que je me retrouve en train de rire avec des gens que j'avais presque oubliés. Tout le monde voulut savoir où Lissa et moi étions passées pendant ces deux années. Apparemment, nous étions devenues des légendes… Comme je ne pouvais pas leur expliquer la raison de notre fuite, je leur offris quelques « vous aimeriez bien savoir » qui firent sensation.

Ces joyeuses retrouvailles se poursuivirent encore quelques minutes, jusqu'à ce que le gardien adulte qui supervisait l'entraînement vienne reprocher à Mason de négliger son devoir. Le sourire encore aux lèvres, il aboya des ordres et expliqua les premiers exercices. J'éprouvais un certain embarras en découvrant qu'ils m'étaient inconnus.

— Par ici, Hathaway ! conclut-il en me tirant par le bras. Tu seras ma partenaire. Voyons à quoi tu as occupé ton temps...

Une heure plus tard, il était fixé.

— Aucun entraînement, hein ?

Comme j'avais provisoirement perdu l'usage de la parole, je lui répondis par un grognement pendant qu'il tendait la main pour m'arracher au tapis sur lequel il venait de me plaquer pour la cinquantième fois.

— Je te hais, murmurai-je en frottant une zone de ma cuisse qui allait virer au bleu le lendemain.

— Tu me haïrais davantage si je t'avais épargnée.

— Tu marques un point, admis-je en titubant sous le poids du tapis que je rapportais à la réserve.

— Tu ne t'en es pas mal sortie, tu sais...

— Quoi ? Tu viens de me botter les fesses !

— Évidemment : tu as manqué deux ans d'entraînement. Mais tu marches encore..., me flatta-t-il avec un sourire moqueur.

— J'ai déjà dit que je te haïssais ?

Le sourire qu'il me décocha s'évanouit vite.

— Ne le prends pas mal mais... tu as beau être douée, tu ne passeras pas l'examen du printemps.

— Ils m'ont imposé des entraînements supplémentaires, lui expliquai-je. Je serai prête.

À vrai dire, cela n'avait guère d'importance puisque j'avais l'intention de repartir avec Lissa bien avant que ces séances me servent à quelque chose.

— « Des entraînements supplémentaires » ? Avec qui ?

— Le grand. Dimitri.

Mason s'arrêta net pour me dévisager.

— Tu vas t'entraîner avec Belikov ?

— Oui. Et alors ?

— Alors ce type est un dieu !

— Avec quel degré d'exagération ?

— Aucun. Je suis sérieux. Belikov est mutique et asocial, mais quand il se bat… Tu crois avoir eu mal ce matin ? Tu seras morte quand il en aura fini avec toi.

Génial. Voilà qui allait égayer ma journée.

Après lui avoir donné un coup de coude dans les côtes, je me dirigeai vers mon deuxième cours. Celui-ci, obligatoire en dernière année, enseignait les différentes stratégies que devait employer un garde du corps. Puisqu'il achevait un cycle de trois ans, j'étais encore à la traîne, mais j'espérais que le fait d'avoir protégé Lissa dans le monde réel m'avait fourni quelques connaissances pratiques.

Cette matière était enseignée par Stan Alto, que nous appelions « Stan » derrière son dos et « gardien Alto » en nous adressant à lui. Il était un peu plus âgé que Dimitri, beaucoup moins grand que lui, et avait toujours l'air exaspéré. Cette tendance s'aggrava lorsqu'il me découvrit dans sa classe. Après avoir feint la surprise avec beaucoup de talent, il vint se planter devant ma table.

— Mais que vois-je ? On ne m'avait pas informé de la présence d'un intervenant extérieur ! Rose Hathaway. Quel privilège ! Comme c'est généreux de votre part d'avoir trouvé un moment pour partager votre savoir avec nous…

Je sentis mes joues s'embraser et fis preuve d'une maîtrise admirable en ne l'envoyant pas se faire voir. Mon visage dut néanmoins trahir quelque chose, puisque son exaspération s'accrut et qu'il m'ordonna de me lever.

— Allons ! ne restez pas là… Venez donc au premier rang pour m'aider à faire ce cours.

— Vous n'êtes pas sérieux…, balbutiai-je en me tassant sur ma chaise.

— Je suis tout à fait sérieux, Hathaway. Allez vous asseoir au premier rang !

Un profond silence tomba sur la classe. Stan était un professeur terrifiant, assez pour que personne n'ose encore rire de ma disgrâce. Refusant de montrer le moindre signe de faiblesse, je marchai d'un pas assuré vers le premier rang et me retournai pour affronter les regards. Un coup de tête audacieux pour rejeter mes cheveux en arrière me valut quelques sourires compatissants de mes amis. Je remarquai alors que mon public était plus nombreux que je le croyais : quelques gardiens, dont Dimitri, se tenaient au fond de la salle. En dehors de l'académie, chaque gardien protégeait un Moroï. Entre ses murs, ils devaient protéger bien plus de gens, en plus d'entraîner les novices. Travailler en équipe leur facilitait donc la tâche.

— Très bien, Hathaway, reprit Stan avec bonne humeur. Éclairez-nous sur vos stratégies de protection.

— Mes… « stratégies » ?

— Évidemment ! Vous deviez bien avoir une stratégie qui nous échappe pour faire sortir une Moroï mineure de l'académie et l'exposer à la menace constante d'être attaquée par un Strigoï…

C'était une deuxième version du sermon de Kirova, avec davantage de témoins.

— Nous n'avons pas rencontré de Strigoï, répondis-je d'une voix sèche.

— De toute évidence ! ricana-t-il. Puisque vous êtes toujours vivantes…

J'avais envie de crier que j'aurais peut-être pu vaincre un Strigoï, mais ce que je venais de subir m'incitait plutôt à croire que je n'aurais même pas survécu à une attaque de Mason.

Face à mon silence, Stan se mit à faire les cent pas devant son bureau.

— Qu'avez-vous donc fait ? Comment avez-vous garanti sa sécurité ? Avez-vous évité de sortir la nuit ?

— Parfois.

C'était vrai, surtout au début de notre escapade. Notre vigilance s'était un peu relâchée après plusieurs mois sans histoires...

— « Parfois » ! répéta-t-il d'une voix suraiguë qui rendit ma réponse complètement stupide. J'imagine donc que vous dormiez la journée pour monter la garde la nuit ?

— Eh bien... non.

— « Non » ? C'est pourtant la première chose qu'enseigne le manuel des gardes du corps ! Ah ! j'oubliais... Vous ne pouviez pas le savoir puisque vous n'étiez pas là...

Je ravalai de nouvelles insultes.

— J'inspectais les environs chaque fois que nous avions besoin de sortir, arguai-je en éprouvant tout à coup le besoin de me défendre.

— Ah oui ? C'est un début. Avez-vous appliqué la méthode rotative ou la technique de quadrillage de Carnegie ?

Je ne répondis rien.

— Vous avez probablement employé la méthode Hathaway du « coup d'œil aux environs quand on y pense »...

— Non ! m'écriai-je, furieuse. C'est faux ! J'ai veillé sur elle. Elle est toujours en vie, non ?

— Parce que vous avez eu de la chance, décréta-t-il en venant se planter sous mon nez.

— Les Strigoï ne se cachent pas à tous les coins de rues, vous savez, ripostai-je. Le monde extérieur est moins dangereux que vous le dites.

— « Moins dangereux » ? hurla-t-il si près de mon visage que je sentis le café qu'il venait de boire. Nous sommes en guerre avec les Strigoï ! N'importe lequel d'entre eux pourrait briser votre joli cou sans que vous l'ayez vu venir et sans verser une goutte de sueur. Même si vous êtes plus rapide et plus robuste que les Moroï et les humains, vous n'êtes rien en comparaison des Strigoï. Ils sont puissants et mortellement dangereux. Et savez-vous ce qui les rend si puissants ?

Il était hors de question que ce salaud me fasse pleurer. Je détournai les yeux en m'efforçant de penser à autre chose. Mon regard tomba sur les gardiens qui assistaient à mon humiliation avec des visages impassibles.

— Le sang des Moroï, murmurai-je.

— Qu'est-ce que vous dites ? cria Stan. Je n'ai rien entendu.

— Le sang des Moroï ! répétai-je, en le regardant droit dans les yeux. C'est du sang des Moroï qu'ils tirent leur puissance !

Il recula de quelques pas avec un hochement de tête approbateur.

— Effectivement. Le sang des Moroï les rend plus forts et plus difficiles à vaincre. Ils boivent avec plaisir le sang des humains et des dhampirs, mais c'est celui des Moroï qu'ils recherchent avidement. Ils sont passés du côté obscur pour gagner l'immortalité et sont prêts à tout pour la conserver. Des Strigoï désespérés ont parfois attaqué des Moroï en public. D'autres se sont alliés pour attaquer des établissements comme le nôtre. Certains Strigoï ont vécu pendant des millénaires en se nourrissant d'innombrables générations de Moroï. Il est presque impossible de les tuer et c'est pour cette raison que le nombre de Moroï ne cesse de décroître. Même avec l'aide des gardiens, les Moroï ne sont pas assez forts pour leur échapper, au point même que certains ne voient plus l'intérêt de résister et deviennent Strigoï de leur propre chef. Et lorsque les Moroï auront disparu...

— ... les dhampirs aussi, conclus-je à sa place.

— Eh bien ! s'écria-t-il en essuyant un postillon sur sa lèvre. Il semblerait que vous ayez appris quelque chose, finalement... Voyons à présent si vous êtes capable d'apprendre suffisamment pour réussir cet examen et vous qualifier pour la formation sur le terrain du prochain semestre.

Aïe ! Je passai le reste de cet horrible cours, heureusement assise, à remâcher ces derniers mots. La formation sur le terrain que l'on recevait en dernière année constituait la meilleure partie de l'éducation d'un novice. Elle nous dispensait de cours durant trois mois, que l'on consacrait à suivre et à protéger l'élève Moroï qu'on nous attribuait. Les gardiens adultes nous donnaient des conseils et nous mettaient à l'épreuve en menant des attaques-surprises. Pour un novice, cette formation avait presque autant d'importance que tous les autres examens cumulés, et pouvait influer sur le choix du Moroï qui allait lui être définitivement confié.

Or, une seule Moroï comptait pour moi.

Deux cours plus tard, je pus enfin m'échapper pour déjeuner. Alors que je traversais la cour en direction du réfectoire, Dimitri vint se caler sur mon pas. En dehors de son physique irrésistible, il n'avait pas grand-chose d'un dieu.

— J'imagine que tu as vu ce qui s'est passé pendant le cours de Stan ? lui demandai-je sans me soucier des formes.

— Oui.

— Et tu ne trouves pas ça injuste ?

— A-t-il raison ? Te croyais-tu vraiment capable de protéger Vasilisa ?

— Elle est encore en vie, marmonnai-je en regardant mes pieds.

— Comment se sont passés tes entraînements ce matin ?

C'était une question vache qui n'appelait pas de réponse. J'avais eu un deuxième entraînement après le cours de Stan et j'étais certaine que Dimitri m'avait vue m'y faire botter les fesses.

— Si tu n'es pas en mesure de battre tes camarades…

— Ça va, je sais…

Il dut ralentir encore pour suivre mon allure pathétique.

— Tu es forte et rapide par nature. Tu as seulement besoin d'entretenir tes dons. N'as-tu pratiqué aucun sport pendant ton absence ?

— Évidemment si ! me défendis-je en haussant les épaules. De temps à autre…

— Étais-tu inscrite dans un club ?

— Trop d'efforts. Si j'avais voulu m'entraîner autant, je serais restée ici.

Il me jeta un regard exaspéré.

— Tu ne seras capable de protéger la princesse que si tu t'en donnes la peine.

— J'en serai capable, répondis-je avec force.

— Rien ne garantit que tu seras assignée à sa protection, tu sais. Ni durant ta formation de terrain ni après tes études… (Dimitri avait une voix grave, volontiers dure, celle d'un mentor qui ne se soucie pas d'être chaleureux.) Tout le monde comprend la valeur du lien qui vous unit mais ça ne suffira pas. Si tu veux la protéger, tu vas devoir travailler dur. Tu as tes cours et tu m'as, moi. Il ne tient qu'à toi d'en faire bon usage. Tu es la gardienne idéale pour Vasilisa, à condition de prouver que tu es à la hauteur. J'espère que tu le seras.

— Lissa. Je préférerais que tu l'appelles Lissa.

Elle-même préférait de beaucoup son surnom américanisé à son nom de baptême.

Curieusement, je me sentis un peu moins minable après son départ.

J'avais perdu beaucoup de temps à traverser la cour. Les autres élèves, impatients de profiter au maximum de leur temps libre, s'étaient déjà tous précipités dans le réfectoire. Je l'avais presque atteint moi-même lorsqu'une voix m'arrêta.

— Rose ?

Je tournai la tête vers Victor Dashkov, appuyé sur une canne, qui me souriait à quelques pas de la porte. Ses deux gardiens se tenaient à une distance respectueuse.

— Monsieur Dash… Votre Majesté…

Je me rappelai juste à temps les titres moroï en usage à l'académie, que j'avais perdu l'habitude d'employer en vivant parmi les humains. Les Moroï choisissaient leur dirigeant parmi les membres de douze familles royales. L'aîné de chaque famille recevait le titre de prince ou de princesse, dont Lissa avait hérité parce qu'elle était la dernière représentante de sa lignée.

— Comment s'est passée ta journée ?

— Elle n'est pas finie, répondis-je en cherchant quelque chose de poli à dire. Combien de temps comptez-vous rester à l'académie ?

— Je repars cet après-midi, dès que j'aurai vu Natalie. Quand j'ai su qu'on vous avait retrouvées, je n'ai pas pu m'empêcher de venir.

Ne sachant trop quoi répondre, je me contentai de hocher la tête. Victor, après tout, était beaucoup plus proche de Lissa que de moi.

— Je voulais te dire..., ajouta-t-il d'une voix hésitante. Même si je ne sous-estime pas la gravité de tes actes, je pense que Mme le proviseur Kirova néglige un fait important : tu as protégé Lissa pendant tout ce temps. C'est impressionnant.

— Je n'ai pas eu à affronter de Strigoï.

— Mais tu as affronté quelque chose ?

— Une fois. Des psycho-chiens.

— Remarquable !

— Pas tant que ça. Ils ont été assez faciles à éviter.

Il éclata de rire.

— J'en possède une meute, avec laquelle je chassais, autrefois... Ils sont forts et intelligents. Je sais bien qu'ils ne sont pas si faciles à éviter. (C'était vrai. Les psycho-chiens étaient de ces créatures magiques qui hantaient le monde sans que les humains le sachent ou croient vraiment les avoir vues. Ils vivaient en meute et partageaient un lien psychique qui les rendait particulièrement redoutables, en plus du fait qu'ils ressemblaient à des loups mutants.) As-tu affronté autre chose ?

Je haussai les épaules.

— Des attaques mineures, de temps à autre.

— Remarquable ! répéta-t-il.

— Je crois plutôt que j'ai eu de la chance. Je ne suis vraiment pas au niveau des autres.

J'eus la désagréable impression de parler avec la voix de Stan.

— Tu es une fille intelligente. Je suis sûr que tu vas rattraper ton retard. Et puis il y a votre lien…

Je détournai les yeux. Mon aptitude à « ressentir » les émotions de Lissa était restée secrète si longtemps que je trouvais bizarre d'entendre quelqu'un d'autre en parler.

— Les légendes parlent souvent de gardiens capables de sentir lorsque leur Moroï courait un danger, poursuivit-il. Je les ai presque toutes étudiées ; c'est une sorte de passe-temps, pour moi. Ce pouvoir semble une très lourde responsabilité.

— Je suppose, lui accordai-je en haussant les épaules.

Quel passe-temps à mourir d'ennui, songeai-je en l'imaginant penché sur des grimoires préhistoriques dans des bibliothèques obscures, envahies de toiles d'araignées.

Victor inclina la tête pour m'observer avec curiosité. Son regard, semblable à celui de Kirova et de tous les autres lorsqu'il avait été question de notre lien, me donna l'impression d'être un rat de laboratoire.

— Comment est-ce ? Si ça ne t'ennuie pas que je pose la question.

— C'est… difficile à expliquer. C'est comme si un baromètre m'indiquait toujours comment elle se sent. On ne peut pas communiquer comme ça, vous savez…

Je préférais passer sous silence l'expérience, encore troublante pour moi, de me glisser dans sa peau.

— Et ça ne fonctionne que dans un sens ? Lissa ne ressent pas tes émotions ?

Je secouai la tête.

— Comment cela s'est-il produit ? m'interrogea-t-il, les yeux brillants d'émerveillement.

— Je n'en sais rien, répondis-je en continuant à regarder ailleurs. Ça a commencé il y a deux ans.

— À l'époque de l'accident ? insista-t-il en fronçant les sourcils.

J'acquiesçai avec réticence. L'accident était un sujet que je ne voulais vraiment pas aborder. Les souvenirs de Lissa étaient bien assez pénibles pour que je n'y ajoute pas les miens : du métal broyé ; une sensation de chaud, puis de froid, puis encore de chaud ; Lissa qui hurlait à mes oreilles pour me réveiller, pour réveiller son frère et ses parents... J'avais été la seule rescapée. Les médecins avaient qualifié ma survie de « miracle ». J'aurais dû y rester moi aussi.

Victor, qui dut sentir ma gêne, laissa passer quelques instants avant de revenir au sujet qui l'enthousiasmait.

— J'ai encore du mal à y croire. Voilà si longtemps que cela ne s'était pas produit ! Songe à la sécurité que ça garantirait aux Moroï si d'autres gardiens pouvaient en faire autant... Je dois reprendre mes recherches pour découvrir s'il n'existe pas un moyen de reproduire ce don.

— Super !

Malgré toute la sympathie qu'il m'inspirait, je commençais à m'impatienter. Natalie était très bavarde et je comprenais à présent de qui elle avait hérité ce trait de caractère. La pause du déjeuner était bien entamée. Même si les Moroï et les novices suivaient les mêmes cours l'après-midi, Lissa et moi n'allions pas avoir beaucoup de temps pour parler.

— Peut-être pourrions-nous...

Il fut interrompu par une violente quinte de toux qui le fit trembler des pieds à la tête. Sa maladie, le syndrome de Sandovsky, rongeait les poumons du malade jusqu'à l'asphyxie mortelle. Je jetai des regards anxieux à ses gardiens, et l'un d'eux finit par s'approcher.

— Vous devriez rentrer, Votre Majesté, lui suggéra-t-il poliment. Il fait trop froid dehors.

Il acquiesça.

— Vous avez raison. Et j'imagine que Rose a envie de déjeuner… Merci d'avoir pris quelques minutes pour me parler. Tu ne peux pas savoir à quel point je suis soulagé que Vasilisa soit saine et sauve, et je te suis reconnaissant d'avoir contribué à cela. J'avais promis à son père de veiller sur elle s'il lui arrivait quelque chose. J'ai ressenti votre départ comme un échec…

Une boule se forma au creux de mon estomac à l'idée de l'inquiétude que nous lui avions causée. Jusque-là, je n'avais pas vraiment réfléchi à l'effet que notre départ avait pu produire sur les gens.

Je le saluai et entrai finalement dans le bâtiment pour être frappée de plein fouet par l'angoisse de Lissa. J'allongeai le pas au mépris de mes courbatures et fonçai vers le réfectoire.

Je faillis lui rentrer dedans.

Elle ne me vit pas, et ce fut aussi le cas des deux personnes qui l'accompagnaient : Aaron et la fille qui ressemblait à une poupée. Je m'arrêtai un peu à l'écart pour écouter la fin de leur conversation. La fille se pencha sur Lissa, qui avait l'air abasourdie.

— J'ai bien l'impression que tes vêtements sortent d'une friperie. J'aurais pourtant cru qu'une Dragomir avait des exigences…

Je n'imaginais pas qu'on puisse prononcer le mot « Dragomir » avec autant de haine.

J'agrippai la poupée par l'épaule pour l'écarter de Lissa. Comme elle ne pesait presque rien, elle recula de plusieurs pas en titubant et faillit tomber à la renverse.

— Elle a des exigences : c'est pour ça que tu ne vas plus lui adresser la parole.

Chapitre 4

Nous n'avions pas tout le réfectoire pour public, par chance, mais quelques élèves qui passaient s'arrêtèrent pour nous regarder.

— Mais pour qui te prends-tu ? s'écria la poupée dont les grands yeux bleus lançaient des éclairs.

Notre altercation me fournit le loisir de mieux la détailler. Elle avait la minceur commune à tous les Moroï mais pas leur haute taille, ce qui contribuait à la faire paraître si jeune. La somptueuse robe violette qu'elle portait me rappela que mes propres vêtements venaient effectivement d'une friperie. Un second examen de sa tenue, plus rigoureux, me révéla qu'il ne s'agissait que d'une copie de créateur.

— T'es-tu perdue, petite fille ? lui demandai-je en croisant les bras sur la poitrine. Le collège est de l'autre côté de l'académie.

Le rouge lui monta aux joues.

— Ne t'avise plus de me toucher ! riposta-t-elle. Si tu me cherches, tu me trouveras.

Quelle entrée en matière ! Seul un mouvement de tête réprobateur de Lissa m'empêcha d'enchaîner les répliques hilarantes. Je choisis donc d'opter pour la force brute.

— Si tu t'approches encore de nous, je te casserai en deux. Va donc demander à Dawn Yarrow ce que j'ai fait à son bras en sixième... Tu faisais probablement la sieste à cette époque-là.

Cet incident n'était pas mon fait d'armes le plus glorieux, et je n'avais pas eu l'intention de lui briser quoi que ce soit en la projetant contre cet arbre, mais il m'avait valu une réputation de danger public qui avait ses avantages. L'histoire était peu à peu devenue une légende et je me plaisais à croire qu'on la racontait encore autour des feux de camp. La poupée fit une grimace qui me confirma que c'était bien le cas.

L'un des surveillants passa à cet instant et nous jeta des regards suspicieux.

— Allons-nous-en, conclut la poupée en entraînant Aaron par le bras.

— À plus tard, Aaron ! le saluai-je joyeusement en prenant soudain conscience que j'avais oublié sa présence. C'était sympa de te revoir.

Il me répondit par un sourire gêné. Ce bon vieil Aaron... Il était bien mignon, mais il n'avait vraiment rien d'un battant.

Je me tournai vers Lissa.

— Est-ce que ça va ? (Elle acquiesça.) Tu saurais me dire qui je viens de menacer ?

— Aucune idée, répondit-elle avant de secouer la tête lorsque je voulus l'entraîner vers le réfectoire. Je dois aller voir les sources.

J'éprouvai une étrange sensation. J'avais tellement pris l'habitude de lui servir de source qu'il me semblait presque anormal de revenir à la routine des Moroï. Cela me contrariait même. Et le fait de m'en rendre compte me contrariait encore plus. À l'académie, les Moroï buvaient du sang quotidiennement. Je n'avais pas été capable d'en offrir autant à Lissa pendant notre fugue. Notre situation avait été assez inconfortable : j'étais faible les jours où je la nourrissais et elle l'était tous les autres jours. J'aurais dû être heureuse de la voir recouvrer une vie normale...

— Bien sûr, murmurai-je en me forçant à sourire.

Je la suivis dans la salle des sources, adjacente au réfectoire. Celle-là était constituée de cabines, séparées entre elles par des rideaux, comme dans un hôpital, afin de ménager un peu d'intimité. Une Moroï brune nous accueillit à l'entrée, fit tourner les pages de son registre, y inscrivit quelque chose, puis invita d'un geste Lissa à la suivre. Malgré le regard interloqué qu'elle me jeta, elle ne m'empêcha pas de leur emboîter le pas.

Elle nous mena à une cabine où une femme dodue d'âge moyen feuilletait un magazine. Le sourire aux lèvres, elle leva vers nous des yeux rêveurs comme ceux de toutes les sources. À en juger par son état, elle ne devait plus être très loin de son quota de la journée.

Son sourire s'élargit dès qu'elle reconnut Lissa.

— Ravie de vous revoir, princesse.

La responsable s'éloigna discrètement tandis que Lissa prenait place dans le fauteuil vide, à côté de la femme. Elle aussi se sentait mal à l'aise, mais pas pour les mêmes raisons que moi. Cela ne lui paraissait plus naturel ; elle ne l'avait pas fait depuis si longtemps… La source, en revanche, n'éprouvait aucune gêne. Elle leva vers Lissa un regard avide, celui d'une junkie sur le point d'avoir sa dose.

Le sentiment de dégoût qui m'envahit fut presque instinctif tant je l'avais intériorisé depuis l'enfance. Les sources, indispensables à la survie des Moroï, étaient toutes des humains volontaires. Il s'agissait le plus souvent de marginaux qui abandonnaient une vie misérable pour entrer dans le monde secret des Moroï. Ils étaient bien traités et jouissaient de tout le confort possible, mais c'étaient avant tout des drogués, accros à la salive des Moroï qui s'insinuait dans leurs veines à chaque morsure. Les Moroï et les dhampirs méprisaient cette dépendance, même si elle contribuait à assurer la survie des deux races. Un chef-d'œuvre d'hypocrisie.

La source pencha la tête pour dégager son cou marqué par des années de morsures quotidiennes. Comme je n'avais pas nourri Lissa régulièrement et que je cicatrisais en un jour ou deux, le mien ne portait heureusement aucune marque.

La femme ferma les yeux avec un gémissement de plaisir lorsque les canines de Lissa lui percèrent la peau. Je déglutis en même temps qu'elle. Même si je ne voyais pas une goutte de sang, je l'imaginais sans peine. Lorsque la jalousie devint insupportable, je baissai les yeux en me giflant mentalement.

Mais quel est ton problème ? Pourquoi est-ce que ça te manque ? Tu ne l'as jamais fait plus de deux ou trois fois par semaine… Tu n'es pas accro… pas comme ça. Et tu ne veux pas le devenir.

Ce fut inutile : je ne pouvais pas m'empêcher d'éprouver de la nostalgie pour le plaisir que procurait la morsure d'un vampire.

Lorsque Lissa eut terminé, nous gagnâmes le réfectoire. Comme il ne restait plus qu'un quart d'heure pour déjeuner, la queue était courte. Tandis que je remplissais mon assiette de frites et d'objets ronds qui ressemblaient vaguement à des nuggets de poulet, Lissa ne se servit qu'un yaourt. Les Moroï mangeaient aussi normalement que les dhampirs et les humains, mais ils avaient peu d'appétit après avoir bu du sang.

— Alors ? comment s'est passée ta matinée ? l'interrogeai-je.

Le visage resplendissant de vie et de santé, elle haussa les épaules.

— Supportable. Des regards. Beaucoup de regards. Des questions sur ce que nous avions fait. Des chuchotements.

— Même chose de mon côté. (Lorsque le surveillant eut inspecté le contenu de nos plateaux, nous obliquâmes vers les tables.) Tu es sûre que ça va ? Personne ne t'ennuie ?

— Tout va bien, je t'assure, insista-t-elle en éprouvant des sentiments qui contredisaient ses paroles.

Comme elle savait parfaitement que je savais, elle préféra changer de sujet en me tendant son emploi du temps.

« Première heure : russe niveau 2
Deuxième heure : littérature coloniale américaine
Troisième heure : contrôle des éléments (débutants)
Quatrième heure : poésie antique
Déjeuner
Cinquième heure : physiologie et comportement des animaux
Sixième heure : mathématiques (confirmés)
Septième heure : culture moroï niveau 4
Huitième heure : art slave »

— C'est dommage, commentai-je en m'arrêtant. Si on t'avait mise en mathématiques pour les nuls, comme moi, nous aurions exactement les mêmes cours l'après-midi. Pourquoi t'a-t-on inscrite en contrôle des éléments pour débutants ? C'est un cours de collège...

— Parce que les lycéens se sont spécialisés.

Je ne trouvai rien à répondre. Tous les Moroï maîtrisaient un élément. C'était l'une des choses qui différenciaient les vampires vivants des Strigoï, les morts-vivants. Les Moroï considéraient la magie comme un don. C'était une partie de leur âme qui les reliait à l'univers entier.

Des siècles plus tôt, ils s'étaient ouvertement servis de leurs pouvoirs pour éviter des catastrophes ou pour produire de l'eau et de la nourriture. Même s'ils en avaient peu à peu délaissé l'usage, la magie coulait toujours dans leurs veines. Les académies comme Saint-Vladimir aidaient les Moroï à contrôler leur magie, et leur apprenaient à réaliser des tours de plus en plus complexes, tout en leur enseignant les règles auxquelles l'usage de leur pouvoir était soumis. En vigueur depuis des siècles, ces dernières étaient strictement appliquées.

Chaque Moroï avait une influence limitée sur tous les éléments et se « spécialisait » à l'adolescence, lorsque l'un d'eux, l'air, la terre, le feu ou l'eau, devenait plus puissant que les autres. Ne pas se spécialiser était un peu comme rater sa puberté.

Or Lissa ne s'était pas encore spécialisée.

— Est-ce que c'est toujours Mme Carmack qui enseigne cette matière ? Qu'en dit-elle ?

— Elle dit qu'il ne faut pas s'inquiéter, que ça va venir.

— Est-ce que tu lui as parlé de… ?

Lissa secoua résolument la tête.

— Bien sûr que non.

C'était une chose à laquelle nous pensions souvent, mais dont nous parlions rarement. J'abandonnai aussitôt le sujet et me remis à observer les tables à la recherche d'un endroit où nous asseoir. Quelques regards nous examinaient sans aucune discrétion.

— Lissa !

La voix nous fit tourner la tête vers Natalie qui nous appelait à grand renfort de gestes. J'interrogeai Lissa du regard. Natalie était un peu sa cousine pour la même raison que Victor était un peu son oncle, mais nous n'avions jamais été très proches d'elle.

— Pourquoi pas ? décida-t-elle en haussant les épaules avant de se diriger vers sa table.

Je la suivis à contrecœur. Natalie avait beau être gentille, c'était aussi l'une des personnes les plus ennuyeuses que je connaissais. La plupart des Moroï de sang royal de l'académie jouissaient d'une certaine popularité, excepté Natalie, qui était trop simple, trop peu soucieuse de politique et trop naïve pour se mêler véritablement à eux.

Sous les regards méfiants de ses amis, Natalie nous accueillit avec effusion. Ses yeux étaient du même vert que ceux de Lissa mais ses cheveux étaient noirs, comme ceux de Victor avant que la maladie les fasse virer au gris.

— Tu es de retour ! s'écria-t-elle en se jetant au cou de Lissa. J'étais certaine que tu reviendrais. Les gens disaient qu'on ne te reverrait jamais… Je ne voulais pas les croire ! Mais pourquoi es-tu partie ? On raconte tellement d'histoires sur ton départ ! (Je croisai le regard désemparé de Lissa.) Camille a dit que tu étais tombée enceinte et que tu étais partie te faire avorter, mais je savais bien que ça ne pouvait pas être vrai. Quelqu'un d'autre a prétendu que vous étiez allées rejoindre la mère de Rose, sauf que papa et Mme Kirova n'auraient pas été si inquiets dans ce cas… Sais-tu que nous allons peut-être partager la même chambre ? J'ai parlé à…

Je me contentai de sourire poliment et laissai Lissa encaisser la première vague de bavardage jusqu'au moment où Natalie posa une question dangereuse.

— Comment t'es-tu débrouillée pour le sang, Lissa ?

Sous les regards interrogateurs de toute la tablée, je m'empressai d'intervenir.

— Ça n'a pas été un problème, mentis-je avec aisance. Il y a des tas d'humains qui ne demandent pas mieux.

— Vraiment ? insista une amie de Natalie, les yeux écarquillés.

— Vraiment. Il suffit d'aller à des fêtes… Ils cherchent tous un moyen de se défoncer. Il suffit de choisir ceux qui planent déjà assez pour ne plus se rappeler qu'un vampire les a mordus… (Comme je commençais à être à court de détails, je haussai les épaules avec autant d'assurance que j'en étais capable. De toute manière, aucun d'eux ne savait à quoi ressemblait la vie dans le monde extérieur.) Je vous assure, c'est très simple, presque plus simple qu'avec vos sources.

L'explication sembla satisfaire Natalie, qui changea aussitôt de sujet, sans voir le regard reconnaissant que me jeta Lissa.

Je me désintéressai encore de la conversation pour étudier le visage des élèves qui m'entouraient et tâcher de deviner qui fréquentait qui, afin de voir comment l'équilibre des pouvoirs avait évolué durant notre absence. J'aperçus Mason, assis à une table de novices, et il me décocha un sourire que je lui rendis. À la table voisine, un groupe de Moroï de sang royal riait aux éclats. Aaron et la poupée blonde en faisaient partie.

—Dis-moi, Natalie ! (Elle ne sembla pas vexée de devoir interrompre son monologue.) Qui est la nouvelle copine d'Aaron ?

—Qui ? Ah ! Mia Rinaldi. (En voyant mon regard vide, elle demanda :) Tu ne te souviens pas d'elle ?

—Je devrais ? Elle était déjà là avant notre départ ?

—Elle a toujours été là. Elle n'a qu'un an de moins que nous...

Lissa répondit à ma question muette en haussant les épaules.

—Pourquoi nous déteste-t-elle autant ? Nous ne la connaissons ni l'une ni l'autre.

—Je n'en sais rien. Peut-être qu'elle est jalouse à cause d'Aaron. Personne ne la remarquait avant votre départ... Et puis elle est devenue très vite très populaire. Elle n'est pourtant pas de sang royal, mais dès qu'elle a commencé à sortir avec Aaron...

—D'accord, merci, l'interrompis-je. Ça n'est pas tellement...

J'abandonnai la conversation pour suivre des yeux Jesse Zeklos qui passait devant notre table. Ah ! Jesse... Je l'avais presque oublié. J'avais toujours adoré flirter avec Mason et quelques autres novices, mais Jesse appartenait à une tout autre catégorie. Avec les autres garçons, on flirtait pour le plaisir de flirter. Avec Jesse, on flirtait dans l'espoir de se retrouver à moitié nue entre ses bras. C'était un Moroï de sang royal et il était absolument craquant. Il esquissa un sourire en croisant mon regard.

—Salut Rose ! Bienvenue à la maison ! Toujours occupée à briser les cœurs ?

—Tu te portes volontaire ?

—Retrouvons-nous un de ces jours pour voir si tu en as le cran..., me défia-t-il avec un sourire radieux.

Je le suivis des yeux avec admiration tandis que Natalie et ses amies me regardaient bouche bée. Je n'étais peut-être pas physiquement aussi divine que Dimitri, mais Lissa et moi étions à notre façon des déesses dans ce groupe ; du moins, d'anciennes déesses.

— Mon Dieu ! s'exclama une fille dont j'avais oublié le nom. C'était Jesse !

— C'était bien lui, répondis-je en souriant.

— J'aimerais tellement te ressembler…, ajouta-t-elle avec un soupir.

Tous les regards se tournèrent vers moi. Même si j'étais à moitié moroï, je ressemblais surtout à une humaine. Je m'étais si bien intégrée parmi eux pendant notre absence que j'en avais oublié ce que mon apparence pouvait avoir de frappant, à l'académie. Ici, parmi des Moroï minces et plates, certains de mes traits, je veux dire ma poitrine généreuse et mes hanches bien dessinées, se remarquaient de loin. Je savais que j'étais jolie, mais j'étais bien plus que cela aux yeux des vampires mâles. Je représentais pour eux un véritable défi, car les dhampirs étaient des conquêtes exotiques qui les faisaient tous rêver.

La situation avait quelque chose d'ironique, dans la mesure où les filles moroï ressemblaient presque toutes aux mannequins grands et fins, si populaires dans le monde des humains. La plupart des humaines que j'avais rencontrées ces deux dernières années rêvaient de leur ressembler, tout autant que les Moroï rêvaient de me ressembler. En résumé, chacune aurait aimé avoir ce que l'autre avait, et *vice versa*.

Je m'assis à côté de Lissa à tous les cours de l'après-midi mais eus peu l'occasion de lui parler. Même si les regards qu'elle avait mentionnés nous suivirent effectivement, l'atmosphère se réchauffa peu à peu. À mesure que tous se rappelaient progressivement qui nous étions, la nouvelle de notre retour perdit de sa fraîcheur.

Je devrais plutôt dire qu'ils se souvinrent progressivement de moi, puisque je fus la seule à parler. Lissa passa la journée à regarder droit devant elle, en proie à un mélange de tristesse et d'angoisse, sans faire le moindre effort pour se mêler aux conversations.

— Très bien, lui dis-je à la fin des cours, bien décidée à aborder le problème frontalement. (Nous nous étions arrêtées entre deux bâtiments, dans la cour centrale, chose qui, j'en avais bien conscience, constituait déjà une infraction au code de conduite que m'avait imposé Kirova.) Nous repartons. Je vais bien trouver un moyen de nous faire sortir d'ici.

— Tu crois vraiment qu'on peut s'enfuir une deuxième fois ?

— Absolument, répondis-je, soulagée que notre lien ne fonctionne que dans un sens.

Notre première évasion avait déjà exigé beaucoup d'audace… La deuxième représentait un vrai défi, mais que j'allais me faire un plaisir de relever.

— Tu en serais capable, n'est-ce pas ? murmura-t-elle en esquissant un sourire, comme si une idée amusante venait de lui traverser l'esprit. Évidemment… C'est seulement que… (Elle soupira.) Je ne sais pas si c'est une bonne idée. Peut-être… qu'on devrait rester.

Je clignai des yeux, abasourdie.

— Quoi ?

Ce ne fut pas ma réplique la plus brillante, mais c'était ce que j'avais de mieux. Je ne me serais jamais attendue à cela de sa part.

— Je t'ai observée, Rose. Je t'ai vue parler aux autres novices, leur poser des questions sur les entraînements… Ça t'a manqué.

— Ça n'en vaut pas la peine, la contrai-je. Pas si tu…

Je ne pus finir ma phrase. Elle avait raison : les novices m'avaient manqué, et même certains Moroï. Mais il y avait plus que cela. Mon inexpérience et mon retard sur les autres m'étaient apparus de plus en plus clairement au fil de la journée.

— Les choses se passeront peut-être mieux, insista-t-elle. Il ne s'est rien produit… d'inhabituel, aujourd'hui. Je n'ai pas eu l'impression qu'on nous espionnait ou qu'on nous suivait…

Je ne trouvai rien à répondre. Avant notre départ de l'académie, Lissa croyait toujours que quelqu'un la surveillait. Je n'avais rien remarqué qui aurait pu confirmer son impression, mais l'un de nos professeurs avait la même lubie. Mme Karp. C'était une jolie Moroï aux cheveux roux foncé et aux pommettes hautes. J'étais presque certaine qu'elle était folle.

« *On ne peut jamais savoir qui nous surveille*, disait-elle en plein milieu des cours avant d'aller fermer un volet, ou qui nous suit. *Il faut toujours se méfier...* »

Nous avions pris l'habitude de ricaner, parce que les élèves se moquent toujours des professeurs excentriques et paranoïaques. L'idée que Lissa se comportait comme elle me contrariait beaucoup.

— Qu'est-ce qui ne va pas ? s'inquiéta-t-elle en me voyant perdue dans mes pensées.

— Quoi ? Rien. Je réfléchissais. (Avec un profond soupir, je tâchai d'évaluer objectivement mes propres désirs et ce qui me semblait le mieux pour elle.) Très bien. Nous pouvons rester... mais à quelques conditions.

Elle éclata de rire.

— Un ultimatum à la Rose, c'est ça ?

— Je suis sérieuse. (Et c'était une phrase que je n'employais pas souvent.) Je veux que tu restes à l'écart des Moroï de sang royal. Je ne parle pas de Natalie. Les autres... Ceux que le pouvoir amuse. Camille. Carly. Ce groupe-là...

Son amusement se changea en stupeur.

— Tu es vraiment sérieuse ?

— Oui. Tu ne les aimes pas, de toute manière.

— Mais toi si.

— Non. Pas vraiment. J'aimais ce qu'ils pouvaient nous offrir... Les fêtes, surtout.

— Et tu es prête à t'en passer ?

Elle semblait sceptique.

— Absolument. J'ai bien survécu à Portland...

— C'était différent. (Son regard se perdit dans le vague.) Ici... je fais partie de ce monde. Je ne vais pas pouvoir y échapper.

— Bien sûr que si ! Natalie le fait bien.

— Natalie ne va pas hériter du titre de sa famille. Moi, je le porte déjà. Je suis obligée de m'impliquer, de me faire des alliés… André…

— Tu n'es pas André, Lissa, grognai-je.

Je ne supportais pas qu'elle s'obstine à se comparer à son frère.

— Il ne cessait de se mêler aux autres.

— Aujourd'hui, il est mort.

Ses traits se durcirent immédiatement.

— Par moments, tu n'es pas très sympa, tu sais…

— Je ne suis pas ton amie parce que je suis sympa. Si tu voulais du sympa, tu n'avais qu'à piocher dans le troupeau de brebis bêlantes qui s'entre-tueraient pour être vues avec la princesse Dragomir. Je suis ton amie parce que je te dis la vérité ; et la vérité, c'est qu'André est mort. Te voilà devenue l'héritière de ta famille et tu vas remplir ce rôle du mieux que tu pourras. Pour le moment, le mieux est d'éviter les autres Moroï de sang royal. Nous allons rester discrètes. Faire profil bas. Si tu les laisses t'entraîner dans leurs histoires et que tu redeviennes…

— … folle ? acheva-t-elle à ma place.

Elle me força à détourner les yeux.

— Je ne voulais pas…

— Ça va, m'assura-t-elle en m'effleurant le bras. Nous ferons ce que tu voudras. Nous nous tiendrons à l'écart des intrigues. Nous ferons « profil bas ». Nous fréquenterons Natalie, j'imagine…

En toute honnêteté, cette perspective ne m'enchantait guère. Je mourais d'envie de retrouver les fêtes débridées des Moroï les plus en vue. Nous avions mené cette vie pendant des années avant l'accident qui avait tué les parents et le frère de Lissa. C'était André qui aurait dû hériter du titre de la famille, et sa manière de se comporter prouvait qu'il en avait bien conscience. Beau et sympathique, il charmait tout le monde et jouait un rôle majeur dans tous les groupes de sang royal qui se formaient à l'académie. Après sa mort, Lissa s'était fait un devoir de remplir son rôle.

J'étais entrée dans ce monde avec elle. C'était plus facile pour moi, puisque je n'avais pas à me soucier des intrigues politiques sous-jacentes. J'étais une jolie dhampir qui n'avais pas froid aux yeux, une compagne décorative et divertissante.

Pour Lissa, les choses étaient bien différentes. Les Dragomir étaient l'une des douze familles royales et son statut d'héritière lui conférait un immense pouvoir au sein de la société moroï. Tout le monde voulait être en bons termes avec elle, souvent dans l'espoir de la dresser contre d'autres. Tout Moroï de sang royal était capable de planter un poignard dans le dos de quelqu'un au beau milieu d'une tentative de corruption, et il fallait être un autre Moroï de sang royal pour comprendre quelque chose à ses motivations. Aux yeux des dhampirs et des Moroï du commun, ils étaient absolument imprévisibles.

Cette culture cruelle avait coûté cher à Lissa. Elle était d'une nature douce et franche que j'aimais infiniment et je détestais la voir bouleversée et stressée par ces intrigues. Elle avait gardé de l'accident une grande fragilité émotionnelle et toutes les fêtes du monde ne valaient pas de la voir souffrir.

— Très bien, conclus-je. On essaie. Mais s'il se passe quelque chose, n'importe quoi, on s'en va. Sans discussion.

Elle acquiesça.

— Rose ?

Nos deux regards s'élevèrent vers le visage de Dimitri. J'espérai qu'il n'avait pas entendu mes derniers mots.

— Tu es en retard à l'entraînement, poursuivit-il d'une voix égale avant de s'incliner poliment devant Lissa. Princesse…

En le suivant jusqu'au gymnase, je ne pus m'empêcher de m'inquiéter pour Lissa. Était-ce vraiment une bonne idée de rester ? Ses émotions, sans être alarmantes, étaient puissantes et désordonnées : c'était un mélange de peur, de confusion, de nostalgie et d'impatience.

Je sentis l'attraction juste avant que cela se produise. Exactement comme dans l'avion, ses émotions devinrent si intenses qu'elles m'« aspirèrent » dans sa tête sans que je puisse résister. Je vis et ressentis ce qui lui arrivait.

Elle contournait lentement le réfectoire en direction de la petite chapelle orthodoxe qui pourvoyait aux besoins religieux du personnel et des élèves de l'académie. Contrairement à moi, Lissa avait toujours assisté à la messe. Pour ma part, j'avais préféré passer un arrangement avec Dieu : j'acceptais de croire en lui, à peine, tant qu'il me laissait dormir le dimanche.

Je compris dès qu'elle fut à l'intérieur qu'elle n'était pas venue pour prier. Sa visite avait une raison précise, dont j'ignorais tout. Elle scruta la pénombre pour s'assurer que personne n'était en vue.

Rassurée de trouver la chapelle déserte, elle poussa une porte latérale et monta un escalier grinçant qui menait au grenier. L'endroit était sombre et poussiéreux. La seule source de lumière provenait d'un grand vitrail qui fragmentait les rayons du soleil levant en dizaines de taches multicolores.

Lissa ne m'avait jamais dit qu'elle avait l'habitude de s'isoler dans ce grenier, mais je ressentis à cet instant qu'elle en avait fait sa retraite, l'endroit où elle se réfugiait quand elle désirait être seule et réfléchir. Son angoisse s'apaisa un peu lorsqu'elle retrouva l'environnement familier. Elle grimpa sur le rebord de la fenêtre, posa sa tête contre la pierre et s'abandonna au plaisir du silence et de la lumière.

Contrairement aux Strigoï, les Moroï pouvaient supporter une exposition limitée à la lumière naturelle. Assise là, protégée par le verre coloré du vitrail, elle pouvait s'imaginer qu'elle baignait en plein soleil.

Respire, se répétait-elle. *Ça va aller. Rose va s'occuper de tout.*

Elle en était absolument certaine, comme toujours, et cela l'aida à se détendre.

Alors une voix grave résonna dans la pénombre.

—Je veux bien te laisser l'académie mais pas le banc du vitrail.

Elle se leva d'un bond, le cœur affolé.

—Qui est là ?

Une forme se détacha de derrière une pile de caisses, à l'extrême limite de son champ de vision. La silhouette s'avança, et la faible lumière révéla des traits familiers. Des cheveux noirs en bataille. Des yeux bleu pâle. Un inamovible sourire sardonique aux lèvres.

Christian Ozéra.

—Ne t'inquiète pas, je ne mords pas, ajouta-t-il. En tout cas, pas de la manière que tu crains…

Sa propre plaisanterie le fit bien rire.

Lissa, elle, ne la trouva pas drôle. Elle avait complètement oublié Christian Ozéra. Moi aussi.

Peu importaient les aléas du monde, il y avait quelques vérités éternelles pour les vampires : les Moroï étaient vivants, les Strigoï étaient morts-vivants ; les Moroï étaient mortels, les Strigoï étaient immortels ; on naissait moroï, on devenait strigoï.

Et il n'existait que deux manières de devenir strigoï. Premier cas : ceux-ci pouvaient transformer n'importe quel humain, dhampir ou Moroï en nouveau Strigoï par une simple morsure. Deuxième cas : un Moroï pouvait devenir Strigoï de son plein gré en se nourrissant jusqu'à tuer sa victime. Cette pratique était jugée maléfique et perverse. C'était le plus grand des crimes qu'un Moroï pouvait commettre contre ses semblables et contre la nature elle-même. Ceux qui s'égaraient sur cette voie ténébreuse y perdaient leur magie et la possibilité de s'exposer au soleil.

Voilà ce qui était arrivé aux parents de Christian. C'étaient des Strigoï.

Chapitre 5

Du moins, ils avaient été des Strigoï. Un régiment de gardiens les avait traqués et abattus. Si la rumeur disait vrai, Christian avait assisté au massacre lorsqu'il était enfant. Même s'il n'était pas lui-même un Strigoï, les gens pensaient qu'il n'en était pas loin. Son amour de la solitude et sa manie de porter du noir n'arrangeaient rien.

Strigoï ou pas, je n'avais aucune confiance en lui. C'était un psychopathe. Je hurlai mentalement à Lissa de sortir de là sans que cela ait le moindre effet. Stupide lien à sens unique.

— Qu'est-ce que tu fais là ? lui demanda-t-elle.

— Je profite de la vue, évidemment ! Le fauteuil éventré est absolument charmant à cette période de l'année. De ce côté, je peux te montrer une vieille boîte pleine des écrits de saint Vladimir le Cinglé, et n'oublions pas cette magnifique table sans pieds qui donne un cachet particulier à ce coin.

— Peu importe.

Elle leva les yeux au ciel puis se dirigea vers la porte, bien décidée à partir.

— Et toi ? l'interrogea-t-il en lui bloquant le passage. Qu'est-ce que tu fais là ? N'as-tu pas des fêtes à orchestrer ou des vies à détruire ?

L'attaque fit recouvrer à Lissa un peu de son ancienne flamme.

— Hilarant ! Est-ce que je suis devenue une sorte de rite de passage ? Tu vas m'agresser pour prouver à quel point tu es cool ? Déjà qu'une parfaite inconnue m'a hurlé après à midi, et maintenant c'est ton tour ? Que faut-il donc faire pour avoir la paix ?

— J'ai compris : tu es venue pour t'apitoyer sur ton sort.

— Ce n'est pas une blague. Je suis sérieuse.

La colère commença à prendre le pas sur les autres émotions de Lissa.

Christian haussa les épaules.

— Moi aussi, figure-toi, reprit-il en s'appuyant contre le mur. J'adore m'apitoyer sur mon sort. Quel dommage que je n'aie pas apporté de cotillons… De quoi te plains-tu d'abord ? Du fait qu'il va te falloir une journée entière pour redevenir la fille la plus populaire de l'académie ? Du fait que tu ne recevras pas ta nouvelle garde-robe avant une semaine ou deux ? Il serait sans doute plus rapide d'organiser une excursion shopping…

— Laisse-moi partir ! grommela-t-elle en le poussant hors de son chemin.

— Attends ! s'écria-t-il avant qu'elle atteigne la porte. (Sa voix avait perdu toute ironie.) Comment… Comment c'était ?

— Comment c'était quoi ?

— De vivre dans le monde extérieur… loin de l'académie.

Surprise par cet effort de dialogue qui paraissait sincère, elle hésita un moment avant de répondre.

— C'était génial. Personne ne me connaissait. Je n'étais qu'une fille parmi d'autres : ni une Moroï, ni une princesse, ni rien du tout. (Elle baissa les yeux.) Ici, tout le monde croit savoir qui je suis.

— Oui, commenta-t-il avec aigreur. Il est difficile d'échapper à son passé.

Lissa comprit à cet instant, et moi avec elle, à quel point il devait être difficile de vivre dans la peau de Christian. La plupart du temps, les gens se comportaient comme s'il n'existait pas. Ils ne parlaient ni avec lui ni de lui. Il n'était guère plus qu'un fantôme... Le crime de ses parents avait projeté son ombre sur la famille Ozéra tout entière.

Mais Christian l'avait trop énervée pour qu'elle ait envie de le plaindre.

— C'est ton tour ? grinça-t-elle.

Son éclat de rire sembla presque approbateur.

— Ça fait plus d'un an que je me sers de cette pièce pour m'apitoyer sur mon sort, remarqua-t-il.

— Désolée, riposta-t-elle, mais j'y venais avant mon départ. Je revendique donc le privilège de l'ancienneté.

— Et moi le droit de réquisitionner un logement vide. De plus, il vaut mieux que je ne m'éloigne pas trop de la chapelle, pour prouver que je ne suis pas encore devenu un Strigoï.

Son aigreur était revenue.

— C'est vrai que je t'ai toujours vu à la messe... Y vas-tu pour cette seule raison ? pour faire bonne figure ?

Les Strigoï ne pouvaient pas non plus entrer dans un lieu saint, une autre preuve de leur monstruosité.

— Évidemment. Pour quelle autre raison ? Le bien de mon âme ?

— Peu importe, conclut Lissa, qui avait une tout autre opinion sur la question. Je vais te laisser seul alors.

— Attends ! l'arrêta-t-il encore. Je te propose un marché : je te laisse venir ici à ta guise si tu acceptes de répondre à une question.

— Laquelle ? demanda-t-elle, méfiante.

Il se pencha vers elle.

— Parmi toutes les rumeurs que j'ai entendues aujourd'hui, et, crois-moi, j'en ai entendu beaucoup, il y en a une qui est passée presque inaperçue. Nos chers camarades ont tout disséqué : les raisons de votre départ, ce que vous avez fait pendant votre absence, le pourquoi de votre retour, le problème de ta spécialisation, l'altercation entre Rose et Mia, etc. La seule chose qui n'ait étonné personne, c'est cette histoire insensée d'humains avides de t'offrir leur sang qu'a racontée Rose.

Je sentis les joues de Lissa s'embraser.

— Ce n'est ni insensé ni une histoire..., murmura-t-elle en détournant les yeux.

Il y eut presque de la douceur dans le rire de Christian.

— J'ai vécu parmi les humains, avec ma tante, après que mes parents... Je sais bien qu'il n'est pas si facile de trouver du sang. (Comme elle ne répondait pas, il se remit à rire.) C'était Rose, n'est-ce pas ? C'est elle qui t'a nourrie.

Sa frayeur soudaine fit écho à la mienne. Il ne fallait surtout pas que cela se sache. Les gardiens qui nous avaient attrapées l'avaient probablement dit à Kirova, mais cette information n'était pas ressortie de son bureau.

— Si ce n'est pas de l'amitié..., commenta-t-il.

— Tu ne dois en parler à personne ! s'écria Lissa.

Il ne manquait plus que cela. Comme j'avais eu l'occasion de le vérifier au déjeuner, les sources n'étaient que des drogués accros à la salive de vampire. Les gens voyaient cet état de fait comme un mal nécessaire et méprisaient leur dépendance. Pour toute autre personne qu'une source, surtout pour un dhampir, le fait d'offrir son sang était... obscène. Ajoutons que la chose la plus obscène qu'un dhampir puisse faire était d'offrir son sang à un Moroï pendant l'amour.

Lissa et moi n'avions eu aucune relation de ce genre, évidemment, mais nous savions bien ce que les autres allaient penser s'ils apprenaient que je l'avais nourrie.

— Tu ne dois en parler à personne..., répéta-t-elle.

Christian enfonça ses mains dans les poches de son blouson et alla s'asseoir sur une caisse.

— À qui veux-tu que j'en parle ? Je te laisse le banc du vitrail pour aujourd'hui. Si tu n'as plus peur de moi...

Elle hésita. Il était ténébreux et son perpétuel sourire de rebelle avait quelque chose d'agaçant, mais il ne semblait pas vraiment dangereux. En tout cas, il n'avait rien d'un Strigoï. Lissa retourna s'asseoir sur le banc d'une démarche incertaine en se frottant les bras pour lutter contre la chair de poule.

Quelques instants plus tard, la température de la pièce s'éleva sensiblement.

Lissa offrit un sourire à Christian et remarqua pour la première fois à quel point il avait les yeux clairs.

— Tu t'es spécialisé en feu ?

Il acquiesça.

— Autant rendre cet endroit confortable, conclut-il en tirant un fauteuil cassé près du vitrail.

Ma vision s'interrompit brutalement.

— Rose ? Rose !

Je clignai des yeux pour accommoder ma vue sur le visage de Dimitri penché au-dessus du mien. Nous étions au milieu d'une allée et il me secouait les épaules.

— Est-ce que ça va ?

— Oui, je... J'étais avec Lissa..., expliquai-je en me massant les tempes. (Je n'avais jamais eu d'expérience si longue ni si intense.) J'étais dans sa tête.

— Sa... « tête » ?

— Oui. Ça fait partie du lien.

Je ne me sentais pas le cœur de développer.

— Est-ce qu'elle va bien ?

— Oui, elle... (J'hésitai. Allait-elle vraiment bien ? Christian Ozéra venait de l'inviter à traîner avec lui, cela ne présageait rien de bon. Il y avait un gouffre entre « faire profil bas » et « passer du côté obscur ». Pourtant, sa tristesse et sa peur s'étaient dissipées. Elle était presque détendue, à présent, bien qu'un peu nerveuse.) Elle n'est pas en danger.

C'était du moins ce que j'espérais.

— Es-tu en état de repartir ?

Pendant quelques instants, le guerrier dur et stoïque que j'avais rencontré cessa d'exister. Le Dimitri qui m'observait à présent avait vraiment l'air inquiet, et son regard éveilla quelque chose en moi. C'était stupide, bien sûr. Il était beaucoup trop beau, c'était certain, mais je n'allais quand même pas tomber sous le charme à la première occasion… Après tout, Mason l'avait décrit comme un dieu asocial qui devait me briser les os.

— Ça va, lui assurai-je.

Je me rendis dans les vestiaires du gymnase pour enfiler le survêtement qu'on avait finalement songé à me fournir après une matinée à m'entraîner en jean et en tee-shirt. Le rapprochement entre Lissa et Christian me troublait, mais les protestations de mes muscles endoloris passèrent vite au premier plan.

À tout hasard, je suggérai à Dimitri de me laisser en paix pour cette première journée.

Il éclata de rire et il ne fit aucun doute qu'il se moquait de moi.

— Qu'y a-t-il de si drôle ?

Son sourire s'évanouit aussitôt.

— Ah ! tu étais sérieuse…

— Bien sûr que j'étais sérieuse ! Je n'ai pas dormi depuis deux jours… Pourquoi devons-nous commencer ces entraînements aujourd'hui ? Laisse-moi aller me coucher…, implorai-je. Ce n'est qu'une petite heure de sport…

Il me toisa de la tête aux pieds en croisant ses bras sur sa poitrine. Le guerrier impitoyable était de retour ; j'allais en baver.

— Comment te sens-tu après tes entraînements de ce matin ?

— J'ai mal partout.

— Ce sera pire demain.

— Et alors ?

— Alors, autant en profiter à présent que tu ne te sens… pas si mal.

— Qu'est-ce que c'est que cette logique tordue ?

J'abandonnai la partie et le laissai m'entraîner dans la salle de musculation. Il me montra les haltères dont il voulait que je me serve et les exercices que je devais réaliser, puis il alla s'étendre dans un coin avec un roman défraîchi qui avait un cow-boy en couverture. Un dieu…

Lorsque j'eus terminé, il se leva pour me montrer quelques étirements.

— Comment se fait-il que tu sois devenu le gardien de Lissa ? lui demandai-je. Tu n'étais pas là avant notre départ. As-tu seulement été formé dans cette académie ?

Le temps qu'il mit à répondre me donna l'impression qu'il ne parlait pas souvent de lui.

— Non. J'ai été formé en Sibérie.

— Ça alors ! C'est probablement la seule académie à être plus mal située que celle du Montana.

Quelque chose qui ressemblait à de l'amusement brilla dans ses yeux sans qu'il réagisse à ma plaisanterie.

— Après mon diplôme, j'ai été assigné à la protection d'un seigneur Zeklos, poursuivit-il. Il vient de se faire tuer. (Son visage s'assombrit.) On m'a envoyé ici parce que l'académie avait des postes vacants. Puis, lorsque la princesse est revenue, on m'a assigné à sa protection parce que j'étais disponible et déjà sur place, ce qui ne change pas grand-chose pour moi tant qu'elle n'a pas fini ses études.

Le début de son histoire avait éveillé ma curiosité. Un Strigoï avait-il tué le vampire dont il avait la charge ?

— Est-ce que ce seigneur est mort pendant ton service ?

— Non. Il était avec son autre gardien. Je m'étais absenté.

Il se tut, l'esprit ailleurs. Même si les Moroï exigeaient beaucoup de leurs gardiens, il leur arrivait de reconnaître qu'ils étaient, après tout, des humains. Ainsi, les gardiens avaient droit à un salaire et à des jours de congé, comme dans n'importe quel travail. Certains gardiens particulièrement consciencieux, tels que ma mère, par exemple, refusaient de prendre leurs congés pour ne jamais s'éloigner de leur Moroï. Le visage dur de Dimitri me suggéra qu'il avait désormais toutes les chances de devenir l'un d'eux. Puisqu'il n'était pas là, il pouvait difficilement se reprocher la fin tragique du seigneur dont il avait la charge. Il devait le faire quand même. Je l'aurais fait aussi s'il était arrivé quelque chose à Lissa.

— Dis-moi ! m'écriai-je, saisie d'une envie soudaine de le dérider. Es-tu le cerveau qui a mis notre capture au point ? C'était un excellent plan : effet de surprise, usage de la force brute…

Il haussa un sourcil d'une drôle de manière. Cool… J'avais toujours rêvé de savoir le faire.

— Es-tu en train de me complimenter sur votre capture ?

— Eh bien… cette tentative a été beaucoup plus efficace que la précédente.

— « La précédente » ?

— Oui. À Chicago. La meute de psycho-chiens.

— Nous n'avons pas retrouvé votre trace avant Portland.

J'abandonnai mes étirements pour m'asseoir en tailleur.

— Je t'assure que je ne les ai pas imaginés… Qui d'autre aurait pu les envoyer ? Ils n'obéissent qu'aux Moroï. Peut-être qu'on n'a pas pensé à te prévenir…

— Peut-être, répondit-il d'un air détaché, mais l'expression de son visage montrait qu'il n'y croyait pas.

Après l'entraînement, je fonçai vers le dortoir des novices. Celui des Moroï, situé de l'autre côté de la cour, était spécialement adapté à leur style de vie, avec des vitres teintées et des salles où plusieurs sources se tenaient en permanence à leur disposition. Le nôtre, par souci de commodité, avait été construit à côté du gymnase.

Comme le nombre des novices ne cessait de chuter, surtout celui des filles, je n'avais pas à partager ma chambre. Celle qu'on m'avait attribuée était petite et simplement meublée de lits jumeaux et d'un coin bureau avec ordinateur. Mes quelques affaires, récupérées à Portland, m'attendaient dans des cartons. En fouillant pour trouver un tee-shirt, je déterrai deux photos de Lissa et moi, l'une prise au cours d'un match de foot à Portland, l'autre où nous posions avec son frère et ses parents, un an avant l'accident.

Je les posai sur le bureau et allumai l'ordinateur. L'un des employés du service technique m'avait gentiment fourni une fiche qui m'expliquait comment réactiver mon adresse électronique. Je m'empressai de le faire en me réjouissant que personne n'ait eu l'idée que j'allais m'en servir pour communiquer avec Lissa. Trop fatiguée pour lui écrire, je m'apprêtais à tout éteindre lorsque je découvris que j'avais déjà un message. De Janine Hathaway.

Il était lapidaire : « Contente que tu sois revenue. Ce que tu as fait est inexcusable. »

— Je t'aime aussi, maman, marmonnai-je en éteignant.

Je m'écroulai sur le lit et m'endormis avant d'avoir touché l'oreiller. Exactement comme Dimitri l'avait prédit, je me sentis dix fois plus courbaturée à mon réveil. Incapable de me lever, je réexaminais les avantages d'une évasion, avant de me rappeler qu'on avait menacé de me jeter dehors. Je n'avais qu'un seul moyen de l'éviter : me laisser torturer davantage.

Mes courbatures rendirent tout infiniment plus pénible, mais je parvins au terme de la matinée sans avoir tourné de l'œil.

Au déjeuner, j'entraînai Lissa à l'écart de Natalie et lui fis un sermon digne de Kirova sur Christian. Je lui reprochai particulièrement d'avoir révélé notre petit arrangement au sujet du sang. Cette rumeur allait nous exterminer socialement si elle se répandait, et je n'avais aucune confiance en la discrétion de Christian.

Lissa, pour sa part, avait d'autres sujets d'inquiétude.

— Tu étais encore dans ma tête ! s'écria-t-elle. Pendant si longtemps ?

— Je ne l'ai pas fait exprès, me défendis-je. Et puis ce n'est pas la question. Combien de temps es-tu restée avec lui après ça ?

— Pas très longtemps. C'était… intéressant.

— Eh bien, ça ne doit pas se reproduire ! Si les autres découvrent que tu traînes avec lui, ils vont te crucifier. (J'épiai son regard avec inquiétude.) Tu n'as pas un faible pour lui, au moins ?

Elle pouffa.

— Non ! Bien sûr que non !

— Parfait. Si tu veux sortir avec quelqu'un, récupère Aaron.

Il était mortellement ennuyeux, il fallait bien l'admettre, mais complètement inoffensif. Comme Natalie. Pourquoi fallait-il que tous les gens inoffensifs soient si peu intéressants ? C'était peut-être la définition même d'« inoffensif ».

Lissa éclata de rire.

— Mia m'arracherait les yeux !

— Nous sommes de taille à la gérer. Et puis Aaron mérite mieux qu'une petite copine qui s'habille au rayon enfant.

— Tu ferais bien de cesser de dire ce genre de choses, Rose…

— Je me contente de dire ce que tu ne diras pas.

— Elle n'a qu'un an de moins que nous, insista Lissa avant d'éclater de rire. J'ai du mal à y croire : voilà que tu as peur que je nous attire des ennuis.

En repartant vers les salles de cours, le sourire aux lèvres, je lui jetai un regard oblique.

— Aaron est toujours aussi mignon, non ?

Elle esquissa un sourire en évitant mon regard.

— C'est vrai.

— Tu vois ? Tu devrais le récupérer.

— Arrête. Je suis contente qu'on soit amis.

— Des amis qui avaient l'habitude de se lécher la figure.

Elle me fit de gros yeux.

— D'accord. Laissons Aaron dans son jardin d'enfants… tant que tu restes à distance de Christian. Il est dangereux.

— Tu en fais trop. Il n'a aucune envie de devenir un Strigoï.

— Il a une mauvaise influence sur toi.

Cette idée la fit rire.

— Tu as peur que je devienne une Strigoï ?

Elle poussa la porte de la salle de sciences sans attendre ma réponse. Je m'arrêtai net, le temps de bien comprendre sa phrase, et la suivis quelques instants plus tard. Lorsque j'entrai dans la salle, je découvris le pouvoir royal en pleine action. Quelques Moroï, encouragés par un public de filles gloussantes, en tourmentaient un autre. Je connaissais mal la victime, mais je savais que cet élève était pauvre et sans aucun lien avec les familles royales. Quelques-uns de ses bourreaux, spécialistes de l'air, faisaient voltiger les feuilles de sa table, et il essayait vainement de les rattraper.

Mon instinct m'ordonna aussitôt d'aller assommer un ou deux Moroï, mais je ne pouvais pas me battre avec tous ceux qui me contrariaient, et surtout pas avec des Moroï de sang royal, dans la mesure où je voulais absolument éviter d'attirer l'attention sur Lissa. Je me contentai donc de leur jeter un regard méprisant et me dirigeai vers ma place. Quelqu'un m'attrapa le bras au passage. Jesse.

— Bas les pattes ! plaisantai-je, soulagée de voir qu'il n'avait pas pris part au jeu cruel.

Il m'offrit un sourire radieux sans lâcher mon bras.

— Rose ! raconte donc à Paul la bagarre que tu as déclenchée dans le cours de Mme Karp.

— J'ai déclenché beaucoup de bagarres dans ses cours, répondis-je avec un sourire enjôleur.

— Celle qui impliquait un crabe et une gerbille.

J'éclatai de rire à ce souvenir.

— Ah oui ! mais je crois que c'était un hamster. Je me suis contentée de le mettre dans le vivarium du crabe. Ils étaient tous les deux si perturbés d'être près de moi qu'ils se sont battus.

Paul, son voisin de table que je connaissais à peine, se mit à rire avec nous. Il était arrivé l'année précédente, d'après ce qu'on m'avait dit, et n'avait jamais entendu cette histoire.

—Qui a gagné ?

—Je ne m'en souviens pas, répondis-je avant de jeter un regard interrogateur à Jesse. Et toi ?

—Non. Je ne me souviens que de la crise de panique de Karp. (Il se tourna vers Paul.) Tu aurais vu cette prof ! Elle se croyait toujours suivie et disait des tas de trucs qui n'avaient aucun sens. Une vraie cinglée. Elle avait l'habitude de se promener dehors lorsque tout le monde dormait.

Je souris pour lui faire croire que son portrait m'amusait tout en m'inquiétant de penser à Mme Karp pour la seconde fois en deux jours. Jesse avait raison. Elle avait l'habitude de se promener pendant la nuit, une habitude plutôt effrayante. J'étais même tombée sur elle, une fois, sans le vouloir.

J'avais fait le mur pour aller retrouver des amis. C'était bien après le couvre-feu. Tout le monde était censé dormir, mais j'étais passée pro dans ce genre d'évasion.

Sauf que j'étais tombée ce jour-là. Ma chambre se trouvait au deuxième étage et j'avais lâché prise à mi-parcours. Je m'étais éraflée contre le mur, sans même le sentir, en tentant de me rattraper, avant d'atterrir sur le dos, le souffle coupé.

« — Tu n'es pas très en forme, Rosemarie. Tu devrais être plus prudente… Tes entraîneurs seraient très déçus par ta performance.

À travers l'enchevêtrement de mes cheveux, j'avais vu Mme Karp, penchée au-dessus de moi, qui me regardait avec un sourire amusé. En même temps, je découvrais un à un tous les endroits où j'avais mal.

Je m'étais relevée aussitôt en tâchant de ne pas trop grimacer. C'était une chose de suivre les cours de Mme Karp avec des tas d'autres élèves, c'en était une autre de se retrouver seule avec elle la nuit. Elle avait un air perpétuellement égaré qui me donnait la chair de poule.

Il y avait aussi une probabilité non négligeable pour qu'elle me conduise chez Kirova, perspective qui m'effrayait encore plus que sa seule présence.

Mais elle s'était contentée de prendre mes mains sans cesser de sourire. Ne sachant trop comment réagir, je l'avais laissé faire. Elle avait secoué la tête en regardant mes égratignures, puis avait froncé les sourcils. Après une vibration plaisante et de légers picotements, mes plaies s'étaient refermées. Puis j'avais éprouvé un léger vertige suivi d'une bouffée de chaleur, et la douleur que je ressentais à la hanche et dans la jambe avait disparu.

J'avais retiré mes mains avec une exclamation de stupeur. J'avais vu de nombreux Moroï pratiquer des tours de magie, mais jamais rien de semblable.

— *Mais qu'est-ce que vous m'avez fait ?*

Elle m'avait de nouveau adressé son étrange sourire.

— *Retourne dans ta chambre, Rose. Des créatures dangereuses rôdent dehors. On ne peut jamais savoir qui nous observe.*

Je regardais toujours mes mains.

— *Mais...*

En relevant la tête, j'avais remarqué pour la première fois les cicatrices qu'elle avait sur le front et les tempes. On aurait dit que quelqu'un y avait enfoncé ses ongles.

— *Je ne dirai rien si tu en fais autant*, avait-elle conclu en grimaçant. »

Je rejoignis le présent, profondément troublée par le souvenir de cette nuit étrange. Jesse était en train de parler d'une fête.

— Il faut absolument que tu fasses le mur ce soir. On se retrouve à vingt heures trente à l'endroit que tu connais dans les bois. Mark a trouvé de l'herbe.

Je soupirai profondément en laissant les regrets remplacer le malaise que le souvenir de Mme Karp avait éveillé en moi.

— Impossible. Je serai avec mon geôlier russe.

Visiblement déçu, il lâcha mon bras pour laisser courir sa main dans ses cheveux couleur bronze. C'était décidément bien dommage que je ne puisse pas passer plus de temps avec lui. Un jour prochain, il allait falloir que je me décide...

— Crois-tu qu'ils t'accorderont une remise de peine pour bonne conduite ? pouffa-t-il.

Je lui décochai mon sourire le plus séduisant.

— Ils le feraient sans doute, lui lançai-je par-dessus mon épaule en rejoignant ma place. S'il m'arrivait de bien me conduire...

Chapitre 6

Même si le rapprochement de Lissa et Christian m'inquiétait, il me donna une idée le jour suivant.

— Hé ! Kirova ! Pardon : madame Kirova, l'interpellai-je depuis la porte ouverte de son bureau.

Je ne m'étais évidemment pas donné la peine de prendre rendez-vous. Mme le proviseur Kirova leva d'une pile de dossiers un regard qui disait clairement à quel point elle était contrariée de me voir.

— Oui, mademoiselle Hathaway ?

— Est-ce que les mesures d'isolement que vous avez prescrites m'empêchent d'aller à l'église ?

— Pardon ?

— Vous avez dit que je devais rester dans ma chambre quand je n'étais pas en cours ou dans le gymnase, mais vous n'avez pas parlé de la messe du dimanche. Je pense qu'il ne serait pas juste de m'empêcher d'assouvir mes… besoins religieux.

Ni de me priver d'une occasion, si brève et si rébarbative soit-elle, de voir Lissa.

— J'ignorais que vous aviez des besoins religieux, ironisa-t-elle en rajustant ses lunettes.

— J'ai trouvé Jésus pendant mon absence.

— Votre mère n'est-elle pas athée ? s'étonna-t-elle, méfiante.

— Et mon père est probablement musulman, mais j'ai choisi ma propre voie. Vous auriez tort de m'en détourner.

Elle produisit un son qui ressemblait vaguement à un ricanement.

— Je ne me le pardonnerais pas, mademoiselle Hathaway… Très bien. Vous êtes autorisée à assister aux offices religieux.

Mon triomphe fut malheureusement de courte durée, puisque la messe à laquelle j'assistai quelques jours plus tard fut aussi ennuyeuse que celles de mon souvenir. J'eus néanmoins la satisfaction de m'asseoir à côté de Lissa et employai l'essentiel de mon temps à observer les gens. La messe était optionnelle mais la plupart des élèves, issus de très anciennes familles orthodoxes, y assistaient par conviction ou par obligation.

Christian, assis à l'autre bout de notre rangée, semblait absorbé par l'office. Même si je ne l'aimais pas, je devais bien reconnaître que sa simulation de la foi me faisait sourire. Dimitri, assis au dernier rang, garda un visage fermé tout le long de l'office et ne communia pas plus que moi. Il semblait si absorbé dans ses pensées que je finis par me demander s'il entendait même ce que disait le prêtre. Pour ma part, je n'en saisissais que des bribes.

— Il n'est jamais facile de suivre la voie de la vertu, dit-il à un moment. Saint Vladimir lui-même, le patron de cette académie, a connu des heures difficiles. Il avait tant d'esprit que les gens s'attroupaient souvent autour de lui pour le seul plaisir de l'écouter et de jouir de sa présence. Les anciens textes racontent qu'il avait tant d'esprit qu'il pouvait guérir les malades. Pourtant, malgré ces dons, nombreux étaient ceux qui lui manquaient de respect. Les gens se moquaient de lui en prétendant qu'il était perturbé.

Ce qui n'était qu'une manière délicate de le traiter de fou. Tout le monde le savait. Comme il y avait très peu de saints moroï, le prêtre avait déjà raconté son histoire bien des fois. Génial. C'était à croire que je disposais d'une éternité de dimanches pour l'entendre encore et encore.

— … et il en allait ainsi avec sa chère Anna, celle qui avait reçu le baiser de l'ombre.

Je relevai soudain la tête. Comme j'avais décroché depuis un moment, je n'avais plus la moindre idée de ce dont parlait le prêtre. Seuls les derniers mots m'avaient frappée : « celle qui avait reçu le baiser de l'ombre ». Je ne les avais pas entendus depuis longtemps, mais ils s'étaient gravés dans un coin de ma mémoire. Je tendis l'oreille, espérant que le prêtre allait poursuivre, mais il était déjà passé à autre chose. En fait, la messe était terminée.

Je retins Lissa par le bras lorsqu'elle se leva pour sortir.

— Attends-moi. Je reviens tout de suite.

Je descendis la travée à contre-courant en direction du prêtre, qui discutait avec quelques élèves, et attendis qu'il finisse en cachant difficilement mon impatience. Natalie, qui se trouvait là, voulut savoir s'il avait des activités de bénévole à lui confier. Quelle idée… Après l'avoir salué, elle me gratifia d'un sourire candide en s'éloignant.

Le prêtre haussa un sourcil en découvrant ma présence.

— Bonjour, Rose. C'est un plaisir de te revoir.

— Oui… pour moi aussi. Dites-moi : je vous ai entendu parler d'Anna, « celle qui avait reçu le baiser de l'ombre ». Qu'est-ce que ça veut dire ?

— Je n'en suis pas certain, répondit-il en fronçant les sourcils. Elle a vécu il y a très longtemps… À cette époque, on attribuait couramment aux gens des qualificatifs qui reflétaient certains de leurs traits de caractère. Peut-être l'a-t-on appelée de la sorte pour la faire paraître plus redoutable.

— Mais qui était-elle ? insistai-je en tâchant de dissimuler ma déception.

Cette fois, son froncement de sourcils fut clairement réprobateur.

— J'ai raconté cette histoire de nombreuses fois…

— J'ai dû… manquer cette partie.

— Attends-moi un instant, m'ordonna-t-il d'un air encore plus réprobateur avant de s'éloigner.

Je le vis disparaître par la porte qui avait mené Lissa au grenier. Je songeai un instant à fuir, puis craignis que Dieu me foudroie pour ce sacrilège. Moins de une minute plus tard, le prêtre était de retour avec un livre qu'il me tendit. *Les Saints moroï.*

— Tu trouveras tout ce que tu veux savoir là-dedans. La prochaine fois que nous nous verrons, j'aimerais que tu me dises ce que tu auras appris.

Je le quittai en ruminant ma rage. Génial ! des devoirs à faire pour le prêtre.

Je retrouvai Lissa à l'entrée de la chapelle en grande discussion avec Aaron. Elle était souriante et je la sentais d'humeur légère, même si elle n'était décidément pas amoureuse.

— Tu plaisantes ! s'exclama-t-elle.

— Non, lui assura-t-il en secouant la tête.

Elle se tourna vers moi dès qu'elle me vit approcher.

— Rose ! tu ne vas jamais le croire. Tu connais Abby Badica ? et Xander ? Leur gardien veut démissionner pour épouser une gardienne !

C'était bel et bien une nouvelle stupéfiante. Un scandale, plutôt.

— Sérieusement ? Est-ce qu'ils comptent… s'enfuir ensemble ou quelque chose comme ça ?

Elle acquiesça.

— Ils sont en train d'acheter une maison. Je suppose qu'ils ont l'intention de travailler parmi les humains.

Je me tournai vers Aaron que mon arrivée avait fait taire.

— Comment le prennent Abby et Xander ?

— Plutôt bien. Non : ils sont terriblement gênés. Ils trouvent ça stupide. (Il se rappela tout à coup qu'il s'adressait à une dhampir.) Pardon ! Je ne voulais pas…

— T'inquiète, le rassurai-je avec un sourire crispé. C'est stupide.

J'étais abasourdie. Ma part rebelle éprouvait de la sympathie pour tous les gens qui « combattaient le système ». Sauf que, dans ce cas, il s'agissait de mon système, celui dans lequel j'avais été élevée.

Les dhampirs et les Moroï avaient passé un curieux arrangement. À l'origine, les dhampirs étaient le produit d'un métissage entre humains et Moroï. Malheureusement, ils étaient incapables de se reproduire entre eux, ni avec des humains. C'était une bizarrerie génétique que nous avions en commun avec les mules, d'après ce qu'on m'avait dit, même si cette comparaison avait tendance à m'agacer. Les dhampirs ne pouvaient donc avoir d'enfants qu'avec les Moroï, et une seconde bizarrerie génétique voulait que ces enfants soient de purs dhampirs, dotés de gènes moroï pour moitié et de gènes humains pour l'autre.

Puisque les Moroï étaient les seuls êtres avec lesquels nous pouvions nous reproduire, nous étions bien forcés de nous mêler à eux et il était dans notre propre intérêt qu'ils survivent. Leur extinction impliquait la nôtre. La menace constante que représentaient les Strigoï nous avait naturellement amenés à devenir leurs gardiens.

Par chance, si les dhampirs n'avaient aucun pouvoir magique, ils faisaient d'excellents guerriers. Nous avions hérité de la force et de l'endurance des humains, ainsi que des sens aiguisés et des réflexes des Moroï, sans être limités comme eux par la nécessité de boire du sang ou leur faible tolérance au soleil. Évidemment, nous n'étions pas aussi puissants que les Strigoï, mais nous nous entraînions dur et réalisions, somme toute, un assez bon boulot. La plupart des dhampirs estimaient normal de mettre leur vie en danger pour assurer la survie de leur espèce.

Puisque les Moroï, de leur côté, avaient envie d'avoir des enfants de leur espèce, la plupart des histoires d'amour entre dhampirs et Moroï étaient de courte durée. Les filles moroï, notamment, s'intéressaient assez peu aux garçons dhampirs. En revanche, beaucoup de garçons moroï aimaient avoir des aventures avec des filles dhampirs avant d'épouser l'une de leurs semblables. Cette situation impliquait un grand nombre de mères célibataires parmi les dhampirs, mais nous avions suffisamment de courage et de tempérament pour le supporter.

Néanmoins, beaucoup de femmes dhampirs renonçaient à leur rôle de gardienne pour élever leurs enfants. Certaines de ces femmes avaient un travail « normal » parmi les humains, les autres s'organisaient en communautés, qui avaient très mauvaise réputation. D'après la rumeur, beaucoup de Moroï allaient voir ces femmes seulement pour le sexe et certaines les laissaient boire leur sang pendant l'amour. On les appelait « les catins rouges ».

Par conséquent, il y avait beaucoup plus de Moroï que de gardiens et la plupart des gardiens étaient des hommes. La plupart des garçons dhampirs acceptaient l'idée qu'ils n'auraient jamais d'enfants et se faisaient un devoir de protéger les Moroï pendant que leurs sœurs et leurs cousines perpétuaient l'espèce.

On trouvait tout de même quelques gardiennes, certaines sans enfants et d'autres, comme ma mère, qui avaient renoncé à les élever. Celle-ci m'avait confiée au système éducatif des Moroï dès mon plus jeune âge. Cette académie m'avait donc tenu lieu de parents depuis mes quatre ans.

Une telle éducation, en plus de l'exemple maternel, m'avait pleinement convaincue que les dhampirs avaient pour mission de protéger les Moroï. C'était inscrit au cœur de notre culture et c'était notre seul moyen d'avoir un avenir. L'évidence même.

Voilà ce qui rendait l'aventure du gardien des Badica si scandaleuse. Il avait abandonné son Moroï pour s'enfuir avec une gardienne, qui en avait donc fait autant de son côté. Ils avaient mis deux familles en danger alors qu'il ne leur était même pas possible d'avoir des enfants ensemble. À quoi bon ? C'était un véritable gaspillage, et une déchéance.

Après quelques échanges de plus sur les Badica, nous prîmes congé d'Aaron. J'entendis un bruit étrange en mettant le pied dehors mais réagis trop tard. Un paquet de neige à moitié fondue se détacha du toit de la chapelle pour venir atterrir précisément sur nos têtes. Nous étions au début d'octobre et les premiers flocons étaient tombés la nuit précédente. Bref, la substance dont nous fûmes recouvertes était très humide et très froide.

Lissa fut plus touchée que moi mais je ne pus m'empêcher de crier, comme un filet d'eau glacée me coulait dans le cou. Ceux qui se trouvaient aux abords de cette mini-avalanche me firent écho.

— Est-ce que ça va ? demandai-je à Lissa dont les cheveux blond platine dégoulinaient sur son manteau trempé.

— Oui..., me répondit-elle en claquant des dents.

Comme mon manteau était plus imperméable que le sien, je le retirai pour le lui offrir.

— Enlève le tien.

— Mais tu...

— Prends-le !

J'attendis qu'elle l'ait enfilé pour m'intéresser aux rires qui accompagnent toujours ce genre de situation.

— Dommage que tu aies porté un manteau, Rose ! lança Ralf Sarcozy, un Moroï particulièrement large et épais que je détestais. J'aurais adoré voir ton tee-shirt mouillé !

— Ton tee-shirt est affreux ! Tu l'as volé à un sans-abri ?

À ces mots, j'avisai Mia qui approchait, pendue au bras d'Aaron. Ses boucles blondes étaient coiffées à la perfection et elle portait des escarpins noirs qui me seraient mieux allés qu'à elle. Au moins, ils lui rajoutaient quelques centimètres. Aaron, qui nous suivait de quelques pas, avait miraculeusement échappé à la mini-avalanche. Le sourire suffisant de Mia me convainquit qu'il n'y avait aucun miracle là-dedans.

—J'imagine que tu aimerais le brûler, ironisai-je pour ne pas lui montrer à quel point son insulte m'avait touchée. (Je savais parfaitement que mes exigences vestimentaires avaient beaucoup baissé ces deux dernières années.) C'est trop bête! Le feu n'est pas ton élément… Tu t'es spécialisée en eau, c'est bien ça? Quelle coïncidence que de la neige soit tombée du toit pile au moment où nous sortions!

Mia fit une moue offensée mais l'étincelle qui brillait dans son regard m'assurait de sa culpabilité.

—Que veux-tu dire?

—Moi, rien. Mais Mme Kirova aura sûrement quelques mots à te dire lorsqu'elle découvrira que tu t'es servie de ta magie contre d'autres élèves.

—Je n'y suis pour rien. Ce n'était même pas une agression: c'était une intervention divine.

À sa grande satisfaction, son trait d'esprit suscita quelques rires. Dans mon imagination, je lui répondis: «C'est ça, oui», avant de la plaquer contre le mur de la chapelle. Dans la vie réelle, Lissa me donna simplement un coup de coude.

—Allons-nous-en…

Nous nous dirigeâmes vers les dortoirs au milieu des rires et des plaisanteries sur l'état de nos vêtements et l'incapacité de Lissa à se spécialiser. Je bouillais intérieurement de colère. En chemin, je pris conscience qu'il était temps d'empêcher Mia de nuire. D'abord, cela allait me procurer un soulagement certain. Ensuite, il n'était pas question que Lissa supporte sa haine en plus de tout le reste. Notre première semaine avait été assez calme et je tenais à ce que cela dure.

— Tu sais, je crois de plus en plus que tu ferais bien de récupérer Aaron. Ça donnerait une bonne leçon à sa poupée et ça ne devrait pas être très difficile, puisqu'il est toujours fou de toi.

— Je ne tiens pas à donner une leçon à Mia et, moi, je ne suis pas folle de lui.

— Pourquoi ? Elle ne cesse de nous chercher et elle parle dans notre dos. Hier, elle m'a lancé que j'avais trouvé mon jean à l'Armée du Salut.

— Tu as trouvé ton jean à l'Armée du Salut.

— Peut-être, mais il n'y a pas de quoi en rire lorsqu'on s'habille, comme elle, au supermarché.

— Qu'est-ce que tu as contre les supermarchés ?

— Rien. Ce n'est pas la question. Le problème, c'est qu'elle essaie de faire passer ses affaires pour des vêtements de créateurs.

— Et c'est un crime.

Je pris mon air le plus solennel.

— Absolument. Qui exige un châtiment exemplaire.

— Je te répète que je n'ai envie de châtier personne, insista Lissa en me jetant un regard réprobateur. Et tu ne devrais pas non plus...

Je m'efforçai de sourire avec innocence. Lorsque nos chemins se séparèrent, je fus soulagée qu'elle ne puisse pas lire dans mes pensées.

— Alors, quand les tigresses vont-elles s'affronter ?

Mason m'attendait devant le dortoir des novices. Il me regarda approcher, appuyé contre le mur, le sourire aux lèvres, mignon comme tout.

— Je ne vois pas du tout de quoi tu parles.

Il me tendit son blouson avant de m'accompagner à l'intérieur du bâtiment.

— Je vous ai vues vous chamailler devant la chapelle. N'avez-vous donc aucun respect pour la maison de Dieu ?

— À peu près autant que toi, espèce de païen. Tu ne vas même pas à la messe. En plus, comme tu l'as dit, on était *devant* la chapelle.

— Et tu n'as toujours pas répondu à ma question.

J'enfilai son blouson avec un sourire.

Nous venions d'atteindre la salle de détente de notre dortoir, un vaste espace meublé de banquettes et de tables pour étudier en groupe, où garçons et filles se rencontraient et invitaient leurs amis moroï. Il y avait foule, ce qui était habituel un dimanche soir, puisque la plupart des élèves n'avaient pas fini les devoirs à rendre le lendemain. Voyant une petite table libre dans un coin, j'entraînai Mason par le bras.

— N'es-tu pas censée retourner directement dans ta chambre ? s'inquiéta-t-il.

Je me tassai au fond de ma chaise et observai avec nervosité les environs.

— Avec le monde qu'il y a, il leur faudra quelques minutes pour me repérer. J'en ai déjà marre d'être enfermée ! Et ça ne fait qu'une semaine…

— J'en ai marre aussi. Tu nous manques. On s'est fait un billard, hier soir… Tu aurais dû voir Eddie.

— Tais-toi ! grognai-je. Je ne tiens pas à connaître votre brillante vie sociale.

— Comme tu voudras…, conclut-il en posant son menton dans sa main. Alors, parle-moi de Mia. Tu vas bien lui mettre ton poing dans la figure un de ces jours ? J'ai déjà vu cette scène une bonne dizaine de fois… Ça m'amuse toujours autant.

— C'est une nouvelle Rose que tu as devant toi ! (Je fis de mon mieux pour être convaincante, mais son rire me donna une piètre opinion de ma performance.) En plus, Kirova me renverrait dans les cinq minutes. Je suis obligée de me tenir à carreau.

— En d'autres termes, tu dois trouver une manière de te venger de Mia qui ne t'implique pas directement.

Je sentis les coins de mes lèvres se relever.

— Tu sais ce que j'aime chez toi, Mason ? C'est que tu penses exactement comme moi.

— C'est une idée effrayante... Alors, dis-moi ce que tu penses de ça : il se peut que je sache quelque chose sur elle que je ne devrais pas te dire...

Je me penchai vers lui.

— Maintenant, tu es obligé de me le dire.

— Ce serait mal. Comment puis-je être sûr que tu n'utiliseras pas mes informations contre elle ?

— Peux-tu me résister ? insistai-je en battant des cils.

Il me contempla quelques instants.

— Non. Je ne peux pas. Très bien : Mia n'est pas de sang royal.

Je me rejetai au fond de ma chaise.

— Quel scoop ! Je le savais déjà. Je connais les généalogies des familles royales depuis le bac à sable...

— Oui, mais ce n'est pas tout : ses parents travaillent pour l'un des seigneurs Drozdov. (Je l'invitai à enchaîner avec un peu d'impatience. Beaucoup de Moroï travaillaient parmi les humains, mais la société moroï générait aussi de nombreux emplois pour ceux de leur espèce. Il fallait bien que quelqu'un occupe ces postes.) Ce sont des domestiques. Son père est jardinier et sa mère femme de chambre.

Je respectais sincèrement tous ceux qui affrontaient des journées entières de travail pour recevoir un salaire, quel que soit leur métier. Mais, comme pour les vêtements de supermarché, je ne supportais pas que les gens cherchent à se faire passer pour ce qu'ils n'étaient pas. Après une semaine à l'académie, j'avais bien compris à quel point Mia tenait désespérément à faire partie de l'élite.

— Personne ne le sait ? demandai-je d'un air pensif.

— Et elle ne veut surtout pas que ça se sache. Tu sais comment sont les autres... à part Lissa, évidemment. Les choses commenceraient à devenir très difficiles pour elle si cette rumeur se répandait.

—Comment le sais-tu, toi ?

—Mon oncle est gardien chez les Drozdov.

—Et tu as gardé le secret pendant tout ce temps ?

—Jusqu'à ce que tu me forces à parler. Alors, vas-tu te servir de cette information pour faire le bien ou pour faire le mal ?

—Je pense que je vais avoir la bonté…

—Mademoiselle Hathaway ! Vous savez parfaitement que vous n'avez pas le droit d'être ici.

L'une des surveillantes du dortoir, plantée devant moi, me fusillait de son regard réprobateur.

Je plaisantais à peine tout à l'heure en disant que Mason pensait comme moi. Il était aussi doué que moi pour l'improvisation.

—On nous a donné un travail de groupe. Comment voulez-vous qu'on le fasse si Rose reste enfermée dans sa chambre ?

—Vous n'avez pas l'air de travailler, riposta la surveillante en plissant les yeux.

J'ouvris au hasard le livre du prêtre que j'avais posé sur la table en arrivant.

—On doit faire le compte-rendu de ce vieux livre.

—Je vous accorde une heure, décréta-t-elle, toujours méfiante. Et vous avez intérêt à travailler.

—Oui madame ! répondit Mason avec un parfait sérieux.

Elle s'éloigna sans cesser de nous jeter des regards suspicieux.

—Mon héros…, murmurai-je.

—Qu'est-ce que c'est ? m'interrogea-t-il en désignant le livre d'un coup de menton.

—Le prêtre me l'a donné, en réponse à une question que je lui ai posée après l'office.

Il me considéra d'un regard médusé tandis que j'examinais le sommaire.

— Arrête ! et fais semblant de t'intéresser… Je cherche des informations sur une fille qui s'appelle Anna.

— Très bien, étudions, se résigna Mason en tirant sa chaise à côté de moi.

Le sommaire me renvoya, sans surprise, au chapitre sur saint Vladimir. Je le parcourus en diagonale et finis par trouver ce que je cherchais. Malheureusement, l'auteur ne disait pas grand-chose sur elle. Il se contentait de se référer à l'extrait d'un texte, écrit par un homme qui semblait avoir vécu à l'époque de saint Vladimir.

« Et Vladimir est toujours accompagné d'Anna, la fille de Fyodor. Leur amour est aussi pur et chaste que celui d'un frère et d'une sœur, et elle le défend souvent contre les Strigoï qui veulent détruire son être et sa sainteté. C'est elle aussi qui le réconforte quand l'esprit devient trop lourd à porter, quand Satan le harcèle en affaiblissant son corps et son cœur. Toutes ses peines et tous ses tourments, Anna les partage parce qu'ils sont liés depuis qu'il lui a sauvé la vie dans son enfance. Dieu a témoigné sa faveur à saint Vladimir en lui envoyant une gardienne telle qu'Anna, qui a reçu le baiser de l'ombre et sait toujours ce qu'il a dans le cœur et dans l'esprit. »

— Tu as ta réponse, déclara Mason. C'était sa gardienne.

— Mais je ne sais toujours pas ce que veut dire « qui a reçu le baiser de l'ombre ».

— Probablement rien.

J'avais du mal à le croire. Je relus le passage en essayant de découvrir la réalité qui se cachait sous les formulations vieillottes. Mason m'observait avec curiosité et avait l'air de vraiment vouloir m'aider.

— Peut-être qu'ils étaient ensemble, suggéra-t-il.

J'éclatai de rire.

— C'était un saint !

— Et alors ? Qu'est-ce qui empêche un saint d'aimer le sexe ? Je suis sûr que toute cette histoire de « frère et sœur » n'était qu'une couverture. (Il posa son doigt sur une ligne.) Tu vois ? Ils étaient « liés ». C'est un code, je te dis.

« Liés ». C'était un terme étrange, effectivement, mais qui ne voulait pas forcément dire qu'ils se sautaient dessus dès qu'ils en avaient l'occasion.

— Je crois que tu te trompes. Ça veut seulement dire qu'ils étaient proches. Un garçon et une fille peuvent très bien être amis...

Il me jeta un regard sceptique.

— Ah oui ? Nous sommes amis et je ne sais pas pour autant ce que tu as « dans le cœur et dans l'esprit ». (Il prit un air songeur.) Bien sûr, certains pourraient faire valoir qu'on ne peut jamais savoir ce qu'une femme...

— La ferme ! grommelai-je en lui donnant une tape sur le bras.

— ... car vous êtes des créatures étranges et mystérieuses et un homme doit être un vrai devin pour nourrir l'espoir de vous rendre heureuses, conclut-il d'une voix docte.

Je ne pus m'empêcher de pouffer tout en sachant que j'allais encore m'attirer des ennuis.

— Entraîne-toi à lire dans mon esprit et cesse de faire le...

Mon rire s'arrêta net.

Ils étaient « liés » l'un à l'autre et elle « savait toujours ce qu'il avait dans le cœur et dans l'esprit », me répétai-je en baissant les yeux vers le livre. Saint Vladimir et Anna avaient un lien de nature magique. J'aurais parié tout ce que j'avais, c'est-à-dire pas grand-chose, là-dessus. On nous parlait souvent des temps anciens où Moroï et dhampirs étaient « liés » les uns aux autres, mais c'était la première fois que je voyais ce lien mentionné à propos d'une personne en particulier.

— Est-ce que ça va ? me demanda Mason, surpris par mon silence. Tu as l'air bizarre…

— Très bien ! répondis-je, en haussant les épaules.

Chapitre 7

Deux semaines plus tard, le quotidien de l'académie m'avait peu à peu fait oublier Anna. À la frénésie que notre retour avait suscitée succéda une routine presque confortable. Mes loisirs se bornaient à aller à la messe, déjeuner avec Lissa et profiter des miettes de vie sociale que j'arrivais à grappiller ici et là. Puisque je ne disposais d'aucun temps libre, il m'était assez facile de me tenir tranquille, même s'il m'arriva quelquefois d'attirer l'attention sur moi malgré mes nobles discours à Lissa sur la nécessité de faire « profil bas ». C'était plus fort que moi… J'aimais flirter avec les garçons, me mêler aux groupes et faire des remarques spirituelles en classe.

Dans un premier temps, la nouvelle attitude de Lissa attira l'attention parce qu'elle était exactement à l'opposé de celle qu'elle affichait auparavant. Tout le monde se souvenait encore de la brillante étoile mondaine qu'elle avait été avant son départ. Néanmoins, la plupart des gens finirent par accepter l'idée que la princesse Dragomir s'était affadie et se contentait désormais d'être l'amie de Natalie. Les bavardages incessants de cette dernière me donnaient toujours envie de me cogner la tête contre les murs, mais je devais bien reconnaître que c'était la plus gentille de tous les Moroï nobles de l'académie.

Exactement comme Kirova le voulait, je passais tout mon temps à étudier et à m'entraîner. Au fil des semaines, mon corps cessa progressivement de me haïr. Je continuais à me faire botter les fesses aux entraînements, mais de manière un peu moins humiliante. Ma peau, en revanche, qui était constamment exposée au froid, commençait à présenter des symptômes inquiétants. Lissa se fit un devoir de me fournir en crème hydratante pour m'empêcher de vieillir avant l'âge, mais se déclara impuissante face aux gerçures de mes mains et de mes pieds.

Une autre sorte de routine s'installa entre Dimitri et moi. Mason n'avait pas exagéré en le déclarant asocial. Dimitri fréquentait peu les autres gardiens, alors qu'il était évident que tous le respectaient. De mon côté, plus je m'entraînais avec lui, plus je le respectais, même si je ne comprenais rien à ses méthodes de travail. Elles ne semblaient pas particulièrement brutales. Nous commencions toujours par une séance d'étirements, puis il m'envoyait courir à l'extérieur, où j'affrontais l'automne du Montana, de plus en plus froid au fil des jours.

Trois semaines après notre retour, en arrivant au gymnase un peu plus tôt que d'habitude, je le surpris allongé sur un tapis, occupé à lire un roman de Louis L'Amour. Quelqu'un avait apporté un lecteur de CD, ce qui me réjouit de prime abord, jusqu'à ce que je reconnaisse le titre de la chanson qui passait : *When Doves Cry*, de Prince. Je fus un peu gênée d'en connaître le titre, mais l'une de mes anciennes camarades de chambre était obsédée par la musique des années 1980.

— Salut, Dimitri ! lançai-je en laissant tomber mon sac. Je ne doute pas que cette chanson soit actuellement un tube en Europe de l'Est, mais serait-il possible d'écouter quelque chose qui aurait été enregistré après ma naissance ?

— Qu'est-ce que ça peut te faire ? riposta-t-il en levant les yeux de son livre. C'est moi qui vais écouter de la musique. Toi, tu seras dehors en train de courir…

Je lui fis une grimace avant de poser ma jambe sur un espalier pour étirer mes muscles. Somme toute, Dimitri s'accommodait assez bien de mon impertinence. Tant que je m'entraînais sérieusement, il accueillait mes commentaires sarcastiques avec indifférence.

— Au fait ! l'interpellai-je en changeant d'exercice. Pourquoi me fais-tu autant courir ? Je comprends bien l'importance de l'endurance, mais est-ce que je ne devrais pas apprendre aussi à donner quelques coups ? Je continue à me faire botter les fesses aux entraînements, tu sais…

— Tu devrais peut-être frapper plus fort, suggéra-t-il sans conviction.

— Je suis sérieuse.

— Comment savoir, avec toi ? ironisa-t-il en posant son livre. (Il ne bougea pas d'un centimètre.) On m'a chargé de te préparer à protéger la princesse et à combattre toutes sortes de créatures, tu es d'accord ?

— Absolument.

— Alors, supposons que tu arrives à enlever la princesse une deuxième fois et que vous sortiez faire du shopping. Dans un magasin, vous tombez sur un Strigoï. Que fais-tu ?

— Ça dépend du magasin.

Il haussa un sourcil.

— D'accord. Je le frappe avec un pieu en argent.

Dimitri se redressa et se mit en tailleur en un seul mouvement fluide. Je n'arrivais toujours pas à comprendre comment quelqu'un de si grand pouvait bouger avec autant d'élégance.

— Ah oui ? Tu en as un ? Sais-tu seulement comment t'en servir ?

Je m'arrachai péniblement à la contemplation de sa musculature et fronçai les sourcils. Les pieux en argent, imprégnés de la magie des quatre éléments, étaient l'arme mortelle la plus efficace dont disposait un gardien. Plantés dans le cœur d'un Strigoï, ils entraînaient une mort immédiate. Comme ils étaient aussi mortels pour les Moroï, on ne les confiait aux novices qu'avec une extrême prudence. Mes camarades de classe commençaient seulement à découvrir leur maniement. J'avais déjà eu quelques entraînements aux armes à feu, mais personne ne m'avait encore laissé approcher un pieu. Heureusement, il existait deux autres manières de venir à bout d'un Strigoï.

— Très bien. Je lui coupe la tête.

— Mettons que tu ne disposes toujours pas d'arme pour faire ça, comment t'y prends-tu s'il fait deux têtes de plus que toi ?

J'attrapai mes orteils avec une grimace contrariée.

— Alors, je le fais brûler vif.

— Encore une fois : avec quoi ?

— Très bien, j'abandonne. Je ne trouverai jamais la bonne réponse et tu es en train de te moquer de moi. Bon : je suis dans un magasin et je vois un Strigoï. Qu'est-ce que je fais ?

— Tu cours, me répondit-il sans ciller.

Je réprimai une violente envie de lui jeter quelque chose à la tête. À la fin de mes étirements, il m'annonça qu'il allait courir avec moi. C'était une première. En le voyant courir, j'allais peut-être comprendre ce qui lui valait sa réputation de tueur.

Le soleil se couchait. N'ayant pas encore repris l'habitude du rythme vampirique et commençant ma journée, je m'attendais plutôt à le voir se lever. Pourtant, il était bien à l'ouest et disparaissait en teintant en orange les cimes enneigées. Il ne réchauffait déjà plus rien et je ne tardai pas à avoir mal aux poumons. Dimitri n'essaya pas de me parler et raccourcit ses foulées pour suivre mon allure.

Cette idée me dérangea. Tout à coup, son approbation me parut la chose la plus importante du monde. Je forçai l'allure. Douze tours de piste faisaient quatre kilomètres et nous en avions encore neuf à faire.

Trois tours avant la fin, un groupe de novices nous croisa en se dirigeant vers le gymnase où j'allais bientôt me faire botter les fesses. Mason était parmi eux.

— Tu tiens la forme, Rose ! me salua-t-il.

Je lui répondis par un signe de la main.

— Tu ralentis, Rose, remarqua Dimitri sur un ton qui me surprit par sa dureté. Est-ce la raison qui t'empêche de progresser ? Ta tendance à te laisser distraire ?

Vexée, je forçai encore l'allure malgré les obscénités que commençait à me crier mon corps. À la fin du dernier tour, je découvris que j'avais battu mon meilleur temps de deux minutes.

— Pas mal, non ? me vantai-je en repartant vers le gymnase pour une nouvelle séance d'étirements. Je crois que je pourrais atteindre la frontière de l'État voisin avant que le Strigoï du magasin me rattrape. En revanche, je ne sais pas trop comment s'en sortirait Lissa…

— Si elle s'était trouvée avec toi, elle s'en serait sortie.

J'écarquillai les yeux. C'était le premier compliment qui franchissait ses lèvres depuis qu'il avait commencé à m'entraîner. Émerveillée, je regardai ses beaux yeux noirs amusés et approbateurs.

À cet instant précis, le phénomène se reproduisit.

Une terreur folle m'envahit si brutalement que j'eus l'impression qu'on m'avait tiré dessus. Ma vue se brouilla. L'instant d'après, je descendais un escalier en courant, affolée, désespérée, ne songeant plus qu'à sortir de là et à… me retrouver moi-même.

Cette fois, ma vision s'évanouit presque aussitôt, me laissant désemparée au milieu d'une allée boueuse. Je m'élançai vers le dortoir des Moroï sans un mot d'explication pour Dimitri. Malgré l'heure que je venais de passer à courir, mes jambes m'obéirent comme si elles avaient été flambant neuves. Je pris vaguement conscience que Dimitri courait à côté de moi en me demandant ce qui n'allait pas. J'étais bien incapable de lui répondre, puisqu'une seule chose occupait mon esprit : atteindre ce fichu dortoir.

Il venait seulement d'apparaître dans notre champ visuel lorsque Lissa se précipita vers nous, le visage inondé de larmes. Je m'arrêtai brutalement, certaine que mes poumons n'allaient plus tarder à exploser.

— Qu'est-ce qu'il y a ? lui demandai-je en la secouant par les épaules pour la forcer à me regarder. Qu'est-ce qui s'est passé ?

Incapable de parler, elle jeta ses bras autour de mon cou et s'effondra en sanglots. Je me contentai donc de caresser ses cheveux soyeux en lui répétant : « Ça va aller » sans savoir de quoi je parlais. À vrai dire, je m'en moquai éperdument à cet instant : Lissa était blottie contre moi, saine et sauve, rien d'autre n'avait d'importance. Dimitri se tenait à deux pas de nous, prêt à affronter n'importe quelle menace. Grâce à sa présence, je me sentais parfaitement en sécurité.

Une demi-heure plus tard, nous étions entassés dans la chambre de Lissa avec trois autres gardiens, Mme Kirova et la surveillante de l'étage. C'était la première fois que j'entrais là. Natalie avait effectivement réussi à convaincre les autorités de les loger ensemble et les deux moitiés de la pièce formaient un contraste spectaculaire. Le côté de Natalie ressemblait à une chambre de petite fille avec des photos aux murs et un couvre-lit tricoté main. Comme Lissa n'avait pas plus d'affaires que moi, sa partie frappait surtout par son austérité. Elle avait tout de même accroché une photo, prise au dernier Halloween, où nous nous étions déguisées en fées avec des ailes collées dans le dos et du maquillage scintillant. Mon cœur se serra au souvenir de cette époque heureuse.

La confusion était telle que personne ne semblait remarquer que je n'aurais pas dû me trouver là. Un attroupement commençait à se former dans le couloir, où chacun s'efforçait de deviner ce qui avait pu se passer. Natalie se fraya bravement un chemin entre les filles agglutinées et se figea en découvrant de quoi il s'agissait.

Nous regardions tous le lit de Lissa avec des grimaces d'horreur et de dégoût. Il y avait un renard sur l'oreiller. Il avait une jolie fourrure rousse avec le bout de la queue blanc, et semblait aussi doux qu'un animal domestique, peut-être un chat, en tout cas quelque chose qu'on aurait eu envie de câliner.

À ceci près qu'il avait la gorge ouverte. La plaie béante présentait des bordures roses et un aspect gélatineux. Son sang s'était écoulé le long de sa fourrure pour former une grande tache sombre au milieu de la couverture jaune. Ses yeux étaient grands ouverts, un peu vitreux, comme si l'animal n'en revenait pas de ce qui lui était arrivé.

Malgré la nausée qui me gagnait, je m'interdis de détourner les yeux. La sensiblerie était un luxe que je ne pouvais pas me permettre. Un jour, il me faudrait tuer des Strigoï. Si je ne pouvais même pas supporter la vue d'un renard égorgé...

Néanmoins, celui qui lui avait fait cela devait être un dangereux malade. Lissa, pâle comme la mort, avança d'un pas en tendant la main vers le cadavre. Pour elle, c'était vraiment un coup dur. Elle aimait tant les animaux... et c'était réciproque. Quand nous étions en fuite, elle m'avait souvent suppliée de la laisser en adopter un. J'étais restée inflexible. Comment aurions-nous pu nous en occuper alors que nous étions susceptibles de déménager à n'importe quel moment ? Et puis les animaux ne m'aimaient pas. Lissa s'était donc contentée de nourrir les chats errants et de sympathiser avec ceux des voisins, comme Oscar.

Elle ne pouvait plus rien faire pour ce renard. Pourtant, elle aspirait à l'aider de tout son être. Me rappelant subitement une scène qui s'était déroulée deux ans plus tôt, je lui saisis la main et l'attirai vers moi.

« — Qu'est-ce que c'est ? Un merle ?

— Trop gros. C'est une corneille.

— Est-ce qu'elle est morte ?

— Aucun doute. Ne la touche pas. »

Comme elle ne m'avait pas obéi ce jour-là, j'avais la ferme intention de la surveiller de très près.

— Il était encore vivant quand je suis arrivée, me chuchota-t-elle à l'oreille. À peine... Mon Dieu ! il était agité de convulsions... Comme il a dû souffrir !

Un goût de bile me brûla la gorge, mais il n'était pas question que je vomisse.

— Est-ce que tu... ?

— Non. J'ai voulu...

— Eh bien, oublie ! lui ordonnai-je. Ce n'est qu'une plaisanterie stupide. On va tout nettoyer et sûrement te donner une nouvelle chambre, si tu préfères.

Elle me regarda avec de grands yeux hagards.

— Rose... est-ce que tu te rappelles... le jour où... ?

— Tais-toi ! Oublie ça. C'était tout à fait différent.

— Mais si quelqu'un nous avait vues ? Si quelqu'un savait ?

J'enfonçai mes ongles dans son bras pour m'assurer de son attention.

— Non. Ça n'a rien à voir. Tu m'as bien comprise. (Je sentais le regard de Natalie et de Dimitri peser sur nous.) Ça va aller. Tout va rentrer dans l'ordre.

Lissa acquiesça, tout en ayant l'air de ne pas en croire un mot.

— Nettoyez-moi tout ça, ordonna Kirova à la surveillante. Et essayez de découvrir si quelqu'un a vu quelque chose.

Quelqu'un finit par se rendre compte que j'étais là. Malgré toutes mes supplications, Kirova ordonna à Dimitri de me raccompagner. Il resta silencieux pendant presque tout le trajet jusqu'au dortoir des novices.

— Tu sais quelque chose à propos de ce qui vient de se passer, déclara-t-il alors que nous étions presque arrivés. Était-ce à cela que tu pensais quand tu as dit à Mme le proviseur Kirova que Lissa n'était pas en sécurité ?

— Je ne sais rien du tout. Ce n'est qu'une blague cruelle.

— Vois-tu qui aurait pu la faire ? ou pourquoi ?

J'y réfléchis quelques instants. Avant notre départ, il aurait pu s'agir de n'importe qui. C'était le lot des gens populaires : aimés de tous, haïs par tous. Mais, aujourd'hui, Lissa s'était presque fait oublier. Seule Mia la détestait vraiment, mais elle semblait préférer les insultes aux actes. Et même si elle avait décidé de passer à une stratégie plus agressive, pourquoi celle-là ? Il y avait tant d'autres manières de faire du mal à quelqu'un… J'avais l'impression que cet acte de barbarie n'était pas son genre.

— Non, répondis-je finalement. Aucune idée.

— Rose… si tu sais quelque chose, tu dois me le dire. On est dans le même camp, toi et moi. Nous voulons tous les deux la protéger. C'est un problème sérieux.

Je me surpris à déverser sur lui toute la colère que la mort du renard avait éveillée en moi.

— Effectivement ! c'est très sérieux ! Et tu me fais courir jour après jour alors que je devrais être en train d'apprendre à la protéger ! Si tu veux vraiment l'aider, apprends-moi quelque chose… Apprends-moi à me battre ! Fuir, je sais déjà…

Je pris subitement conscience de l'intensité de mon désir d'apprendre, du besoin que j'avais de prouver ma valeur aux yeux de Lissa, aux siens, et à ceux de tout le monde. Face à cet incident, je m'étais sentie impuissante, et j'avais horreur de cela. Je voulais pouvoir faire quelque chose, n'importe quoi.

Dimitri garda un visage impassible pendant toute ma tirade. Lorsque j'eus fini, il ouvrit la porte du gymnase et m'invita à entrer comme si je n'avais strictement rien dit.

— Allons-y. Tu es déjà en retard à ton entraînement.

Chapitre 8

Encore vibrante de rage, je me battis si bien ce jour-là que je remportai enfin mon premier duel en exterminant Shane Reyes. Comme nous avions toujours été amis, il le prit avec bonne humeur et applaudit ma performance avec quelques autres.

— Ça commence à venir, remarqua Mason à la fin du cours.

— On dirait bien.

— Comment va Lissa ? s'inquiéta-t-il en posant gentiment la main sur mon bras.

Je n'étais pas vraiment surprise qu'il soit déjà au courant. À en juger par la vitesse à laquelle les rumeurs circulaient, on aurait cru que tous les élèves partageaient un lien psychique.

— Ça va. Elle fait face, le rassurai-je sans préciser ce qui me permettait de l'affirmer, puisque notre lien était encore un secret pour tous les élèves. Dis-moi, Mason… toi qui as l'air de connaître Mia, est-ce que tu la crois capable d'avoir fait ça ?

— Du calme ! Je ne prétends pas être expert en la matière ! Mais sincèrement : non. Mia refuse même de faire les dissections en biologie. Je ne l'imagine vraiment pas attraper un renard, encore moins le tuer.

—A-t-elle des amis qui auraient pu le faire pour elle ?

Il secoua la tête.

—Pas vraiment. Ses amis non plus ne sont pas du genre à se salir les mains. Mais on ne sait jamais...

Lissa n'était toujours pas remise lorsque je la retrouvai pour déjeuner. Natalie ne put s'empêcher de parler du renard pendant tout le repas, ce qui assombrit encore son humeur. Apparemment, la gentille Natalie avait réussi à surmonter son dégoût pour jouir de l'attention générale que l'incident lui attirait. Son statut de marginale inoffensive la satisfaisait peut-être moins que je le croyais.

—Et il était là ! racontait-elle pour la cinquième fois avec de grands gestes théâtraux. En plein milieu du lit. Il y avait du sang partout !

Comme le visage de Lissa commençait à être aussi vert que le pull qu'elle portait, je l'entraînai dehors avant d'avoir fini mon plateau et me lançai dans une série de commentaires cinglants sur le manque de tact de Natalie.

—Elle est gentille, me répondit-elle comme par réflexe. L'autre jour, tu disais toi-même que tu l'aimais bien.

—L'un n'empêche pas l'autre : je l'aime bien, mais il y a certaines choses pour lesquelles elle est vraiment nulle.

Notre passage dans les couloirs provoqua des chuchotements et des regards en coin. Je soupirai.

—Comment supportes-tu tout ça ?

Elle esquissa un sourire triste.

—Ne le sais-tu pas déjà ?

—Si, mais je préférerais l'entendre de ta bouche.

—Je ne sais pas trop... Ça devrait aller. J'aimerais bien que les gens cessent de me regarder comme si j'étais un monstre.

Ma colère recouvra toute son intensité première. Le renard avait été un véritable coup dur pour Lissa. La curiosité des gens ne faisait qu'empirer les choses, mais c'était au moins un mal auquel je pouvais remédier.

—Qui ?

—Rose… tu ne peux pas cogner sur tous les gens qui me contrarient…

—Mia ? hasardai-je.

—Et d'autres, ajouta-t-elle évasivement. Ça n'a pas d'importance. Ce que j'aimerais savoir, c'est comment… Tu sais, je ne cesse de penser à ce qui s'est passé ce jour-là…

—Il ne faut pas.

—Pourquoi tiens-tu à faire comme si de rien n'était ? Toi ! Tu peux bien te moquer des bavardages de Natalie… Tu es la première à parler de tout et de n'importe quoi. Ça ne te ressemble pas de te censurer ainsi.

—Eh bien, je ne veux pas parler de ça. Il faut que tu oublies cet incident. C'était il y a longtemps et nous ne savons même pas vraiment ce qui s'est passé.

Elle me regarda de ses grands yeux verts en réfléchissant à son prochain argument.

—Salut, Rose !

L'arrivée de Jesse mit fin à notre conversation et m'arracha un sourire involontaire.

—Salut…

Il s'inclina poliment devant Lissa.

—Dis-moi, Rose. Je dois passer dans ton dortoir, tout à l'heure, pour un travail de groupe. Est-ce que tu crois que… peut-être… ?

J'en oubliai provisoirement Lissa. Il s'était passé tant de choses durant cette journée que j'eus soudain envie de faire quelque chose de mal et d'irresponsable.

—D'accord.

Il me dit quand il passerait et je lui promis de le retrouver dans la salle de détente avec de « nouvelles instructions ».

—Tu n'as pas le droit de sortir de ta chambre, Rose, me rappela Lissa lorsqu'il se fut éloigné. Les surveillants ne vont pas te laisser discuter avec lui.

—Je ne tiens pas tellement à « discuter » avec lui. On va se trouver un endroit tranquille.

Elle soupira.

—Par moments, je ne te comprends vraiment pas.

—C'est parce que tu es la prudente et que je suis la téméraire...

Pendant le cours sur le comportement animal, je réfléchis aux probabilités que Mia soit impliquée dans cette farce cruelle. À en juger par le sourire pervers qui éclairait son visage d'ange psychopathe, cette histoire de renard la réjouissait. Mais cela ne constituait pas une preuve suffisante, car, après l'avoir observée durant les deux dernières semaines, je savais que tout ce qui nous contrariait, Lissa et moi, la comblait de joie, même lorsqu'elle n'en était pas directement responsable.

—Les loups, comme beaucoup d'autres espèces, choisissent au sein de leur meute un mâle et une femelle dominants auxquels tous les autres se soumettent. La plupart du temps, les dominants sont les individus les plus forts. Néanmoins, un examen attentif des affrontements qui précèdent ce choix révèle qu'il dépend surtout de la volonté et de la personnalité des deux adversaires. Lorsqu'un dominant perd sa place, il est souvent mis à l'écart, voire attaqué par les autres.

Je m'arrachai à mes préoccupations pour me concentrer sur le cours de Mme Meissner.

—La plupart des affrontements se déroulent pendant la période de reproduction, poursuivit-elle en provoquant d'inévitables ricanements. Dans la plupart des meutes, le mâle et la femelle dominants sont les seuls à avoir le droit de se reproduire. Quand le mâle dominant commence à vieillir, il y a souvent un mâle plus jeune qui essaie de prendre sa place.

L'issue de l'affrontement est toujours imprévisible. Les plus jeunes ont tendance à sous-estimer ce que l'expérience a appris à leurs aînés.

La morale sur les « jeunes » et les « aînés » mise à part, je trouvai cette histoire de loups assez intéressante et songeai avec amertume que la vie au sein de l'académie ressemblait assez à celle d'une meute.

Mia leva la main.

— Et les renards ? Y a-t-il aussi des dominants parmi eux ?

Sa question provoqua un grand silence ponctué de quelques ricanements nerveux. Nous avions tous du mal à croire qu'elle s'était permis d'aller si loin.

— Nous étudions les loups, aujourd'hui, mademoiselle Rinaldi, trancha Mme Meissner, rouge de colère.

Mia ne sembla même pas remarquer qu'on l'avait rabrouée et passa tout le temps des exercices qui suivirent à pouffer en regardant dans notre direction. Par l'intermédiaire de notre lien, je sentis Lissa devenir de plus en plus anxieuse tandis que des images du renard égorgé lui parasitaient l'esprit.

— Ne t'en fais pas, la rassurai-je. J'ai trouvé un moyen…

— Hé ! Lissa !

Nos deux regards se tournèrent vers Ralf Sarcozy qui s'était arrêté devant notre table. Je compris à son sourire mauvais que son intervention devait être l'objet d'un pari stupide.

— Allez, reconnais que c'est toi qui as tué le renard, ricana-t-il. Tu essaies de faire croire à Kirova que tu es cinglée pour pouvoir t'échapper une deuxième fois…

— Va te faire foutre, grognai-je.

— Est-ce que c'est une proposition ?

— D'après ce que j'ai entendu dire, ça ne vaut vraiment pas le détour.

— Ça alors ! s'écria-t-il en feignant la surprise. Tu as bien changé… D'après mes souvenirs, tu n'étais pas si difficile dans le choix de tes partenaires quand il s'agissait de te mettre toute nue devant eux.

— D'après les miens, les seules filles que tu aies jamais vues nues se trouvent sur Internet.

Il fit semblant de prendre un air indigné.

— J'ai compris ! s'écria-t-il. C'est toi qui l'as tué ! (Son regard passa de l'une à l'autre.) Elle t'a demandé de le faire, c'est bien ça ? Pour honorer un pacte de lesb... Ah !

Ralf venait de prendre feu.

Je bondis sur mes pieds et tirai Lissa à l'abri. Comme nos tables et nos chaises gênèrent mon mouvement, nous nous retrouvâmes toutes les deux par terre tandis que Mme Meissner courait décrocher l'extincteur. Ralf gagna haut la main le grand concours de hurlements qui accompagna la scène.

Puis les flammes disparurent aussi subitement qu'elles étaient apparues. Ralf, qui ne présentait aucune trace de brûlure, continua encore quelques instants à se frapper les bras en hurlant. Seule une légère odeur de fumée m'empêcha de croire que nous avions tous rêvé.

Un silence de mort s'abattit sur la classe, pendant lequel chacun s'efforça de rassembler les pièces du puzzle. Les spécialisations de chacun étaient bien connues, or il n'y avait que trois spécialistes du feu dans la salle : Ralf, son ami Jacob... et Christian Ozéra.

Puisqu'on ne pouvait légitimement soupçonner Ralf ni son ami Jacob d'être à l'origine de cette mauvaise plaisanterie, le coupable était tout désigné. Le fait que Christian riait aux éclats était tout aussi révélateur.

Le visage de Mme Meissner vira du rouge au violet.

— Monsieur Ozéra ! hurla-t-elle. Comment osez-vous... ? Avez-vous la moindre idée de... ? Allez immédiatement chez Mme le proviseur.

— Comme vous voudrez, madame Meissner.

Christian, parfaitement serein, rangea ses affaires et mit son sac sur son épaule sans se départir de son sourire.

Tout le monde le regarda sortir la bouche grande ouverte et Ralf fit un bond en arrière lorsqu'il passa devant lui.

Après cet incident, Mme Meissner fit de son mieux pour reprendre le cours, mais c'était un combat perdu d'avance. Tout le monde parlait de ce qui venait de se passer. À plusieurs niveaux, c'était un véritable événement. Tout d'abord, personne ne connaissait ce sort: comment un feu si impressionnant pouvait-il ne rien brûler du tout? Ensuite, Christian s'était servi de son pouvoir contre un autre élève, ce qui ne se produisait jamais. Les Moroï croyaient fermement que la magie n'était destinée qu'à aider les gens et protéger le monde. Jamais ils ne s'en servaient comme d'une arme. Les professeurs de magie n'enseignaient pas ce genre de sorts, et ne les connaissaient probablement même pas. Enfin, c'était Christian qui venait de briser ce tabou, Christian à qui personne ne prêtait attention… Eh bien! il venait de trouver un moyen de se faire remarquer.

Certains Moroï apprenaient donc des sorts offensifs en cachette. Même si la terreur de Ralf m'avait procuré un immense plaisir, je commençais à penser que Christian était peut-être un vrai psychopathe.

— Je t'en supplie, Liss, chuchotai-je à la fin du cours. Dis-moi que tu ne l'as pas revu depuis la dernière fois…

La culpabilité que me révéla notre lien me renseigna mieux que tous les aveux du monde.

— Liss! m'écriai-je en la secouant par le bras.

— Seulement une fois ou deux, se défendit-elle faiblement. Je t'assure qu'il est sympa…

— « Sympa » ? « Sympa » ? (Je ne compris que j'étais en train de hurler qu'en voyant les élèves se retourner.) Il est fou à lier! Il a mis le feu à Ralf! Je croyais que nous avions décidé que tu ne le reverrais plus.

— *Tu* l'as décidé, Rose, me corrigea-t-elle sur un ton que je n'avais jamais entendu chez elle. Pas moi.

— Mais qu'y a-t-il entre vous ? Est-ce que vous… tu sais ?

— Non ! Je te l'ai déjà dit. Tout le monde ne pense pas et n'agit pas comme toi, ajouta-t-elle avec un air dégoûté.

J'encaissai le coup, puis remarquai que Mia approchait. Même si elle n'avait pas pu entendre notre conversation, elle en avait forcément perçu le ton, comme son sourire réjoui en témoignait.

— Il y a une discorde au paradis ? nous lança-t-elle en passant.

— Va chercher ta tétine et ferme-la.

Elle en resta bouche bée, et j'entraînai Lissa vers le cours suivant.

Notre trajet se fit en silence jusqu'à ce que Lissa éclate de rire sans raison. Toute la tension qui s'était accumulée entre nous se dissipa aussitôt.

— Rose…, insista-t-elle avec plus de douceur.

— Il est dangereux, Lissa. Je t'en prie, fais attention à toi.

— Je le fais déjà. C'est moi la prudente, tu te souviens ? Toi, tu es le casse-cou.

J'espérais que c'était toujours le cas.

Quelques heures plus tard, j'eus de sérieux doutes. Alors que je faisais mes devoirs dans ma chambre, notre lien me révéla de la façon la plus nette que Lissa me cachait quelque chose. J'oubliai mes devoirs pour essayer de percevoir plus clairement ce qui lui arrivait. C'était le moment idéal pour me glisser dans son esprit et je me surpris à regretter de ne pas pouvoir le faire à volonté.

Les sourcils froncés, je tâchai de comprendre ce qui provoquait ces glissements. En général, le phénomène se déclenchait lorsqu'elle éprouvait une émotion si violente qu'elle menaçait d'exploser dans ma tête. Mais, comme je ressentais ses émotions plus ou moins vives en permanence, j'avais inconsciemment édifié une barrière mentale pour m'en préserver.

Je me concentrai sur Lissa en essayant de faire tomber la barrière. Je pris une profonde inspiration et fis le vide dans mon esprit pour atteindre le sien.

C'était un exercice que je n'avais jamais tenté, car je n'étais pas assez patiente pour pratiquer la méditation. Néanmoins, ma curiosité était telle que je parvins à un état de profonde relaxation. Je devais absolument savoir ce qui se passait et mes efforts finirent par être couronnés de succès.

J'entrai dans sa tête.

Chapitre 9

Comme les fois précédentes, je vis le monde à travers ses yeux et ressentis tout ce qu'elle ressentait.

Elle se glissait discrètement dans la chapelle, ce qui confirma mes pires soupçons. Une fois encore, elle ne croisa personne. *Pourquoi ce prêtre surveille-t-il si peu son lieu de culte ?*

La silhouette de Christian, assis sur le banc de pierre, se découpa sur le vitrail illuminé par le soleil levant.

— Tu es en retard, lui reprocha-t-il. Ça fait un moment que je t'attends.

Lissa tira un vieux fauteuil près de lui, qu'elle épousseta soigneusement avant de s'y asseoir.

— Je pensais que Mme Kirova allait t'interdire de quitter ta chambre.

Il secoua la tête.

— Seulement pour une semaine. Mais ce n'est pas très difficile de faire le mur, comme tu peux le constater.

— Seulement une semaine ?

Un rayon de soleil se refléta dans ses yeux bleus.

— Déçue ?

— Mais tu as mis le feu à quelqu'un ! s'écria Lissa, scandalisée.

— C'est faux. As-tu vu la moindre brûlure ?

— Il était couvert de flammes !

— Je les contrôlais. Elles ne l'ont pas touché.

Elle soupira.

— Tu n'aurais pas dû faire ça.

— Je l'ai fait pour toi, murmura-t-il en se penchant vers elle.

— Tu as attaqué quelqu'un à cause de moi ?

— Oui. Il vous ennuyait. Rose ne s'en sortait pas trop mal, mais je me suis dit qu'un petit coup de pouce pourrait l'aider. Par ailleurs, je pense que plus personne ne se risquera à parler du renard désormais.

— Tu n'aurais pas dû faire ça, répéta-t-elle en détournant les yeux. (Cette « générosité » éveillait en elle des sentiments ambigus.) Et ne prétends pas l'avoir fait pour moi. Tu as aimé le faire. Une partie de toi en avait envie...

Le sourire sarcastique de Christian céda la place à une surprise sincère. Lissa avait vraiment un don pour comprendre les gens.

Voyant qu'elle avait réussi à lui faire baisser sa garde, elle poursuivit.

— Il est interdit d'utiliser la magie contre quelqu'un et c'est pour ça que tu voulais le faire. Comme si tu t'étais lancé un défi.

— Cette interdiction est stupide. Si nous apprenions à nous servir de la magie comme d'une arme, les Strigoï feraient moins de victimes.

— Tu te trompes, déclara-t-elle avec beaucoup d'assurance. La magie est un don qui doit servir la paix.

— Simplement parce que les profs le disent ? Tu ne fais que réciter ce qu'on nous a enseigné toute notre vie. (Il quitta le banc pour arpenter l'espace étroit du grenier.) Les choses ne se sont pas toujours passées comme ça, tu sais... Il y a bien longtemps, nous nous battions aux côtés de nos gardiens. C'est par peur que nous avons ensuite préféré nous cacher ! À présent, presque tout le monde a oublié les sorts offensifs.

— Comment connaissais-tu celui-là ?

— J'ai dit : « presque tout le monde ».

— Tu le tiens de ta famille ? de tes parents ?

Le sourire de Christian se volatilisa.

— Tu ne sais rien au sujet de mes parents.

À cet instant, son regard sombre et ses traits durs auraient effrayé bien des gens. Lissa, pour sa part, le trouva à la fois très beau et très vulnérable.

— Tu as raison, reconnut-elle avec douceur. Je te demande pardon.

Christian parut surpris pour la deuxième fois en moins de cinq minutes. Comme très peu de personnes lui adressaient la parole, il n'avait sans doute jamais entendu d'excuses de sa vie. Cependant, il recouvra vite son arrogance familière.

— Oublions ça, si tu veux bien, conclut-il en s'agenouillant devant elle pour la regarder droit dans les yeux. (Alors que Lissa retenait son souffle, troublée par cette soudaine proximité, un sourire inquiétant se dessina sur les lèvres de Christian.) J'ai surtout du mal à comprendre comment tu peux, toi, me reprocher de m'être servi d'un pouvoir interdit…

— Qu'est-ce que c'est censé vouloir dire ?

— Tu peux bien jouer les innocentes, et tu le fais très bien, mais je sais tout.

— À propos de quoi ? persista-t-elle, sans pouvoir dissimuler son malaise.

Il s'approcha encore.

— Je parle du fait que tu utilises la suggestion. Tout le temps.

— C'est faux ! s'écria-t-elle.

— C'est évident. J'ai passé des nuits entières à me demander comment Rose et toi aviez pu louer des chambres et vous inscrire dans des lycées sans que personne demande jamais à rencontrer vos parents. Et puis j'ai compris : tu as utilisé la suggestion. Je parie même que c'est grâce à ce pouvoir que vous avez pu vous enfuir d'ici.

— Je vois. Tu l'as deviné et tu n'as pas la moindre preuve de ce que tu avances.

— Il m'a suffi de t'observer pour avoir toutes les preuves dont j'avais besoin.

— Tu m'as observée – espionnée – pour savoir si j'utilisais la suggestion ?

— Pas vraiment, répondit-il en haussant les épaules. Je t'ai observée simplement parce que j'aime ça. J'ai vu cette découverte comme un bonus. Tu t'en es servie l'autre jour pour obtenir un délai supplémentaire pour rendre le devoir de maths. Tu l'as aussi utilisé sur Mme Carmack, pour échapper à la nouvelle série de tests qu'elle voulait te faire passer.

— Et tu as pensé qu'il s'agissait de suggestion ? Peut-être suis-je seulement très convaincante...

Il y avait du défi dans sa voix, ce que sa peur et sa colère rendaient bien compréhensible. Détail troublant : sa phrase fut accompagnée d'un mouvement de tête visant à rejeter ses cheveux en arrière, que j'aurais jugé aguicheur s'il ne s'était pas agi d'elle. Subitement, je ne fus plus tout à fait certaine de bien la connaître.

Quelque chose dans le regard de Christian me persuada que cela ne lui avait pas échappé non plus, de la même manière qu'il s'intéressait à tout ce qui concernait Lissa, de près ou de loin.

— Tous les gens qui t'adressent la parole ont ce même air d'imbéciles heureux. Y compris les *Moroï* ! Je ne savais pas que c'était possible. À mes yeux, tu es une sorte de superstar de la suggestion.

C'était une accusation directe, mais l'attitude de Christian était tout aussi aguicheuse que celle de Lissa.

Elle ne trouva rien à répondre. Il avait raison. C'était grâce à la suggestion que nous avions pu survivre dans le monde extérieur sans l'aide d'aucun adulte. Ce pouvoir nous avait permis d'obtenir des logements, de nous inscrire dans des lycées, et de convaincre la banque de laisser Lissa disposer de son héritage.

C'était effectivement aussi mal vu que de se servir de la magie comme d'une arme. À bien y réfléchir, c'était logique, puisque la suggestion était une arme très puissante et dont il était très facile d'abuser. Les Moroï s'entendaient répéter dès leur plus jeune âge qu'il était mal de s'en servir. Personne, d'ailleurs, ne leur apprenait à le faire, alors qu'ils avaient tous le potentiel pour la développer. Lissa était simplement tombée dedans, profondément, et, comme Christian l'avait si bien fait remarquer, elle pouvait l'utiliser sur les Moroï aussi bien que sur les humains et les dhampirs.

— Que comptes-tu faire ? Me dénoncer ?

— Sûrement pas ! se récria-t-il en secouant la tête. Je trouve ça trop sexy…

Le cœur affolé, elle examina ses lèvres dont la courbe l'intriguait.

— Rose te croit dangereux, déclara-t-elle avec nervosité. Elle dit que c'est peut-être toi qui as égorgé le renard.

Je ne sus quoi penser de mon apparition soudaine dans cette étrange conversation. Comme j'effrayais pas mal de gens, je me pris à espérer que cela aurait un effet sur Christian.

Son rire m'apprit qu'il ne faisait pas partie de ceux-là.

— Dire qu'on me croit instable… Rose est dix fois pire que moi ! Évidemment, comme ça empêche les gens de s'en prendre à toi, je trouve ça aussi bien. (Il s'assit sur ses talons pour achever d'envahir l'espace vital de Lissa.) Je te jure que ce n'est pas moi. Découvre qui est responsable de ça et… ce que j'ai fait à Ralf paraîtra dérisoire à côté de ce que cette personne subira.

Son élégante proposition de vengeance barbare ne rassura pas tout à fait Lissa, mais fit vibrer quelque chose au fond d'elle.

— Je ne veux pas que tu t'en mêles et je n'ai encore aucune idée de l'identité du coupable.

Il lui prit les mains, commença à parler, mais s'interrompit soudain à la vue des cicatrices à peine visibles sur les poignets de la jeune fille. Il les caressa du pouce et, lorsqu'il releva la tête, son regard était empreint d'une douceur dont je le croyais incapable.

— Tu ne sais peut-être pas qui a tué le renard, mais tu sais quelque chose. Quelque chose dont tu ne parles à personne.

Submergée par des émotions confuses, Lissa écarquilla les yeux.

— Tu ne peux pas connaître tous mes secrets, murmura-t-elle.

Il lâcha ses poignets.

— J'imagine que non, conclut-il en recouvrant son habituel sourire sarcastique.

Je fus surprise de la sentir s'apaiser tout à coup. N'étais-je pas la seule à avoir cet effet sur elle ? Je me retrouvai dans ma chambre et dans ma propre tête, assise par terre, les yeux rivés sur mon livre de maths. Puis, sans raison aucune, je le refermai brutalement et le jetai contre le mur.

Je broyai du noir jusqu'à l'heure de mon rendez-vous avec Jesse. Je descendis l'escalier pour me rendre à la cuisine, une pièce où j'avais le droit de me tenir tant que mes séjours restaient brefs, et je croisai son regard en traversant la salle de détente.

— Il y a un salon au quatrième dont personne ne se sert jamais, chuchotai-je en m'arrêtant un instant près de lui. Prends l'autre escalier et retrouve-moi là-haut dans cinq minutes. La serrure de la porte est cassée.

Il m'obéit sans discuter et me retrouva dans une pièce sombre, poussiéreuse et déserte. La chute du nombre de gardiens induisait chaque année de plus en plus de chambres vacantes et de salons vides dans le dortoir. Cet état de fait, alarmant pour la société moroï, présentait, pour l'heure, quelques avantages.

Jesse s'installa sur un canapé. Je m'y allongeai à mon tour, et posai les jambes sur ses genoux. La relation bizarre que Lissa et Christian entretenaient dans le grenier m'inquiétait toujours et je n'aspirais qu'à l'oublier pour quelque temps.

— Tu as vraiment un travail de groupe à faire ou ce n'était qu'une excuse ?

— Non : c'est vrai. Je dois travailler avec Meredith.

Son ton indiquait clairement que cette perspective était loin de le ravir.

— Je vois…, ricanai-je. Travailler avec une dhampir est-il indigne de ton sang royal ? Dois-je me sentir offensée ?

Son sourire révéla des dents et des canines parfaitement blanches.

— Tu es beaucoup plus sexy qu'elle…

— Flattée de satisfaire tes critères… (Il y avait comme une chaleur dans son regard qui m'étourdissait presque autant que sa main sur ma cuisse ; mais j'avais une vengeance à assouvir avant de perdre la tête.) J'imagine que c'est pareil pour Mia, puisque vous la laissez traîner avec vous alors qu'elle n'est pas de sang royal…

— Elle sort avec Aaron, répondit-il en me donnant une pichenette sur le genou. Et j'ai des tas d'amis qui ne sont pas de sang royal. Des dhampirs, aussi… Je ne suis pas aussi con que tu le crois.

— Peut-être, mais sais-tu que ses parents travaillent comme domestiques chez les Drozdov ?

Sa main s'immobilisa. Jesse adorait les ragots et n'était jamais le dernier à les colporter.

— Sérieux ?

— Sérieux. Ils tondent la pelouse, font la vaisselle, ce genre de choses…

Je réprimai un sourire en voyant une étincelle s'allumer au fond de ses yeux bleu nuit. J'avais réussi.

Je me redressai pour m'asseoir sur ses jambes et enroulai mes bras autour de son cou. Sentant sa testostérone grimper en flèche, j'oubliai instantanément Mia. Il m'embrassa fougueusement, puis me plaqua contre le dossier du canapé et redoubla d'ardeur. C'était la première activité physique agréable que je pratiquais depuis des semaines et je me laissais donc aller avec bonheur.

Cela continua ainsi pendant un long moment et je ne fis rien pour l'empêcher de m'enlever mon tee-shirt.

— Nous n'allons pas coucher ensemble, précisai-je entre deux baisers.

Je n'avais aucune intention de perdre ma virginité dans un salon poussiéreux.

Il releva la tête pour réfléchir, puis décida de ne pas tenter le diable.

— D'accord.

Fort de sa promesse, il nous fit basculer en position allongée et se remit à m'embrasser fiévreusement. Ses lèvres se promenèrent sur ma gorge et je ne pus réprimer un frisson d'excitation en sentant la pointe de ses canines sur ma peau.

Il se redressa aussitôt pour me dévisager avec surprise. Le souvenir des délices que procurait la morsure d'un vampire m'étourdissait tant que j'en avais du mal à respirer. Comme il devait être bon d'éprouver cela en même temps que… Mais les vieux tabous resurgirent. Même si nous n'étions pas en train de faire l'amour, nous en étions assez près pour que cette idée soit complètement obscène.

— N'y compte pas ! m'écriai-je.

— Tu en as envie, murmura-t-il, émerveillé. Je le sens…

— C'est faux !

— C'est vrai. (Son regard s'éclaira.) Attends ! Tu l'as déjà fait ?

— Bien sûr que non.

Il riva ses magnifiques yeux bleus sur les miens, et je pus presque voir les rouages de son esprit s'activer. Jesse était vaniteux et bavard, mais certainement pas stupide.

— Tu as réagi comme si tu l'avais déjà fait. Ça t'a excitée de sentir mes canines…

— Tu embrasses bien, me défendis-je. (Je n'étais pas tout à fait sincère : il bavait un peu trop à mon goût.) Tu ne crois pas que tout le monde le saurait déjà si j'avais donné mon sang ?

La vérité lui apparaissait de plus en plus clairement.

— À moins que tu ne l'aies pas fait ici. C'était pendant votre fugue, n'est-ce pas ? Tu as nourri Lissa.

— Bien sûr que non, répétai-je.

Mais il avait bien compris qu'il tenait quelque chose.

— Vous n'aviez pas de sources… C'était le seul moyen… Ça alors !

— Elle a trouvé des humains, mentis-je. (J'étais décidée à m'en tenir à la version que nous avions fournie à Natalie et que personne, excepté Christian, n'avait remise en question jusque-là.) Il y en a plein qui ne demandent pas mieux.

— C'est ça, ricana-t-il avant de se pencher vers ma gorge.

— Je ne suis pas une catin rouge ! m'écriai-je en le repoussant.

— Mais tu as envie d'en devenir une. L'idée t'excite… Toutes les dhampirs en ont envie.

Ses canines merveilleusement pointues étaient de retour sur ma peau.

Sentant que l'agressivité ne ferait qu'empirer les choses, je calmai le jeu en prenant un ton enjôleur.

— Arrête, lui ordonnai-je doucement en caressant ses lèvres du bout du doigt. Je t'ai dit que c'était hors de question. Mais si tu ne sais pas quoi faire de ta bouche, je peux te donner des idées…

Son intérêt s'éveilla.

— Ah oui ? Comme quoi ?

La porte s'ouvrit à cet instant.

Je bondis sur mes pieds, prête à affronter n'importe quel élève, voire une surveillante. Mais je n'étais pas prête à affronter Dimitri.

Il se précipita dans la pièce comme s'il s'attendait à nous trouver là, et je compris à cet horrible instant pourquoi Mason l'avait qualifié de dieu. Il ne lui fallut que deux secondes pour traverser le salon et soulever Jesse par le col de sa chemise. Le pauvre ne touchait plus le sol que de la pointe des pieds.

—Comment vous appelez-vous ? aboya Dimitri.

—J… Jesse, monsieur. Jesse Zeklos.

—Êtes-vous autorisé à vous trouver dans cette partie du dortoir, monsieur Zeklos ?

—Non, monsieur.

—Connaissez-vous la partie du règlement concernant les interactions entre garçons et filles dans cette académie ?

—Oui, monsieur.

—Alors, je suggère que vous décampiez avant que je vous dénonce au personnel qualifié qui vous punira en conséquence. Si jamais je vous y reprends, le menaça-t-il en montrant du doigt le canapé sur lequel je m'étais tassée, encore à moitié nue, je me chargerai moi-même de vous punir. Et ça fera mal. Très mal. Me suis-je bien fait comprendre ?

Jesse déglutit péniblement. Il ne restait plus rien de son impertinence habituelle. Mais il y avait les jours « habituels » et les jours où on se retrouvait agrippé par le col de chemise par un Russe très grand, très fort et très en colère.

—Oui, monsieur.

—Alors, dehors !

Lorsqu'il recouvra sa liberté, Jesse quitta la pièce presque aussi vite que Dimitri y était entré. Mon mentor se tourna alors vers moi avec un éclat inquiétant dans le regard. Il ne prononça pas un mot, mais sa colère et sa déception me frappèrent de plein fouet.

Mais ces émotions s'évanouirent si vite qu'il en parut lui-même surpris.

J'eus l'impression qu'il me regardait pour la première fois. S'il s'était agi de quelqu'un d'autre, j'aurais même dit qu'il m'examinait en détail. De fait, il observait mon visage et mon corps avec une sorte de curiosité. Ce fut alors que je pris conscience que je ne portais qu'un jean et un soutien-gorge, noir, par-dessus le marché. Je savais qu'il y avait peu de filles, dans cette académie, capables de mettre un soutien-gorge aussi bien en valeur que moi. Même un homme aussi obsédé par le travail et le devoir que Dimitri devait apprécier le spectacle…

Je sentis mes joues s'embraser et fus surprise de découvrir que son regard avait plus d'effet sur moi que tous les baisers de Jesse. Dimitri était calme, souvent distant, mais il dégageait une force et une intensité que je n'avais encore jamais ressenties chez personne. Je ne pus m'empêcher de me demander comment cette intensité se traduisait… sexuellement parlant. Je tâchai d'imaginer ses mains sur mon corps et… merde!

Avais-je perdu la tête? Je dissimulai mon embarras sous l'insolence.

— Est-ce que tu aimes ce que tu vois?

— Rhabille-toi.

Le retour de sa dureté habituelle me fit reprendre mes esprits. Délivrée de mon propre trouble, je m'empressai de remettre mon tee-shirt.

— Comment m'as-tu trouvée? Est-ce que tu me suis pour t'assurer que je ne vais pas m'enfuir une deuxième fois?

— Ça suffit, aboya-t-il en se penchant pour me regarder droit dans les yeux. Une femme de ménage t'a vue et m'a averti. As-tu bien conscience de la stupidité de ce que tu viens de faire?

— Je sais. Ma présence à l'académie reste conditionnelle…

— Je ne parle pas seulement de ça. En premier lieu, c'était stupide de te mettre dans ce genre de situation.

— Je passe mon temps à me mettre dans ce genre de situation, camarade. Il n'y a pas de quoi en faire tout un plat.

J'avais horreur qu'on me traite comme une petite fille.

— Cesse de m'appeler comme ça. Tu ne sais même pas ce que ça veut dire.

— Bien sûr que je le sais ! J'ai fait un exposé sur la Russie et l'USSR l'année dernière.

— L'URSS. Et il y a de quoi en faire tout un plat. Les Moroï adorent se vanter de leurs conquêtes et les dhampirs ne sont pas très nombreuses…

— Et alors ?

— Et alors ? N'as-tu aucun respect pour toi-même ? Pense à Lissa… Tu te donnes l'air d'une fille facile et tu flattes tous les préjugés des Moroï sur les dhampirs. Ça va finir par rejaillir sur elle… et sur moi.

— Alors c'est ça ? Je heurte ta fierté masculine ? Je nuis à ta réputation ?

— Ma réputation est déjà faite, Rose. Et j'ai choisi mon style de vie il y a longtemps. Ce que tu vas faire de la tienne ne dépend que de toi. (Son regard se durcit encore.) Maintenant, retourne dans ta chambre, et tâche de parvenir jusque-là sans te jeter dans les bras de quelqu'un d'autre.

— Est-ce une manière élégante de me traiter de salope ?

— J'entends les rumeurs qui circulent parmi vous, tu sais. Je sais ce qui se dit sur toi…

Aïe ! J'eus envie de crier que ce que je faisais de mon corps ne le regardait pas, mais sa colère et sa déception me firent hésiter. Que m'arrivait-il ? « Décevoir » quelqu'un comme Kirova était sans importance. Mais Dimitri ? Je m'étais sentie tellement fière, les rares fois où il m'avait complimentée… Brusquement, je me sentis aussi minable qu'il l'avait insinué.

Quelque chose se brisa à l'intérieur de moi.

— Qu'y a-t-il de mal à… s'amuser ? murmurai-je en ravalant mes larmes. J'ai dix-sept ans, tu sais. J'ai bien le droit d'en profiter un peu…

— Tu as dix-sept ans et tu seras responsable de la vie de quelqu'un dans moins d'un an. (Sa voix, quoique toujours ferme, s'était un peu radoucie.) Si tu étais moroï ou humaine, tu pourrais t'amuser comme les autres filles de ton âge.

— Mais je ne peux pas.

Son regard se perdit dans le vague.

— J'avais dix-sept ans quand j'ai rencontré Ivan Zeklos. Nous n'étions pas aussi proches que Lissa et toi, mais nous sommes devenus amis et il m'a demandé d'être son gardien. J'étais le meilleur élève de ma promotion. J'ai travaillé aussi dur que j'en étais capable et cela n'a pas suffi. La vie est comme ça : une seule distraction... et il est trop tard.

Je sentis ma gorge se serrer à l'idée que l'une de mes distractions puisse coûter la vie à Lissa.

— Jesse est un Zeklos, remarquai-je en comprenant qu'il venait de jeter dehors un parent de son ancien ami.

— Je sais.

— Est-ce que ça t'a ennuyé que ce soit lui ? Est-ce qu'il te rappelle Ivan ?

— Ce que j'éprouve n'a aucune importance.

— Mais ça t'a ennuyé. (Malgré tous les efforts qu'il faisait pour cacher sa souffrance, l'évidence me frappa tout à coup.) Il te manque, n'est-ce pas ? Tous les jours.

Dimitri parut surpris et embarrassé, comme si je venais d'étaler au grand jour quelque chose qu'il voulait garder secret. Peut-être n'était-il pas asocial par conviction. Peut-être ne gardait-il ses distances avec les autres que pour éviter de souffrir s'il devait les perdre un jour. La mort d'Ivan avait laissé en lui une cicatrice indélébile.

Lui arrivait-il de se sentir seul ?

Son sérieux habituel reprit le dessus.

— Ce que j'éprouve n'a aucune importance, répéta-t-il. Ils passent avant tout. Leur protection passe avant tout.

— C'est vrai, reconnus-je en songeant à Lissa.

Un long silence suivit.

— Tu m'as dit que tu voulais apprendre à te battre. Est-ce que c'est toujours le cas ?

— Absolument.

— Rose… pour t'enseigner ce que je sais, j'ai besoin d'être certain que tu vas t'impliquer pleinement… que tu ne vas pas te laisser distraire par ce genre de chose, précisa-t-il en désignant le salon d'un ample geste du bras. Est-ce que je peux te faire confiance ?

La gravité de sa demande réveilla mon envie de pleurer. D'où lui venait un tel pouvoir sur moi ? Jamais je ne m'étais autant souciée de ce qu'une personne pouvait penser de moi.

— Très bien. C'est promis.

— Parfait. Tu vas devoir te donner à fond. Je sais que tu as horreur de courir, mais c'est absolument nécessaire. L'académie essaie de vous préparer à ce qui vous attend… mais tu ne peux pas imaginer à quel point les Strigoï sont forts et rapides. Puisque tu dois continuer à travailler ton endurance, nous allons ajouter des entraînements. Ça signifie que tu n'auras plus beaucoup de temps pour te reposer et faire tes devoirs. Tu seras fatiguée. Très fatiguée.

Je songeai à Lissa et à lui.

— Peu importe. Si tu penses que je dois le faire, je le ferai.

Il m'observa longuement, comme s'il hésitait encore, puis hocha la tête.

— Nous commencerons demain.

Chapitre 10

— Excusez-moi, monsieur Nagy… Je n'arrive pas à me concentrer avec Lissa et Rose qui ne cessent de se passer des petits mots.

Incapable de répondre à la question du professeur, Mia essayait de détourner son attention d'elle, ruinant du même coup l'espoir d'une journée qui s'annonçait plaisante. Il circulait encore quelques rumeurs sur le renard, mais la plupart des gens préféraient parler de l'attaque de Ralf par Christian. Pour ma part, je n'étais pas encore certaine de son innocence dans l'affaire du renard. Il était bien assez psychopathe pour y voir une marque d'affection tordue. Néanmoins, quelles que soient ses motivations, il avait réussi à focaliser l'attention sur lui et cela laissait un peu de répit à Lissa.

M. Nagy, qui s'était fait une spécialité d'humilier les élèves en lisant leurs petits mots à voix haute, nous tomba dessus comme un missile. Il nous arracha le bout de papier, en même temps que tous les élèves se tournaient vers nous. Je ravalai un grognement et tâchai de prendre un air dégagé. Lissa eut envie d'aller se cacher dans un trou.

— Ça alors ! s'écria-t-il en parcourant la feuille des yeux. Si seulement vous vous donniez la peine d'écrire autant dans vos devoirs… L'une de vous a une écriture atroce : je la prie de me pardonner si je déforme quelque chose. (Il se racla la gorge.) « J'ai vu J. hier soir », commence celle qui écrit le plus mal. À quoi il est répondu : « Que s'est-il passé ? », suivi d'un, deux, trois, quatre, cinq points d'interrogation ! Vous admettrez qu'il y a des cas où quatre ne suffisent pas… (Les rires fusèrent, et Mia m'adressa un sourire particulièrement vicieux.) La première répond : « À ton avis ? On s'est branchés dans un des salons abandonnés. »

De nouveaux rires firent lever les yeux à M. Nagy. Ses mimiques et son accent britannique ajoutaient beaucoup au comique de l'humiliation.

— Dois-je déduire de votre réaction que le verbe « se brancher » a un sens plus charnel que celui que je lui connais ?

Je ne pus m'empêcher de réagir.

— Oui, monsieur ! répondis-je en me mettant au garde-à-vous. C'est correct, monsieur.

J'obtins un certain succès.

— Je vous remercie pour cette confirmation, mademoiselle Hathaway. Où en étais-je ? Ah oui ! La seconde demande : « Comment c'était ? » Ligne suivante : « Bon », auquel est accolé un visage souriant qui renforce l'adjectif. Voilà qui est flatteur pour le mystérieux J. Nouvelle question : « Jusqu'où êtes-vous allés ? » J'espère, mesdemoiselles, que la suite de ce texte ne va pas devenir trop sulfureuse pour notre auditoire… « Pas très loin. On s'est fait prendre. » La gravité de la situation est alors soulignée par un visage qui ne sourit pas. « Que s'est-il passé ? » « Dimitri a débarqué. Il a jeté Jesse dehors et m'a passé un savon. »

La découverte de l'identité du personnage principal provoqua une véritable liesse.

— Êtes-vous donc le mystérieux J., monsieur Zeklos ? demanda M. Nagy lorsqu'il put se faire de nouveau entendre. Celui à qui la jeune femme à l'écriture illisible a décerné un visage souriant ? (Le visage de Jesse vira au cramoisi, mais il ne paraissait pas vraiment mécontent de voir ses exploits étalés au grand jour. Il n'avait encore raconté l'aventure à personne, sans doute parce que Dimitri l'avait terrorisé.) Eh bien, monsieur Zeklos! Même si je suis toujours friand d'une bonne mésaventure, je vous prierai de rappeler à vos « amies » que mon cours n'est pas un salon de thé. (Il jeta le morceau de papier sur le cahier de Lissa.) Puisqu'il n'y a aucun moyen de punir Mlle Hathaway, qui cumule déjà toutes les punitions prévues par le règlement, vous allez faire deux colles au lieu d'une, mademoiselle Dragomir. Veuillez ne pas quitter la salle.

À la fin du cours, Jesse vint me trouver avec un air embarrassé.

— Pour cette histoire de mot… Je ne voudrais pas… Si Belikov l'apprend, tu lui diras que je n'y suis pour rien, n'est-ce pas ?

— Mais oui. Ne t'en fais pas.

Je le regardais s'éloigner en songeant à la facilité avec laquelle Dimitri l'avait jeté dehors.

— C'est marrant : je ne le trouve plus aussi craquant, tout à coup…, avouai-je à Lissa.

Elle éclata de rire.

— Va-t'en. J'ai des tables à nettoyer.

Je me dirigeai vers mon dortoir en regardant avec envie les groupes d'élèves dispersés dans les couloirs et dans la cour. Comme j'aurais aimé avoir l'occasion de bavarder, moi aussi…

— C'est vrai, je vous assure! affirma une voix pleine d'assurance. (Camille Conta. Belle, populaire et issue de l'une des plus prestigieuses familles royales. Lissa et elle étaient amies avant notre départ, à la manière dont deux puissances rivales gardent un œil l'une sur l'autre.) Ils nettoient les toilettes, ou quelque chose comme ça.

— Mon Dieu ! s'écria l'une de ses amies. J'en mourrais de honte, si j'étais Mia !

J'esquissai un sourire. Jesse était déjà entré en action. Malheureusement, la conversation suivante dont j'entendis des bribes m'empêcha de savourer mon triomphe.

— J'ai entendu dire qu'il était encore vivant, qu'il se convulsait sur son lit...

— C'est affreux ! Mais pourquoi l'a-t-on déposé là ?

— Aucune idée. Et d'abord, pourquoi l'égorger ?

— Est-ce que tu crois que Ralf a raison ? que Rose et elle l'ont fait pour...

Elles se turent en m'apercevant mais leur discussion continua à me trotter dans la tête. *« Encore vivant ».*

J'avais interdit à Lissa de comparer l'incident du renard avec ce qui s'était produit deux ans plus tôt. Je refusais de croire qu'il y avait le moindre lien entre les deux affaires et n'avais aucune envie qu'elle l'envisage ne serait-ce qu'un instant.

Néanmoins, cette idée m'était aussi venue à l'esprit, non seulement parce que les deux incidents étaient macabres, mais parce qu'ils présentaient vraiment des similitudes.

Nous avions séché la dernière heure de cours pour aller traîner dans les bois. J'avais cédé une magnifique paire de sandales à Abby Badica contre une bouteille de schnaps ; j'étais désespérée, assurément, mais il faut bien survivre dans le Montana. Lissa avait secoué la tête d'un air réprobateur lorsque je lui avais proposé de sécher les cours pour vider ladite bouteille, mais elle m'avait accompagnée quand même, comme toujours.

Nous nous étions installées sur un tronc assez confortable au bord d'une mare à l'eau verdâtre. La lune, à moitié pleine, n'éclairait pas grand-chose, mais c'était bien suffisant pour la vue d'un vampire et d'un semi-vampire. Je l'avais questionnée sur Aaron pendant que la bouteille passait de l'une à l'autre. Elle m'avait avoué qu'ils avaient fait l'amour le week-end précédent et j'avais éprouvé une pointe de jalousie à l'idée qu'elle avait découvert le sexe avant moi.

« — Alors ? C'est comment ?

Elle avait haussé les épaules et repris une gorgée.

— Je ne sais pas trop... J'ai ressenti quelque chose...

—*Qu'est-ce que tu veux dire par là ? Est-ce que la terre a tremblé ? Est-ce que les planètes se sont alignées au-dessus de vous ?*

—*Non !* s'était-elle écriée en se retenant de rire. *Bien sûr que non.*

Je n'avais pas vraiment compris ce que cela avait de drôle, mais j'avais bien senti qu'elle n'avait pas envie d'en parler. C'était à l'époque où notre lien commençait à se développer, et j'étais encore surprise par l'irruption de ses émotions dans mon esprit. J'avais soulevé la bouteille pour me donner une contenance.

—*J'ai l'impression que ce truc n'a aucun effet.*

—*C'est parce que ça ne contient presque pas d'al...*

Nous avions entendu le bruit au même instant et je m'étais levée d'un bond.

—*Ce n'est qu'un animal*, avait-elle murmuré après une minute de complet silence.

Ce qui ne signifiait pas pour autant que nous étions en sécurité. Les protections de l'académie tenaient les Strigoï à l'écart, mais des bêtes sauvages rôdaient souvent aux alentours : des ours, des couguars...

—*Rentrons*, avais-je suggéré.

Nous n'avions fait que quelques pas avant d'entendre un nouveau bruit et de voir un personnage inattendu nous bloquer le passage.

—*Mesdemoiselles...*

Mme Karp.

Nous nous étions immobilisées et j'avais été beaucoup plus lente pour cacher la bouteille derrière mon dos que pour bondir sur mes pieds près de la mare.

Elle avait tendu la main en esquissant son sourire étrange, glissé notre bouteille sous son bras et fait demi-tour sans un mot. Nous l'avions suivie, sachant parfaitement ce qui nous attendait.

—*Vous croyez vraiment qu'un professeur ne se rend compte de rien quand il manque la moitié de sa classe ?* nous avait-elle demandé quelques minutes plus tard.

—*La moitié de la classe ?*

—*Vous n'êtes pas les seules à avoir eu cette idée. Ce doit être le printemps...*

Nous n'avions rien répondu. Depuis le jour où elle avait guéri mes mains, je ne me sentais plus à l'aise en présence de Mme Karp. Son comportement paranoïaque me gênait – me terrifiait – de plus en plus. Surtout, je n'étais plus capable de la regarder sans voir les cicatrices qu'elle avait sur le front. Ses longs cheveux roux les dissimulaient souvent, mais pas toujours. Certaines se résorbaient presque entièrement, tandis que de nouvelles apparaissaient.

Nous nous étions arrêtées net en entendant un son étrange sur la droite.

—*L'un de vos camarades, j'imagine*, avait murmuré Mme Karp en se dirigeant vers le bruit.

Mais le bruit provenait d'un grand oiseau noir qui gisait sur le sol et agitait faiblement ses ailes. Même si les oiseaux, comme la plupart des animaux, ne présentaient pas un grand intérêt pour moi, je n'avais pas pu m'empêcher d'admirer son plumage luisant et son énorme bec. J'étais certaine qu'il aurait pu crever l'œil de quelqu'un en moins d'une seconde, s'il n'avait pas été à l'agonie. Il avait frissonné une dernière fois, avant de complètement cesser de bouger.

—*Qu'est-ce que c'est ? Un merle ?* avais-je demandé.

—*Trop gros*, avait répondu Mme Karp. *C'est une corneille.*

—*Est-ce qu'elle est morte ?* avait murmuré Lissa.

Je m'étais penchée sur l'animal.

—*Aucun doute. Ne la touche pas.*

—*Elle a sûrement été attaquée par un autre oiseau*, avait suggéré Mme Karp. *Il leur arrive de se battre pour contrôler un territoire et ses ressources.*

Lissa s'était agenouillée, le regard plein de compassion. Cela ne m'avait pas surprise, étant donné son amour des animaux.

Elle m'avait fait la morale pendant des jours entiers après le célèbre combat du hamster contre le crabe. Ce que j'avais vu comme la confrontation de deux farouches adversaires lui était apparu comme un acte de pure cruauté.

Elle avait tendu la main vers la corneille avec un air de sainte en extase.

— *Liss !* m'étais-je écriée.

Elle n'avait même pas semblé m'entendre. Sous le regard pétrifié de Mme Karp, aussi immobile qu'une statue et aussi pâle qu'un fantôme, Lissa avait caressé l'aile de la corneille.

— *Liss !* avais-je répété en m'approchant d'elle.

Alors une sensation étrange, merveilleuse, avait envahi mon esprit et m'avait arrêtée net.

Puis la corneille avait bougé.

Lissa avait retiré sa main en poussant un petit cri.

Les yeux écarquillés, nous avions regardé la corneille battre des ailes pour se relever, puis se tourner vers Lissa avec un regard qui m'avait semblé beaucoup trop intelligent pour un oiseau. Lissa en avait éprouvé un léger malaise, que j'avais perçu à travers le lien. Après quelques instants qui m'avaient paru interminables, la corneille avait détourné les yeux et s'était envolée.

Une rafale de vent dans les branches nous avait ramenées à la réalité.

— *Mon Dieu !* avait murmuré Lissa. *Qu'est-ce qui vient de se passer ?*

— *Je donnerais cher pour le savoir !* avais-je plaisanté pour dissimuler ma terreur.

Mme Karp avait tiré Lissa par le bras pour la forcer à la regarder. Je m'étais mise sur la défensive, bien décidée à intervenir si Karp la Folle tentait quoi que ce soit.

— *Il ne s'est rien passé !* avait-elle chuchoté d'une voix pressante, les yeux exorbités. *Tu m'entends ? Rien. Et tu ne dois en parler à personne, personne. Toi non plus, Rose. Promettez-le-moi !*

Lissa et moi avions échangé un regard inquiet et promis tout ce qu'elle voulait, ce qui l'avait un peu apaisée.

— *Et tu ne dois surtout pas recommencer. Ils le découvriraient et ils essaieraient de se l'approprier.* (Elle s'était tournée vers moi.) *Tu ne dois pas la laisser faire, Rose. Jamais.* »

Quelqu'un cria mon nom au moment où j'atteignais le dortoir.

— Hé ! Rose ! ça fait dix fois que je t'appelle !

J'oubliai Mme Karp et la corneille pour me tourner vers Mason, qui avait l'air de me suivre depuis un moment.

— Désolée, marmonnai-je. Je ne t'avais pas entendu… Je suis fatiguée.

— Trop d'excitation la nuit dernière ?

— Rien d'insurmontable, ripostai-je en plissant les yeux.

— Apparemment, ricana-t-il sans avoir vraiment l'air amusé. J'ai l'impression que Jesse ne peut pas en dire autant.

— Il s'en est bien sorti.

— Si tu le dis… Personnellement, je trouve que tu as mauvais goût.

Je m'arrêtai pour le dévisager.

— Personnellement, je pense que ça ne te regarde pas.

Il détourna les yeux en rougissant, visiblement contrarié.

— C'est grâce à toi si ça regarde tout le monde…

— Eh ! je n'ai pas fait exprès de me faire pincer.

— On l'aurait su de toute manière. Jesse est tellement bavard…

— Il n'aurait rien dit.

— Ah oui ? Parce qu'il a une belle gueule et une famille puissante ?

— Cesse de dire n'importe quoi. Qu'est-ce que ça peut te faire ? Tu es jaloux ?

Sa rougeur s'accrut considérablement.

— Je n'aime pas qu'on dise du mal de toi, c'est tout. Tu fais l'objet d'un bon nombre de plaisanteries salaces. On commence à te traiter de salope...

— Je me fous complètement de ce qu'on dit de moi.

— J'oubliais... Rose la Guerrière qui n'a besoin de personne.

Je m'arrêtai encore.

— Effectivement. Je suis l'une des meilleures novices de cette fichue académie et je n'ai aucun besoin que tu joues les chevaliers servants. Je ne suis pas une demoiselle en détresse.

Je repartis d'un bon pas mais sa grande taille lui permit de me rattraper en quelques enjambées. Quelle plaie pour moi de ne mesurer qu'un mètre soixante-dix !

— S'il te plaît... Je ne voulais pas te mettre en colère. C'est seulement que je m'inquiète pour toi...

Je me contentai d'éclater de rire.

— Je suis sérieux. Attends-moi ! J'ai fait quelque chose pour toi hier soir, enfin je crois. Je suis allé à la bibliothèque et j'ai fait des recherches sur saint Vladimir.

Je m'arrêtai une troisième fois.

— Vraiment ?

— Oui. Mais je n'ai pas trouvé grand-chose sur Anna. À vrai dire, je n'ai lu que des trucs très vagues : comme quoi saint Vladimir guérissait les malades, les ramenait de la frontière de la mort...

Ces derniers mots me troublèrent et je balbutiai :

— Est-ce que... ? As-tu trouvé autre chose ?

Il secoua la tête.

— Non. Il te faudrait des sources primaires et je n'en ai pas trouvé.

— Des quoi ?

Il éclata de rire.

— Est-ce que tu ne fais vraiment rien d'autre en classe que d'écrire des petits mots ? Andrews en a parlé l'autre jour. Il s'agit des livres qui ont été écrits pendant la période que tu veux étudier, par opposition aux sources secondaires, qui concernent les ouvrages écrits plus tard. Tu en saurais plus si tu trouvais un texte écrit par saint Vladimir lui-même ou par l'un de ses contemporains.

— Si tu le dis… Tu t'es transformé en génie sans que je m'en rende compte ?

— Je fais attention à ce qui se passe autour de moi, c'est tout, se défendit-il en me donnant un coup de coude dans les côtes. Contrairement à toi. C'est fou le nombre de choses qui te passent à travers… (Son sourire devint un peu gêné.) Et je suis désolé pour ce que je t'ai dit tout à l'heure. J'étais seulement…

Jaloux. L'évidence m'apparut brutalement. Comment avais-je fait pour ne jamais le remarquer ? Il fallait que je sois aussi inattentive qu'il le disait… Il était manifestement fou de moi.

— Ça va, Mason, laisse tomber, le rassurai-je en y ajoutant un sourire. Et merci pour les recherches.

Il me rendit mon sourire et s'éloigna, me laissant triste de ne pas partager ses sentiments.

Chapitre 11

— Est-ce que tu as besoin d'une robe ? me demanda Lissa.

— Pardon ?

Nous attendions le début du cours d'art slave de M. Nagy et j'étais occupée à écouter Mia nier les accusations dont ses parents faisaient l'objet avec l'énergie du désespoir.

— Ce ne sont pas des serviteurs ! s'exclama-t-elle, visiblement troublée malgré l'air hautain qu'elle affichait. Ce sont plutôt des intendants. Les Drozdov ne décident rien sans les consulter.

Lissa secoua la tête en me voyant rire.

— Tout ça t'amuse beaucoup trop.

— Parce que c'est génial ! Qu'est-ce que tu me demandais ?

Je fouillai dans mon sac à la recherche de mon rouge à lèvres et fis une grimace en le découvrant. Il était presque vide et je ne voyais vraiment pas quand j'allais trouver le temps d'en racheter un.

— Je te demandais si tu avais besoin d'une robe pour ce soir.

— Bien sûr ! Mais aucune des tiennes ne me va.

— Que comptes-tu faire ?

— Improviser, comme toujours, répondis-je en haussant les épaules. À vrai dire, je m'en fiche. Je n'en reviens toujours pas que Kirova me laisse y aller.

Nous étions le 1er novembre, le jour de la Toussaint. Un mois s'était écoulé depuis notre retour, et une célébration était prévue. On attendait la visite d'un groupe de nobles moroï, comptant la reine Tatiana en personne. Ce n'était pas ce qui m'excitait le plus. La reine était déjà venue à l'académie. C'était même assez fréquent et beaucoup moins amusant que cela en avait l'air. Et puis le prestige de la royauté avait beaucoup baissé dans mon estime depuis que j'avais vécu en démocratie parmi les humains. J'étais certaine que Kirova m'avait autorisée à être présente simplement parce que tout le monde allait se trouver là ; ce qui impliquait qu'on ne pourrait pas me surveiller ailleurs. C'était la première occasion qui m'était offerte depuis un mois de m'échapper de ma chambre et de me détendre en parlant avec des gens. Cette liberté valait bien de supporter quelques discours assommants.

Je ne pris pas le temps de bavarder avec Lissa à la fin des cours. Dimitri avait tenu sa promesse et je faisais de mon mieux pour tenir la mienne. J'avais désormais deux heures d'entraînement supplémentaires, une le matin et l'autre le soir. Plus je l'observais, mieux je comprenais d'où lui venait sa réputation de dieu. Il savait beaucoup de choses, comme ses six molnija le prouvaient, et j'étais impatiente de progresser.

Dès mon entrée dans le gymnase, je remarquai qu'il portait un pantalon de survêtement au lieu de son jean habituel. Cela lui allait bien… très bien même…

Détourne les yeux, Rose! m'ordonnai-je pour ne pas perdre mon sang-froid.

Il se planta en face de moi et croisa les bras sur sa poitrine.

— Quel est le premier problème quand tu fais face à un Strigoï ?

— Il est immortel ?

— Pense à quelque chose de plus simple.

« Plus simple » ? Je pris quelques instants pour réfléchir.

— Il y a toutes les chances pour qu'il soit plus grand et plus fort que moi.

Les Strigoï, sauf ceux qui avaient d'abord été humains, étaient aussi grands que leurs cousins moroï. Ils étaient aussi beaucoup plus forts que les dhampirs, avaient des sens plus aiguisés et de meilleurs réflexes. C'était pour cette raison que les gardiens s'entraînaient si dur : nous devions compenser notre infériorité naturelle.

— Ça complique les choses, reconnut Dimitri, mais ce n'est pas le pire. La plupart du temps, il est possible d'utiliser la taille et la force d'un adversaire contre lui.

Il me fit une démonstration, m'indiquant comment me placer et où frapper. Je répétai ses mouvements, ce qui me permit de comprendre pourquoi je me faisais botter les fesses aux entraînements. Je les intégrai vite et brûlai d'impatience de les mettre en pratique. Vers la fin de l'heure, il me laissa essayer.

— Vas-y ! Essaie de me frapper.

Il n'eut pas besoin de me le dire deux fois. Je fondis sur lui pour me retrouver plaquée au sol. La douleur irradia dans mon corps, mais je refusai de m'avouer vaincue. Je bondis sur mes pieds pour essayer de le prendre par surprise. Sans succès.

Après quelques autres tentatives infructueuses, je tendis le bras pour implorer une trêve.

— Très bien. Qu'est-ce que je fais mal ?

— Rien.

Je n'en étais pas convaincue.

— Si je fais ce qu'il faut, pourquoi n'es-tu pas inconscient à l'heure qu'il est ?

— Parce que, même si tes gestes sont bien faits, c'est la première fois que tu essaies alors que je m'entraîne depuis des années.

Sa sagesse d'ancêtre me fit secouer la tête. D'après ses propres dires, il n'avait jamais que vingt-quatre ans.

— Si tu le dis, papy… On essaie encore ?

— L'heure est terminée. N'as-tu pas l'intention d'aller te changer ?

Je levai les yeux vers la pendule poussiéreuse et me réjouis : le banquet n'allait pas tarder à commencer. L'idée d'être aussi démunie que Cendrillon me fit rire.

— Évidemment…

Lorsqu'il me tourna le dos, je ne voulus pas laisser passer ma chance. Je lui sautai dessus, en me positionnant exactement comme il m'avait montré. Avec l'effet de surprise pour moi, il ne me verrait même pas l'attaquer et je ne pouvais pas le manquer.

Avant même que je le touche, il fit volte-face à une vitesse humiliante, me souleva comme si je ne pesais rien et me plaqua au sol dans le même mouvement.

— Qu'est-ce que j'ai fait de mal ? grognai-je.

Il me regarda droit dans les yeux tout en me maintenant immobile par les poignets, avec un peu moins de sérieux que pendant le cours.

— Disons que le cri de guerre t'a trahie. Essaie de ne pas hurler la prochaine fois…

— Est-ce que ç'aurait vraiment fait une différence si je n'avais pas crié ?

Il réfléchit un instant.

— Probablement pas.

Malgré mon soupir exagéré, j'étais de bien trop bonne humeur pour laisser la déception m'abattre. Après tout, il y avait quelques avantages à avoir un dieu pour mentor. Dimitri était bien plus grand, plus lourd et plus fort que moi. Sans être un colosse, il avait des muscles aussi efficaces que bien placés… Si j'arrivais un jour à le battre, je serais capable de battre n'importe qui.

Je pris subitement conscience qu'il me tenait toujours plaquée au sol. Ses mains qui immobilisaient mes poignets étaient chaudes, son visage se trouvait à quelques centimètres du mien et il pesait sur moi de tout son poids. Quelques mèches brunes échappées de sa queue-de-cheval encadraient son visage, et il semblait m'examiner avec autant d'intérêt que moi, comme il l'avait fait dans le salon abandonné. Surtout, il sentait bon... Cette découverte entrava davantage ma respiration sans que notre position y soit pour rien.

À cet instant, j'aurais donné n'importe quoi pour lire dans son esprit. Depuis cette fameuse nuit, je l'avais plusieurs fois surpris en train de me regarder de cette façon. Non pas pendant les entraînements, bien sûr, jamais pendant le service... Mais son humeur était un peu plus légère en dehors des cours, et ses regards étaient plus troublants, presque admiratifs. Les jours où j'avais vraiment de la chance, il lui arrivait même de me sourire. Un vrai sourire, très différent de celui sur le mode sarcastique qui nous servait d'ordinaire à communiquer. Je ne l'avais pas avoué à Lissa, et à peine à moi-même, mais il y avait des jours où je ne me levais que dans l'espoir de le voir sourire ainsi. Il en était comme transfiguré. L'adjectif « canon » ne suffisait même plus à le décrire.

Je tâchai de dire quelque chose de professionnel pour garder mon calme.

— Est-ce que tu as... d'autres mouvements à me montrer ? fut ce que je trouvai de mieux.

En voyant ses lèvres frémir, je crus un instant que j'allais avoir droit à l'un de ses merveilleux sourires. Mon cœur s'affola pour rien. Il recouvra son masque d'impassibilité au prix d'un effort visible et s'écarta de moi.

— Allons-y. Nous allons être en retard.

Je me relevai et le suivis hors du gymnase. Je passai tout le trajet jusqu'au dortoir, pendant lequel il ne m'adressa pas un mot, à me gifler mentalement.

J'avais le béguin pour mon mentor. Pour mon mentor adulte. Je devais avoir perdu la raison. Il avait sept ans de plus que moi et aurait pu être mon… rien du tout. Mais sept ans faisaient tout de même une sacrée différence. Il apprenait à écrire l'année de ma naissance et devait déjà avoir embrassé des filles quand j'apprenais moi-même à lire et à jeter mes livres à la tête de mes professeurs. Et les filles n'avaient pas dû manquer, étant donné son physique…

Je n'avais vraiment pas besoin d'un problème supplémentaire.

Je pris une douche rapide, trouvai un pull passable dans mon placard et me rendis à la réception.

En dépit de leurs murs de pierre, de leurs gargouilles et des tourelles qui ornaient leurs toits, les bâtiments de l'académie étaient assez modernes à l'intérieur. Nous avions le wi-fi, des néons fluorescents et tous les gadgets technologiques dont nous pouvions rêver. Le réfectoire, en particulier, ressemblait assez à ceux des lycées de Portland et de Chicago. Il avait des murs couleur taupe, des tables rectangulaires et une petite pièce sur le côté où nos repas de qualité douteuse étaient servis. Il y avait bien quelques photos en noir et blanc aux murs pour égayer le tout, mais j'avais du mal à considérer des photos d'arbres sans feuilles et de fleurs comme de l'art.

Pourtant, ce soir-là, on avait réussi à transformer cette salle rébarbative en un décor de conte de fées. Il y avait partout des chandelles et des vases débordant de lys et de roses rouges. Les tables étaient recouvertes de nappes, cramoisies, comme il fallait s'y attendre. Le résultat était stupéfiant, au point qu'il était difficile de croire qu'il s'agissait de l'endroit où j'avais l'habitude de manger des sandwichs au poulet. Cette salle de réception était digne… d'une reine.

Les tables avaient été placées pour former une allée centrale. Nous avions des places attitrées et la mienne, bien entendu, se trouvait très loin de celle de Lissa. Les Moroï occupaient le devant de la scène ; les novices étaient relégués au fond. Lissa remarqua tout de même mon arrivée et m'offrit un sourire. La robe qu'elle avait empruntée à Natalie, bleue, soyeuse et sans bretelles, mettait admirablement en valeur la blancheur de sa peau et de ses cheveux platine. Qui aurait cru que Natalie possédait une robe si belle ? L'opinion que j'avais de mon pull en prit un coup.

Ces banquets se déroulaient toujours de la même manière. Il y avait une table d'honneur, dressée sur une estrade, où la reine et ses invités prenaient place pour que nous puissions tous les admirer. Les gardiens, aussi raides et immobiles que des statues, se tenaient alignés le long des murs. J'aperçus Dimitri parmi eux et ne pus m'empêcher de repenser à ce qui s'était passé dans le gymnase. Il regardait droit devant lui et paraissait conscient de tout sans s'intéresser à rien en particulier.

Lorsque les invités arrivèrent, tout le monde se leva pour les accueillir solennellement. J'en reconnus quelques-uns : ceux qui avaient placé leurs enfants dans cette académie et leur rendaient souvent visite. Victor Dashkov se trouvait parmi eux et se déplaçait lentement, appuyé sur sa canne. Malgré le plaisir que j'avais à le voir, je sentis mon cœur se serrer en voyant à quel point il avait du mal à marcher.

Puis, quatre gardiens sévères, en uniforme de parade rouge et noir, firent leur entrée. Tout le monde, à l'exception des gardiens le long des murs, tomba à genoux dans une démonstration puérile de loyauté. Le tout était si pompeux que je me retins difficilement de ricaner.

Chez les Moroï, le roi ou la reine était désigné par son prédécesseur parmi les membres des douze familles les plus influentes. Il n'était pas permis de choisir l'un de ses propres héritiers et le conseil des douze familles pouvait opposer son veto s'il avait une raison sérieuse de le faire. Cela ne s'était presque jamais produit.

La reine Tatiana, vêtue d'une ample robe de soie rouge, suivit les quatre gardiens. Elle devait avoir la soixantaine et ses cheveux gris, coupés au carré, étaient couronnés d'un diadème qui ressemblait assez à celui de Miss Amérique. Elle avança très lentement pour nous laisser le temps de l'admirer et quatre autres gardiens fermèrent la marche.

Malgré quelques sourires dispensés ici et là, son passage parmi les novices fut finalement assez rapide. En tant que bâtards à moitié humains et protecteurs des Moroï, nous méritions une dose mesurée de reconnaissance. Après tout, la plupart de ceux qui se trouvaient là allaient mourir jeunes pour défendre son monde.

Elle ralentit nettement en atteignant les tables réservées aux Moroï et s'arrêta même pour parler à quelques élèves. Ceux qui avaient cette chance, c'est-à-dire ceux dont les parents étaient en bons termes avec elle, allaient pouvoir s'en vanter pendant des semaines. Elle n'échangea avec eux que des banalités de circonstance, et les membres des familles royales retinrent son attention plus longtemps que les autres.

— Vasilisa Dragomir.

Je relevai vivement la tête. Par l'intermédiaire de notre lien, je sentis Lissa s'inquiéter en entendant son nom. Sachant que personne n'allait me remarquer tant que la reine s'adresserait à la dernière des Dragomir, j'avançai sur les genoux pour bénéficier d'un meilleur angle de vue. Tout le monde retint son souffle pour entendre ce que Tatiana avait à dire à la princesse fugitive.

— Nous avons été informée de ton retour et sommes heureuse de retrouver les Dragomir, dont tu es à présent la dernière représentante. Nous avons été profondément attristée par la mort de tes parents et de ton frère, membres éminents de notre société. Leur disparition est une véritable tragédie.

Même si je n'avais jamais vraiment compris pourquoi elle parlait d'elle en disant « nous », ses politesses me semblèrent tout à fait adaptées.

— Ton nom est fort intéressant, poursuivit-elle. De nombreuses héroïnes de légendes russes se prénomment Vasilisa. Vasilisa la Courageuse, Vasilisa la Belle... Ces femmes ont en commun de grandes qualités, en plus de leur nom : la force, l'intelligence, la discipline et la vertu. Toutes ont accompli de grandes choses et triomphé de leurs ennemis. Le nom de Dragomir commande aussi le respect. Tout le long de notre histoire, les rois et les reines issus de ta famille ont gouverné avec sagesse. Ils ont autrefois combattu les Strigoï aux côtés de leurs gardiens et ont mérité que nous nous souvenions d'eux.

Elle fit une pause pour laisser ses paroles imprégner les esprits comme il se devait. L'atmosphère de la salle changea subtilement, et je sentis un plaisir timide s'éveiller en Lissa. Un tel discours allait modifier l'équilibre des pouvoirs et Lissa devrait s'attendre à avoir de nouveaux courtisans dès le lendemain.

— Oui, reprit Tatiana. Ton nom est doublement chargé de pouvoir. Il évoque les plus grandes qualités et les temps héroïques. (Elle s'interrompit encore.) Pourtant, comme tu nous en as fourni la preuve, un nom ne fait pas la personne et n'a aucune influence sur les choix de vie d'un individu, si prometteur soit-il.

Après cette gifle verbale, elle se détourna de Lissa, et reprit sa progression.

La stupeur se lisait sur tous les visages. Je songeai un instant à sauter sur la reine mais y renonçai presque aussitôt. J'allais me retrouver plaquée au sol par une demi-douzaine de gardiens avant d'avoir fait cinq pas. J'attendis donc la fin du dîner avec impatience en sentant Lissa absolument mortifiée.

Lorsque les réjouissances d'après dîner commencèrent, Lissa se faufila jusqu'à la porte et sortit dans la cour. Je m'efforçai de la suivre mais fus retardée par les déplacements irrationnels des convives.

Elle s'était réfugiée sous un préau, aussi lourdement ornementé que le reste de l'académie, qui laissait passer si peu de lumière qu'elle ne risquait pas de blesser un Moroï. Des arbres aux branches dénudées encadraient le préau et bordaient les allées qui menaient vers d'autres jardins et d'autres cours. Dans un coin, une statue imposante de saint Vladimir trônait au centre d'une fontaine que l'on avait vidée pour l'hiver. La sculpture, en pierre grise, le représentait vêtu d'une longue toge avec une barbe et une moustache.

Je m'arrêtai net en découvrant que Natalie avait rejoint Lissa avant moi. Je songeai un instant à les interrompre, puis reculai sans me faire remarquer. Même si je m'en voulais un peu de les espionner, j'étais soudain très curieuse de ce que Natalie pouvait avoir à lui dire.

— Elle n'aurait pas dû dire ça. (Natalie portait une robe jaune, identique à celle de Lissa, mais que son manque de grâce rendait assez quelconque. Et puis le jaune, qui jurait terriblement avec le noir de ses cheveux relevés en chignon, ne lui allait pas du tout.) Ce n'était pas juste. Ne la laisse pas te gâcher la soirée.

— Trop tard, répondit Lissa, sans détacher les yeux des graviers de l'allée.

— Elle a eu tort.

— Elle a raison ! Mes parents… et André… ils ne m'auraient jamais pardonné de m'être enfuie.

— Bien sûr que si, murmura Natalie avec douceur.

— C'était stupide de ma part, irresponsable…

— Tu as commis une erreur, et alors ? J'en fais tout le temps. L'autre jour, pour le contrôle de sciences, on devait réviser le chapitre 10 et j'ai révisé le… (Au prix d'un effort admirable, elle revint au sujet qui préoccupait Lissa.) Les gens changent. Tu n'es plus celle que tu étais il y a deux ans, et moi non plus.

À vrai dire, Natalie me semblait exactement la même qu'à l'époque, mais cela n'avait aucune importance pour le moment. Je l'appréciais de plus en plus.

— Et puis as-tu vraiment eu tort de t'enfuir ? reprit-elle. Tu avais forcément une bonne raison de le faire... La vie était dure pour toi à cette époque, avec la mort de tes parents et tout ça... Tu as peut-être fait ce qui valait le mieux pour toi.

Lissa réprima un sourire. Elle voyait aussi bien que moi que Natalie essayait de découvrir la raison de notre départ, comme tous les autres à l'académie, sauf qu'elle n'était vraiment pas douée.

— Je n'en suis pas sûre. Je me suis montrée faible... André n'aurait jamais fui. Il était tellement doué pour tout... même pour évoluer au milieu des intrigues.

— Toi aussi, tu es douée pour ça.

— J'imagine... mais je déteste ça. Je veux dire... j'aime bien les gens mais... ils sont souvent si faux... C'est cela que je ne supporte pas.

— Alors, évite de t'impliquer ! s'écria Natalie. Regarde-moi : je ne me mêle jamais à eux et je m'en porte très bien. Papa me dit toujours que mes fréquentations n'ont aucune importance... qu'il n'y a que mon bonheur qui compte.

— Et voilà pourquoi il devrait être roi à la place de cette salope de reine, conclus-je en m'avançant vers elles.

Natalie fit un bond spectaculaire. J'étais certaine que son vocabulaire injurieux se limitait à « zut ! » et à « méchant ».

— Je me demandais où tu étais passée, fit remarquer Lissa.

Natalie nous regarda tour à tour, brusquement embarrassée de se retrouver entre les deux « meilleures amies du monde ».

— Je ferais bien d'aller retrouver papa, s'excusa-t-elle en se balançant avec nervosité d'un pied sur l'autre. On se revoit tout à l'heure.

—À tout à l'heure, lui répondit Lissa. Et merci.

Elle eut l'air pressée de s'éloigner.

—Est-ce qu'elle l'appelle vraiment « papa » ? m'inquiétai-je.

Lissa me fit les gros yeux.

—Laisse-la tranquille. Elle est gentille.

—C'est vrai. J'ai entendu ce qu'elle t'a dit et je suis bien forcée de reconnaître que rien ne m'a donné envie de me moquer d'elle. (Je m'interrompis.) Je vais la tuer, tu sais. La reine, pas Natalie. Gardiens ou pas, je vais le faire. Elle ne peut pas s'en tirer comme ça.

—Tais-toi, Rose ! Tu pourrais te faire arrêter rien que pour avoir prononcé ces mots. Laisse tomber.

—Laisser tomber ? Après ce qu'elle vient de te dire ? devant tout le monde ?

Elle ne répondit rien et ne leva même pas les yeux vers moi. Elle jouait machinalement avec les branches dénudées d'un buisson et avait un air fragile que j'avais appris à reconnaître… et à redouter.

—Ne sois pas si triste, repris-je d'une voix plus calme. Elle ne savait pas de quoi elle parlait, pas vrai ? Il ne faut pas que cela te touche autant. Surtout ne fais rien que tu ne devrais pas faire…

Elle releva lentement la tête.

—Ça va recommencer, n'est-ce pas ? murmura-t-elle.

Sa main, qui tenait toujours une branche, se mit à trembler.

—Pas si tu le refuses, déclarai-je en essayant d'observer discrètement ses poignets. Tu n'as pas…

—Non, répondit-elle en ravalant un sanglot. Je n'en ai même pas eu envie. Je me suis sentie très mal après l'histoire du renard, mais ça va mieux, maintenant. J'aime bien rester à l'écart des autres. Tu me manques, mais je tiens le coup. J'aime bien…

J'entendis le mot se former dans sa tête.

—Christian, achevai-je à sa place.

—J'aimerais que tu cesses de faire ça.

— Désolée. Dois-je te refaire mon discours sur Christian le Psychopathe ?

— Je crois que je l'ai bien en tête depuis la dixième version, marmonna-t-elle.

Je m'apprêtais à entamer la onzième lorsque des rires et des cliquetis de talons aiguilles résonnèrent derrière moi. Mia approchait avec quelques amis, mais sans Aaron. Je me mis aussitôt sur la défensive.

Lissa ne s'était pas encore remise des insultes de la reine. La tristesse et l'humiliation tourbillonnaient dans son esprit et elle s'inquiétait de ce que les autres pouvaient penser d'elle. Surtout, elle était obsédée par l'idée que ses parents ne lui auraient jamais pardonné de s'être enfuie. J'étais certaine qu'elle avait tort mais, pour l'heure, mon opinion importait peu. Elle allait mal, malgré tous ses efforts pour sauver les apparences, et je commençais à craindre qu'elle fasse quelque chose de stupide. Mia était la dernière personne qu'elle avait besoin de voir à cet instant.

— Qu'est-ce que tu veux ? lui demandai-je.

Elle fit mine de ne pas me voir et adressa un sourire condescendant à Lissa.

— Je voulais seulement savoir quel effet cela fait d'être si importante et si noble. Tu dois être fière que la reine se soit adressée personnellement à toi…

Des gloussements secouèrent son groupe d'amis.

— Tu t'approches trop, grognai-je en me plaçant entre Lissa et elle. (Elle recula d'un pas, peut-être inquiète pour ses os.) Au moins, la reine connaissait son nom, contrairement au tien. Et à celui de tes parents.

Le coup porta. Elle avait tellement envie de s'intégrer à la noblesse…

— Au moins je les vois, riposta-t-elle. Et je les connais tous les deux, alors que seul Dieu sait qui est ton père. Et ta mère est peut-être une gardienne de légende, mais tout le monde sait qu'elle ne s'est jamais donné la peine de te rendre visite. Elle a dû être soulagée que tu t'enfuies… si jamais elle l'a su.

Piquée au vif, je serrai les dents.

— Au moins, elle est célèbre. Elle protège des nobles ; elle ne nettoie pas derrière eux.

L'une de ses amies ne put s'empêcher de pouffer. Mia ouvrit la bouche, sans doute pour déclamer l'une des répliques qu'elle avait ruminées depuis que le scandale avait éclaté, puis se figea, en proie à une révélation soudaine.

— C'était toi ! s'écria-t-elle, les yeux exorbités. Quelqu'un m'a dit que la rumeur venait de Jesse, mais il ne pouvait rien savoir sur moi. C'est toi qui lui as raconté tout ça, quand tu as couché avec lui.

Elle commençait à franchement me taper sur les nerfs.

— Je n'ai pas couché avec lui.

— Alors c'est ça ? Tu te charges des sales besognes parce qu'elle est trop minable pour le faire toute seule ? cracha-t-elle en montrant Lissa du doigt. Tu ne pourras pas toujours la protéger. Ne te crois pas invulnérable…

Des menaces en l'air. Je fis un pas vers elle et tâchai de paraître dangereuse, ce qui n'était pas très difficile étant donné l'humeur dans laquelle elle m'avait mise.

— Ah oui ? Viens donc te frotter à moi.

J'espérais sincèrement qu'elle s'y risquerait. Nous n'avions vraiment pas besoin de faire les frais de sa vengeance. Elle me faisait perdre mon temps et je commençais à vouloir en finir, d'un bon coup de poing.

Par-dessus son épaule, j'aperçus Dimitri qui tournait au coin d'une allée à la recherche de quelque chose ou de quelqu'un. J'avais une petite idée de l'objet de sa quête… Dès qu'il me vit, il allongea le pas et observa d'un œil circonspect le groupe que nous formions. Les gardiens pouvaient flairer une bagarre à des kilomètres. Évidemment, un gamin de six ans aurait flairé celle-ci.

Dimitri vint se poster à côté de moi.

— Est-ce que tout va bien ? demanda-t-il en croisant les bras.

— À merveille, gardien Belikov. (Je me forçai à sourire alors que j'étouffais de rage. La confrontation avec Mia avait fait un mal fou à Lissa.) Nous nous racontions des histoires de famille. Celles de Mia sont fascinantes…

— Allons-nous-en, ordonna-t-elle à sa cour.

Elle me jeta un regard glacial avant de s'éloigner. Le message qu'il m'envoyait était parfaitement clair : ce n'était pas terminé. Elle allait essayer de se venger sur l'une de nous. Je l'attendais de pied ferme.

— On m'a demandé de te raccompagner à ton dortoir, annonça Dimitri d'un ton sec. Tu n'étais pas sur le point de te battre, n'est-ce pas ?

— Bien sûr que non, répondis-je sans quitter des yeux l'allée par laquelle Mia venait de disparaître. Je ne me bats pas en public.

— Rose…, me supplia Lissa.

— Allons-y, grogna Dimitri. Je vous souhaite une bonne nuit, princesse.

Je ne le suivis pas immédiatement.

— Est-ce que ça va aller, Liss ?

Elle acquiesça.

— Je vais bien, ne t'en fais pas.

C'était un tel mensonge que je n'en revins pas qu'elle ait l'audace de le formuler. Je n'avais pas besoin de notre lien pour voir les larmes qui brillaient dans ses yeux. Je compris tout à coup que nous avions eu tort de rester.

— Liss…

Elle m'offrit un sourire triste.

— Je t'assure que ça va. Il faut que tu y ailles, ajouta-t-elle en tournant la tête vers Dimitri qui m'attendait à quelques pas.

Je le rejoignis à contrecœur et le suivis hors du jardin.

— Je crois que nous allons devoir rajouter des séances pour t'apprendre la maîtrise de soi, ironisa-t-il.

— Je suis parfaitement maî… Eh !

Le passage de Christian absorba toute mon attention. Même si je ne l'avais pas vu à la réception, je me doutais qu'il devait rôder quelque part. Kirova ne pouvait pas m'avoir autorisée à y aller sans en avoir fait autant pour lui.

— Tu as l'intention d'aller voir Lissa ? lui demandai-je en reportant sur lui toute la colère que m'avait inspirée Mia.

Il enfonça ses mains dans ses poches avec son air de mauvais garçon méprisant.

— Et alors ?

— Ce n'est pas le moment, Rose…, m'avertit Dimitri.

C'était exactement le bon moment, au contraire. Lissa ne tenait aucun compte de mes avertissements depuis des semaines : il était temps d'attaquer le mal à la racine et de mettre fin à ce flirt ridicule.

— Pourquoi ne la laisses-tu pas tranquille ? Es-tu désespéré au point de ne même pas voir quand quelqu'un ne t'aime pas ? (Il fronça les sourcils.) Tu es cinglé et elle le sait très bien. Elle m'a parlé de tes obsessions malsaines : de vos rendez-vous dans le grenier, du fait que tu as mis le feu à Ralf pour l'impressionner. Elle te prend pour un psychopathe mais elle est beaucoup trop gentille pour te le dire.

Il avait blêmi et ses yeux brillaient d'un éclat inquiétant.

— Mais tu n'es pas trop gentille, toi ?

— Non. Pas quand elle a besoin de moi.

— Ça suffit ! intervint Dimitri en m'entraînant par le bras.

— Merci de l'avoir « aidée », alors…, répliqua Christian d'une voix vibrante de colère.

— À ton service ! lui criai-je par-dessus mon épaule.

Avant de quitter le jardin, je jetai un dernier coup d'œil dans sa direction. Il s'était arrêté au bout de l'allée qui menait vers la fontaine et vers Lissa. Après quelques instants d'hésitation, il repartit vers le dortoir des Moroï avec une tête d'enterrement.

Chapitre 12

J'eus beaucoup de mal à trouver le sommeil cette nuit-là. Je me retournai longtemps entre les draps, avant de finir par m'endormir.

Une heure plus tard, j'étais assise dans mon lit et tâchais de me détendre pour mettre de l'ordre dans les émotions qui m'assaillaient. Lissa. Terrifiée et instable. Je repassai dans mon esprit les événements de la soirée pour tâcher de comprendre ce qui la bouleversait. Les insultes de la reine. Mia. Peut-être même Christian ; il pouvait très bien être revenu sur ses pas, après tout.

Pourtant, le problème semblait ailleurs. Tout au fond d'elle, quelque chose n'allait vraiment pas.

Je m'habillai à la hâte et évaluai les options qui s'offraient à moi. Ma nouvelle chambre se trouvait au troisième étage, c'est-à-dire bien trop haut pour tenter de sauter par la fenêtre, surtout sans Mme Karp pour me soigner en cas de chute. Comme il était impossible de traverser le bâtiment sans se faire remarquer, il ne me restait plus que les voies « officielles ».

— Où croyez-vous aller ?

La surveillante de mon étage leva les yeux de son livre pour me dévisager. Elle était assise dans un fauteuil près de l'escalier. Pendant la journée, nous étions libres d'aller et venir comme bon nous semblait. La nuit, nous étions en prison.

Je me plantai devant elle en croisant les bras.

—Il faut que je voie Dim… le gardien Belikov.

—Il est tard.

—C'est une urgence.

—Vous avez l'air d'aller bien, remarqua-t-elle après m'avoir observée des pieds à la tête.

—Vous n'avez pas idée des problèmes que vous allez avoir quand Kirova apprendra que vous m'avez empêchée de rapporter ce que je sais.

—Je vous écoute.

—Ça ne concerne que les gardiens.

Je mis autant d'assurance que possible dans mon regard et dus être convaincante, puisqu'elle finit par sortir son téléphone portable. Elle composa un numéro que j'espérais être celui de Dimitri et parla à quelqu'un, bien trop bas pour que je puisse entendre quoi que ce soit. La porte de l'escalier s'ouvrit quelques minutes plus tard et Dimitri apparut, habillé comme en plein jour et prêt à tout, même s'il était certain que nous l'avions réveillé.

Il comprit dès qu'il croisa mon regard.

—Lissa?

J'acquiesçai.

Il se précipita dans l'escalier sans ajouter un mot et je dus presque courir pour le rattraper. Nous traversâmes la cour en silence, pour nous diriger vers l'imposant dortoir des Moroï. Puisque c'était la «nuit» pour les vampires, il faisait jour pour le reste du monde. Un froid soleil d'automne inondait la cour et donnait une teinte dorée aux bâtiments. La moitié humaine de mes gènes l'accueillit avec joie et je me pris à regretter que la sensibilité des Moroï nous force à vivre dans une obscurité perpétuelle.

La surveillante de l'étage de Lissa fut stupéfaite de nous voir apparaître, mais Dimitri était beaucoup trop impressionnant pour qu'elle nous oppose la moindre résistance.

— Elle est dans la salle de bains, leur annonçai-je avant d'empêcher la surveillante de m'y suivre. Elle ne se sent vraiment pas bien. Laissez-moi lui parler d'abord seul à seul.

— Oui, laissez-leur quelques minutes, m'approuva Dimitri après quelques instants d'hésitation.

J'ouvris doucement la porte.

— Liss ?

Je perçus un sanglot presque inaudible, me dirigeai dans sa direction et m'arrêtai devant la seule cabine dont la porte était fermée.

— Laisse-moi entrer, la suppliai-je en espérant que ma voix allait lui paraître calme et assurée.

Je l'entendis renifler, puis tirer le verrou. Je n'étais pas prête à voir le spectacle qui s'offrit à ma vue.

Lissa était couverte de sang.

Je réprimai un cri d'horreur et fus tentée d'appeler à l'aide. En la regardant de plus près, je fus soulagée de découvrir que tout ce sang était plutôt étalé sur elle, comme si elle en avait eu sur les mains et s'était frotté le visage avec. Elle se laissa tomber à genoux et je m'empressai de l'imiter.

— Est-ce que ça va ? murmurai-je. Qu'est-ce qui s'est passé ?

Elle ne parvint qu'à secouer la tête en versant de nouvelles larmes. Je pris ses mains dans les miennes.

— Viens. Commençons par te débar...

Je m'interrompis net. Elle saignait, finalement. Des coupures parfaitement alignées traversaient ses deux poignets. Aucune n'était assez profonde pour être dangereuse, mais toutes saignaient encore. Je fus néanmoins soulagée de constater qu'elle n'avait pas cherché à se tuer.

— Je suis désolée..., murmura-t-elle en levant les yeux vers moi.

Je ne voulais pas… Je t'en supplie, ne les laisse pas me voir… J'ai paniqué en le découvrant… (Elle indiqua ses poignets du menton.) Je n'ai pas pu m'en empêcher. Je me sentais si mal…

— Ça va aller, répondis-je par automatisme en me demandant de quoi elle parlait. Viens.

On frappa à la porte.

— Rose ?

— Une minute ! criai-je à Dimitri.

Je l'entraînai jusqu'à un lavabo, nettoyai ses bras, dénichai la trousse de secours et lui bandai les poignets. La plupart des coupures cessèrent vite de saigner.

— Nous entrons ! avertit la surveillante.

Je retirai mon pull à capuche à la hâte et le tendis à Lissa. Elle eut tout juste le temps de l'enfiler avant que la porte s'ouvre. En voyant Dimitri accourir vers nous, je me rendis compte que mon empressement à dissimuler ses poignets m'avait fait oublier le sang qui lui couvrait le visage.

— Ce n'est pas le mien, s'empressa-t-elle d'expliquer. C'est… celui du lapin.

Dimitri entreprit de l'examiner et je priai pour qu'il oublie de regarder ses poignets.

— Quel lapin ? demanda-t-il lorsqu'il se fut assuré qu'elle n'était pas blessée.

Je me posais exactement la même question.

Elle désigna la poubelle d'une main tremblante.

— J'ai tout nettoyé… pour que Natalie ne le voie pas.

J'allais inspecter le contenu de la poubelle avec Dimitri et reculai aussitôt pour ne pas vomir. Comment Lissa avait-elle reconnu qu'il s'agissait d'un lapin ? Pour ma part, je n'avais vu que du sang, du papier-toilette imbibé de sang et une forme molle que j'aurais bien été incapable d'identifier. L'odeur était infecte.

Dimitri retourna auprès de Lissa et lui tendit un mouchoir en papier.

— Dis-moi ce qui s'est passé, murmura-t-il en se penchant pour la forcer à le regarder.

— Je l'ai trouvé en plein milieu de ma chambre en allant me coucher. Il y avait du sang partout. C'était comme s'il avait… explosé. (Elle renifla.) Je ne voulais pas que Natalie le voie, que ça lui fasse peur… alors j'ai tout nettoyé. Après ça, je… je n'ai pas réussi…

Elle s'effondra, en larmes.

Je reconstituai facilement la scène, y compris la partie qu'elle cachait à Dimitri. Elle avait trouvé le lapin, nettoyé sa chambre, puis paniqué. Alors elle s'était fait des entailles, parce que c'était sa manière à elle de réagir aux problèmes qui la dépassaient.

— Personne n'est censé entrer dans ces chambres ! s'exclama la surveillante. Comment cela a-t-il pu se produire ?

— Est-ce que tu sais qui a fait ça ? l'interrogea Dimitri d'une voix douce.

Lissa tira de sa poche de pyjama un papier froissé, rendu presque illisible par le sang qui l'imprégnait.

« Je sais ce que tu es. Ta place n'est pas ici. Fuis immédiatement si tu veux survivre. »

La stupeur de la surveillante céda vite la place à un solide sens pratique.

— Je vais réveiller Ellen, déclara-t-elle en se dirigeant vers la porte.

Il me fallut quelques instants pour me souvenir que c'était le prénom de Kirova.

— Qu'elle nous retrouve à l'infirmerie ! lui cria Dimitri avant de se retourner vers Lissa. Tu as besoin de te reposer.

La voyant incapable de bouger, je glissai mon bras sous le sien.

— Viens, Liss. Sortons d'ici.

Lentement, un pas après l'autre, elle se laissa conduire à l'infirmerie. Deux médecins y travaillaient pendant la journée mais seule une infirmière nous accueillit à cette heure de la nuit. Dimitri déclina sa proposition d'aller réveiller l'un des deux médecins.

— Elle a seulement besoin de se reposer, lui assura-t-il.

Lissa avait à peine eu le temps de s'allonger lorsque Kirova apparut avec un régiment de surveillants et entreprit de l'interroger.

Je m'interposai.

— Laissez-la tranquille ! Elle n'est pas en état de vous parler… Ça se voit, non ? Laissez-la récupérer d'abord !

— Mademoiselle Hathaway ! glapit Kirova. Vous dépassez les bornes, comme d'habitude. Je ne comprends même pas ce que vous faites là.

Dimitri lui demanda la permission de s'entretenir avec elle en privé et l'entraîna dans le couloir. Je ne perçus que le ton de leur conversation : rageur pour Kirova, calme et ferme du côté de Dimitri.

— Très bien, déclara Kirova avec raideur à leur retour. Vous pouvez rester un peu avec elle, mademoiselle Hathaway. Des surveillants vont se charger d'inspecter, puis de nettoyer la salle de bains et votre chambre, mademoiselle Dragomir, et nous reparlerons de tout cela demain matin.

— Ne réveillez pas Natalie, murmura Lissa. Inutile de l'effrayer. J'ai déjà nettoyé la chambre, de toute manière…

Kirova parut sceptique. Leur groupe se retira, puis l'infirmière vint demander à Lissa si elle voulait boire ou manger quelque chose. Elle déclina l'offre poliment. Lorsqu'on nous laissa enfin seules, je m'allongeai à côté d'elle pour la serrer dans mes bras.

— Je ne les laisserai pas le découvrir, murmurai-je en sentant qu'elle s'inquiétait pour ses poignets. Mais j'aurais aimé que tu m'en parles avant que je quitte la réception. Tu m'avais promis de toujours venir me trouver d'abord…

— Je n'avais pas l'intention de le faire à ce moment-là, se défendit-elle. Je te le jure ! Je me sentais mal, c'est vrai… mais je croyais pouvoir le supporter. Je voulais tellement me montrer forte…

Et puis je suis entrée dans ma chambre et je l'ai trouvé. Alors j'ai perdu la tête... C'était la goutte de trop, tu comprends ? Je n'ai plus pensé qu'à tout nettoyer avant que quelqu'un le voie, mais il y avait tellement de sang... Après ça, j'ai eu l'impression que j'allais... exploser. C'était trop dur à supporter. Il fallait que je le laisse sortir d'une manière ou d'une autre. Il fallait...

— Ça va, je comprends, lui assurai-je pour l'apaiser.

C'était un mensonge. Je ne comprenais rien à ces histoires d'entailles. Elle s'y livrait occasionnellement depuis l'accident, et cela me terrifiait chaque fois. Elle avait essayé de m'expliquer qu'elle ne voulait pas mourir, seulement « laisser sortir » quelque chose. Dans ces moments-là, elle se sentait tellement submergée par ses émotions que seule une douleur physique lui permettait d'en reprendre le contrôle.

— Qu'est-ce qui ne va pas chez moi ? sanglota-t-elle dans l'oreiller. Pourquoi suis-je un monstre ?

— Tu n'es pas un monstre.

— Ce genre de choses n'arrive pas aux autres et personne n'a les mêmes pouvoirs magiques que moi...

— L'as-tu fait, Liss ? (Je n'obtins pas de réponse.) As-tu essayé de guérir le lapin ?

— J'ai tendu la main... J'aurais tellement voulu l'aider. Mais il y avait beaucoup trop de sang... Je n'ai pas réussi.

« Plus elle le fera et pire ce sera. Tu dois l'en empêcher, Rose. »

Lissa avait raison. Les Moroï étaient capables de déplacer des rochers, de changer la direction du vent et de contrôler à peu près tout ce qui relevait de l'un des quatre éléments. Mais aucun d'eux ne pouvait soigner des êtres vivants et encore moins ramener des corps à la vie. Sauf Mme Karp.

« Trouve un moyen d'arrêter ça avant qu'ils le remarquent et qu'ils s'en prennent à elle. Emmène-la loin d'ici. »

Je détestais ce secret, principalement parce que je ne savais pas quoi faire pour aider Lissa. Je ne supportais pas de me sentir impuissante. Je devais la protéger de ce don, mais aussi d'elle-même et des autres.

— Nous repartons, décidai-je tout à coup.

— Rose…

— Ça recommence, et c'est pire que la dernière fois.

— C'est la lettre de menaces qui t'inquiète.

— Certainement pas ! Mais tu n'es pas en sécurité ici.

Je me pris à regretter Portland. C'était une ville sale et surpeuplée par rapport au Montana, mais on n'y craignait pas de mauvaises surprises. À l'académie, le passé et le présent s'affrontaient constamment. La vie moderne cherchait à se faire une place entre des murs et des usages ancestraux. Et il en allait de même dans l'esprit des Moroï. Les douze familles royales détenaient toujours le pouvoir en apparence, mais il y avait de plus en plus de mécontents : des dhampirs qui voulaient vivre leur vie, des Moroï comme Christian qui voulaient combattre les Strigoï. Les nobles s'accrochaient d'autant plus à leurs traditions qu'ils les sentaient menacées. Dans le fond, elles avaient la même utilité que les grilles imposantes de l'académie : elles donnaient une illusion d'invincibilité.

Et puis il y avait tous les mensonges et tous les secrets. Ils rôdaient dans les couloirs et se dissimulaient dans les coins sombres. La personne qui haïssait Lissa devait prétendre être son amie. Je ne laisserais personne la détruire sans réagir.

— Tu devrais dormir, lui conseillai-je.

— Je n'y arriverai pas.

— Bien sûr que si. Je reste là. Tu ne seras pas seule.

Malgré la peur, l'angoisse et les autres émotions qui se bousculaient dans son esprit, ses besoins physiologiques finirent par l'emporter. Ses paupières tombèrent, sa respiration s'apaisa et le sommeil lui offrit une sérénité dont elle avait grand besoin.

Je la regardai dormir, encore bien trop agitée pour fermer l'œil moi-même. Au bout de une heure, l'infirmière vint m'informer que je devais partir.

— Je ne peux pas. Je lui ai promis de ne pas la laisser seule.

L'infirmière était grande, même pour une Moroï, et avait des yeux noisette pleins de douceur.

— Je vais rester avec elle, proposa-t-elle.

Je répondis par une grimace sceptique.

— Je te le promets.

De retour dans ma chambre, je cédai au découragement. La peur et l'agitation m'avaient épuisée moi aussi et je me pris à rêver d'une meilleure amie et d'une vie normale. Je chassai vite ces pensées. Personne n'était tout à fait normal et je ne pouvais pas espérer meilleure amie que Lissa. Mais c'était si dur, certains jours…

Je dormis d'un sommeil de plomb jusqu'au matin. Je me rendis à mon premier cours avec méfiance, m'attendant à entendre circuler toutes sortes de rumeurs. De fait, tout le monde parlait des événements de la veille, mais c'étaient la réception et la reine qui les passionnaient tous. Ils ignoraient encore l'incident du lapin. Tout s'était tellement précipité que j'en avais presque oublié les insultes de Tatiana, qui me parurent soudain bien dérisoires, comparées à l'explosion sanglante qu'on avait provoquée dans la chambre de Lissa.

Au fil de la journée, je remarquai un phénomène étrange. Les élèves regardaient moins Lissa et concentraient davantage leur attention sur moi. Je ne m'en souciai pas, et je fis mine de ne rien voir. Au déjeuner, j'allai retrouver Lissa qui finissait de se nourrir. J'eus de nouveau une impression étrange en la regardant boire. Un filet de sang s'écoula sur la peau blanche de la source, un homme entre deux âges, qui ne sembla même pas s'en apercevoir tant il planait. Submergée par la jalousie, je commençai à envisager une thérapie.

— Es-tu sûre que ça va ? lui demandai-je un peu plus tard, alors que nous nous dirigions vers les salles de classe.

Elle avait mis un tee-shirt à manches longues pour dissimuler ses poignets.

— Oui… même si je ne cesse de penser au lapin. C'était si horrible… Et puis aussi à ce que j'ai fait. (Elle ferma brièvement les yeux.) Les gens parlent de nous, tu sais.

— Je sais. Ne t'en préoccupe pas.

— Je déteste ça ! s'écria-t-elle. (La colère que je ressentis à travers notre lien me fit grimacer. La Lissa que je connaissais était une fille douce et généreuse qui n'éprouvait pas ce genre de sentiments.) Je déteste toutes ces rumeurs ! C'est stupide et cruel. Comment peuvent-ils être si insensibles ?

— Ne t'en préoccupe pas, répétai-je. Tu as bien fait de rester à l'écart jusqu'ici.

Sauf qu'il devenait de plus en plus difficile de se comporter comme si de rien n'était. Les regards en biais et les chuchotements se multipliaient. Lors du cours sur le comportement animal, la situation devint si grave que je fus incapable de me concentrer sur ce qui était devenu ma matière préférée. Mme Meissner avait commencé une leçon sur l'évolution et nous expliquait que les animaux recherchaient sans le savoir des partenaires dont le code génétique était le plus prometteur. Cette idée me fascinait, mais elle-même eut bien du mal à mener son enseignement jusqu'au bout, tant elle dut s'interrompre pour dire aux élèves de se taire.

— Il se passe quelque chose, déclarai-je à Lissa entre deux cours. Je ne sais pas encore de quoi il s'agit, mais ils sont sur un scoop.

— Qu'est-ce qui pourrait les captiver davantage que la manière dont m'a traitée la reine ?

— J'aimerais bien le savoir.

Le scandale éclata pendant le cours d'art slave, le dernier de la journée. Tout commença lorsqu'un Moroï que je connaissais à peine me fit une suggestion aussi obscène qu'explicite alors que nous étions censés travailler sur nos projets individuels. Je lui expliquai gentiment où il pouvait se mettre sa proposition.

Il éclata de rire.

— Allez, Rose. Je saigne pour toi.

Les rires commencèrent à fuser.

— Attends ! C'est plutôt Rose qui saigne, non ? intervint Mia en provoquant de nouveaux rires.

Je compris subitement et entraînai Lissa à l'écart.

— Ils savent.

— Quoi ?

— Pour nous. Ils savent… que je t'ai nourrie quand nous étions dehors.

Elle écarquilla les yeux.

— Mais comment ?

— À ton avis ? Ton « ami » Christian.

— Non. Il n'a rien dit.

— Personne d'autre n'était au courant.

Sa foi en Christian étincela dans ses yeux et irradia dans mon esprit par l'intermédiaire du lien. Mais elle ignorait mon intervention de la veille. J'avais fait croire à ce psychopathe qu'elle le détestait : révéler notre plus grand secret, ou plutôt l'un de nos plus grands, avait dû lui apparaître comme la vengeance idéale. Peut-être même était-ce lui qui avait tué le lapin. Après tout, l'animal n'était mort que quelques heures après notre altercation.

Lissa protesta mais je fis la sourde oreille, et me dirigeai droit vers le coin de la salle où Christian travaillait, comme toujours, à l'écart. Elle me courut après. Me moquant éperdument des regards avides des autres élèves, je m'appuyai sur sa table pour placer mon visage à quelques centimètres du sien.

— Je vais te tuer.

Après avoir jeté un regard triste à Lissa, il m'offrit sa suffisance et son ironie naturelles.

— Pourquoi ? Cela fait partie de la formation de gardien ?

— Cesse de te foutre de moi ! grognai-je avant de baisser la voix. Tu leur as dit. Tu leur as dit que j'avais dû nourrir Lissa.

— Dis-lui ! l'implora Lissa. Dis-lui qu'elle se trompe…

Christian tourna lentement la tête vers elle et la rencontre de leurs deux regards provoqua une telle décharge que je fus surprise de ne pas me faire électrocuter par accident. Les yeux de Lissa débordaient d'amour et je fus certaine que les sentiments que Christian avait pour elle étaient aussi intenses. Mais elle ne s'en rendit pas compte parce que ses yeux à lui brillaient toujours de colère.

— Tu peux arrêter, tu sais. Inutile de continuer à faire semblant.

Je sentis tout l'amour de Lissa se recroqueviller au fond d'elle-même et céder la place à la surprise et au chagrin.

— Quoi ? Faire semblant de quoi ?

— Tu le sais parfaitement. Arrête ton numéro. Ce n'est plus la peine.

Lissa ouvrit de grands yeux douloureux. Elle ignorait tout de notre rencontre de la veille, et ne comprenait pas la réaction de Christian.

— Cesse de t'apitoyer sur ton sort et dis-nous ce qui se passe ! le rappelai-je à l'ordre. Est-ce que c'est toi qui leur en as parlé ou pas ?

Il me regarda droit dans les yeux.

— Non.

— Je ne te crois pas.

— Moi si, ajouta Lissa.

— Je sais qu'il est difficile de croire qu'un monstre comme moi puisse garder un secret, d'autant plus que vous en êtes toutes les deux incapables, mais j'ai mieux à faire de mon temps que de lancer des rumeurs. Tu veux t'en prendre à quelqu'un ? Va donc trouver ton petit ami, là-bas.

Je suivis son regard jusqu'à la table où Jesse riait avec cet idiot de Ralf.

— Jesse ne le sait pas, fit remarquer Lissa.

—Il sait, insista Christian sans me quitter des yeux. N'est-ce pas, Rose ?

Mon estomac se noua. Oui, Jesse savait. Il l'avait compris en m'embrassant dans le salon abandonné.

—Je ne pensais pas qu'il le répéterait, balbutiai-je. Il avait tellement peur de Dimitri…

—Tu lui as dit ? s'écria Lissa.

—Non ! Il l'a deviné tout seul.

Je commençais à avoir la nausée.

—Il semblerait qu'il ait fait un peu plus que le deviner, marmonna Christian.

—Qu'est-ce que tu veux dire ?

—Ah ! tu l'ignores.

—Je jure devant Dieu que je vais te briser le cou à la fin des cours, Christian…

—Tu es vraiment instable, tu sais, dit-il d'une voix presque joyeuse. (Même si rien dans son attitude ne le trahissait, j'eus l'impression que sa colère s'apaisait un peu.) Disons qu'il a… extrapolé sur la base que tu lui as fournie, et ajouté quelques détails…

—Je vois. Il a dit qu'on avait couché ensemble.

Il n'était pas utile de prendre des gants. Christian acquiesça. Ainsi, Jesse essayait d'améliorer sa réputation de séducteur à mes dépens. Très bien. C'était un problème gérable et ma propre réputation, déjà peu reluisante, n'allait pas en souffrir beaucoup. Tout le monde croyait déjà que je passais mon temps à coucher avec n'importe qui.

—Et Ralf aussi. Il a dit que lui et toi…

Ralf? Ni l'alcool ni la drogue n'auraient pu m'inciter à l'approcher.

—Quoi ? Ralf prétend qu'on a couché ensemble ?

Christian acquiesça encore.

—Le fils de… Je vais le…

—Et il y a encore autre chose.

— « Autre chose » ? Je suis censée m'être tapé toute l'équipe de basket ?

— Il a dit… Ils ont dit, tous les deux, que tu les avais laissé… boire ton sang.

J'en restai bouche bée. Leur offrir mon sang pendant l'amour. La plus obscène et la plus dégradante des accusations. C'était bien pire que de passer pour une fille facile ou une salope ; mille fois pire encore que d'avoir offert mon sang à Lissa par nécessité. On m'accusait d'être une catin rouge.

— C'est de la folie ! s'écria Lissa. Rose ne ferait jamais… Rose ?

Mais je n'écoutais plus. J'étais dans mon propre monde, un monde qui me conduisit devant la table où Ralf et Jesse s'amusaient si bien. Ils levèrent vers moi des regards à la fois moqueurs et… nerveux, ce qui n'eut rien d'étonnant étant donné l'ampleur de leur mensonge.

Le silence se fit dans la classe. Apparemment, les élèves se préparaient à assister à une démonstration de mon instabilité légendaire.

— À quoi jouez-vous, tous les deux ? leur demandai-je d'une voix lourde de menaces.

Le regard de Jesse passa de « nerveux » à « terrorisé ». Il mesurait peut-être une tête de plus que moi, mais nous savions tous les deux qui allait souffrir si je me laissais aller à la violence. Ralf, cependant, garda davantage d'assurance et me sourit d'une manière éhontée.

— Nous n'avons fait que ce que tu voulais… (Son sourire devint cruel.) Et n'essaie pas de t'en prendre à nous. Dès la première bagarre, Kirova t'enverra vivre chez les catins rouges.

Les autres élèves retinrent leur souffle et je comprenais mal comment le drame qui se déroulait dans son cours pouvait échapper à M. Nagy.

J'avais envie de leur cogner dessus de toutes mes forces, et de les frapper si fort que, en comparaison, l'altercation de Jesse avec Dimitri n'aurait eu l'air d'être qu'une simple tape dans le dos. Je voulais faire disparaître le sourire de Ralf en même temps que toutes ses dents.

Malheureusement, ce salaud avait raison. Si je les touchais, Kirova me renverrait immédiatement et, si Kirova me renvoyait, Lissa se retrouverait seule. J'inspirai profondément avant de prendre l'une des décisions les plus difficiles de ma vie.

Celle de m'éloigner sans un mot.

Le reste du cours fut atroce. En renonçant à me battre, j'avais ouvert la porte à toutes les moqueries. Les chuchotements s'amplifièrent et plus personne n'hésita à soutenir mon regard en riant. Lissa essaya bien de me consoler, mais je ne l'écoutai pas. Lorsque la sonnerie retentit enfin, je quittai la salle comme un zombie pour aller me réfugier au gymnase. Dimitri me regarda bizarrement, mais ne me posa aucune question.

Ce soir-là, je pleurai pour la première fois depuis des années.

Les larmes me calmèrent un peu. Alors que je m'apprêtais à enfiler mon pyjama, on frappa à la porte. Dimitri. Il me dévisagea puis détourna le regard, visiblement gêné par mes yeux rougis. De mon côté, j'étais certaine que la rumeur était remontée jusqu'à lui. Il savait.

— Est-ce que ça va ? me demanda-t-il.

— Ce que j'éprouve n'a aucune importance, tu te souviens ? Est-ce que Lissa va bien ? Ils ont été durs avec elle aussi...

Il me jeta un regard étrange, comme s'il était surpris que je m'inquiète encore pour elle dans un moment pareil. Puis il m'invita à le suivre et me fit emprunter un escalier de service interdit aux élèves.

— Cinq minutes, précisa-t-il en me tenant la porte, qui débouchait directement sur l'extérieur.

Je sortis sans comprendre. Lissa m'attendait dehors. J'aurais dû sentir qu'elle était toute proche, mais le chaos de mes émotions m'avait masqué les siennes. Elle me serra dans ses bras sans un mot en me forçant à ravaler de nouveaux sanglots, puis me dévisagea avec un calme inhabituel.

— Je suis désolée, me dit-elle.

— Ce n'est pas ta faute. Et ça va passer.

Elle n'en était pas vraiment certaine, et moi non plus.

— C'est ma faute. Elle l'a fait pour se venger de moi.

— « Elle » ?

— Mia. Ralf et Jesse ne sont pas assez malins pour avoir inventé cette histoire tout seuls. Et tu l'as dit toi-même : Jesse avait bien trop peur de Dimitri pour parler de votre rendez-vous. D'ailleurs, pourquoi le faire maintenant ? Ça s'est passé il y a un moment déjà… S'il avait voulu se vanter, il l'aurait fait tout de suite. Mia, en revanche, voulait te faire payer la rumeur que tu as répandue sur ses parents. Je ne sais pas comment elle s'y est prise, mais c'est elle qui leur a fait dire ça.

Mon instinct me confirma qu'elle avait vu juste. Jesse et Ralf n'avaient été que les instruments d'une vengeance ourdie par Mia.

Je soupirai.

— Il n'y a rien à faire pour le moment.

— Rose…

— Laisse tomber, Lissa. Je vais devoir faire avec.

Elle m'observa pendant plusieurs secondes.

— Ça fait longtemps que je ne t'ai pas vue pleurer, remarqua-t-elle.

— Je ne pleurais pas.

Sa tristesse et sa compassion déferlèrent en moi à travers notre lien.

— Elle n'a pas le droit de te faire ça.

J'éclatai d'un rire amer et en fus la première surprise.

— Pourtant elle l'a fait. Elle avait dit qu'elle allait s'en prendre à moi, que je ne pourrais pas toujours te protéger… Elle a réussi.

Une vague de nausée me reprit lorsque je songeai aux amis que j'avais retrouvés et au respect que j'avais réussi à inspirer malgré notre discrétion affichée. Elle avait tout détruit. Ce scandale était de ceux dont on ne se relevait pas. Pas chez les Moroï : catin rouge un jour, catin rouge toujours. Et le pire était qu'une part obscure de moi-même adorait se faire mordre.

— Tu ne devrais pas me protéger comme ça.

Cette fois, mon rire fut sincère.

— C'est mon boulot : je vais devenir ta gardienne.

— Je sais. Je veux dire de cette manière... Tu ne devrais pas souffrir à cause de moi, être obligée de veiller tout le temps sur moi... Et pourtant tu le fais. Tu m'as fait sortir d'ici. Tu t'es occupée de tout quand nous étions dehors... et aussi depuis que nous sommes revenues. Chaque fois que je craque, comme la nuit dernière, tu es là. Je ne suis pas comme toi. Je suis faible.

Je secouai la tête.

— Aucune importance. Je te protège parce que c'est ce que je sais faire de mieux.

— Mais regarde ce qui vient de se passer : c'est toi qui souffres alors que c'est à moi que Mia en veut, même si je ne sais toujours pas pourquoi. Peu importe... À partir de maintenant, c'est moi qui vais te protéger.

La détermination de son expression et l'assurance qui émanait d'elle me rappelèrent la Lissa que j'avais connue avant l'accident. Malheureusement, je sentis aussi une émotion plus sombre : celle d'une rage profondément enfouie, qui ne demandait qu'à sortir. C'était un aspect de sa personnalité auquel j'avais déjà eu affaire et que je n'aimais pas. Je ne voulais pas qu'elle y ait recours. Je voulais seulement la savoir en sécurité.

— Tu ne peux pas me protéger, Lissa.

— Si, je peux, répondit-elle gravement. Il y a une chose à laquelle Mia tient plus que tout : se faire accepter. Elle veut fréquenter l'élite et se donner l'illusion qu'elle en fait partie.

Je peux lui retirer cela. (Elle esquissa un sourire.) Je peux les dresser contre elle.

— Comment ?

— En le leur demandant.

Mon esprit, qui tournait décidément au ralenti, ne percuta pas tout de suite.

— Non, Liss ! Tu ne peux pas te servir de la suggestion ici…

— Au moins, ces fichus pouvoirs me serviront à quelque chose.

« Plus elle le fera et pire ce sera. Tu dois l'en empêcher, Rose. Trouve un moyen d'arrêter ça avant qu'ils le remarquent et qu'ils s'en prennent à elle. Emmène-la loin d'ici. »

— Si jamais tu te faisais prendre, Liss…

La tête de Dimitri apparut dans l'entrebâillement de la porte.

— Il faut que tu rentres, Rose, avant que quelqu'un te voie…

Je jetai un regard terrorisé à Lissa qui s'éloignait déjà.

— Cette fois, je vais m'occuper de tout, Rose. De tout.

Chapitre 13

Les répercussions des mensonges de Jesse et de Ralf furent aussi terribles que je le craignais. Je ne parvins à survivre qu'en me mettant des œillères et en traitant tout et tout le monde par l'indifférence. Cela me permit de conserver un semblant de santé mentale, mais ce fut une expérience atroce. J'avais envie de pleurer en permanence. J'en perdis l'appétit et le sommeil.

Malgré tout ce que j'endurais, je m'inquiétais pour Lissa encore plus que pour moi. Elle tint la promesse qu'elle m'avait faite de changer les choses. Dans un premier temps, l'évolution fut très lente mais, petit à petit, un ou deux nobles moroï se mirent à venir la voir, en classe ou au déjeuner, simplement pour lui dire bonjour. Lissa leur offrait alors un sourire radieux et leur parlait comme s'ils avaient toujours été d'excellents amis.

Au début, je compris mal comment elle procédait. Elle m'avait dit qu'elle se servirait de la suggestion pour dresser les Moroï de sang royal contre Mia mais je ne la voyais jamais l'utiliser. Bien sûr, Lissa pouvait très bien se faire des amis en misant sur sa séduction naturelle : elle était drôle, gentille et intelligente.

Mais mon instinct me soufflait que ce n'était pas le cas et je finis par comprendre comment elle s'y prenait.

Elle n'employait la suggestion qu'en mon absence. Comme nous ne passions qu'une partie de la journée ensemble et qu'elle savait que je désapprouvais cette méthode, elle s'arrangeait pour que je n'en sois jamais témoin.

Après quelques jours de ce petit jeu, je sus ce que je devais faire : retourner volontairement dans sa tête. Je l'avais déjà fait ; je pouvais le refaire.

C'était du moins ce que je me répétais en me concentrant sur elle pendant le cours de Stan. Ce ne fut pas aussi simple que je l'avais espéré, d'abord parce que j'étais trop tendue pour me relaxer, ensuite parce que j'avais choisi un moment où elle était relativement calme. Ses pensées m'envahissaient facilement quand ses émotions étaient violentes.

Je tâchai néanmoins de reproduire ce que j'avais fait lorsque j'avais espionné son rendez-vous avec Christian : les yeux fermés, la respiration lente, le vide méditatif... L'exercice étant encore nouveau pour moi, il me fallut un long moment pour me glisser dans sa tête et éprouver le monde à travers ses sens. Elle était en cours de littérature américaine, pendant un exercice. Comme la plupart des élèves, elle ne travaillait pas. Camille Conta et elle étaient appuyées contre le mur du fond et discutaient avec animation.

— C'est très grave, déclara fermement Camille en fronçant les sourcils de son joli minois. (Elle portait une jupe en velours bleu suffisamment courte pour souligner la longueur de ses jambes et scandaliser les défenseurs du code vestimentaire.) Si vous aviez l'habitude de le faire, je ne suis pas surprise qu'elle soit devenue accro au point de le faire avec Jesse...

— Elle ne l'a pas fait avec Jesse, insista Lissa. Et ce n'est pas comme si nous avions eu une relation sexuelle ensemble. Nous n'avions pas de sources, c'est tout. (Tout en souriant à Camille,

Lissa concentra sur elle toute son attention.) Ce n'est pas bien grave. Tout le monde s'est monté la tête.

Camille eut l'air d'en douter, puis son regard se perdit peu à peu dans le vague.

— J'ai raison, n'est-ce pas ? lui demanda Lissa d'une voix douce comme du velours. Ce n'est pas bien grave.

Un nouveau froncement de sourcils lui indiqua que Camille essayait de résister à la suggestion. Pour ma part, je n'en revenais pas qu'elle ait déjà pu la mener si loin. Comme Christian l'avait fait remarquer, il était tout à fait incroyable que la suggestion puisse ainsi fonctionner sur les Moroï.

Toute la force de volonté de Camille ne l'empêcha pas de perdre la bataille.

— Non, répondit-elle d'une voix un peu trop lente. Ce n'est pas bien grave.

— Et Jesse a menti.

Camille acquiesça.

— C'est une certitude.

Une gêne, comparable à une brûlure, parcourut le lien mental qui lui permettait d'agir sur l'esprit de Camille. Malgré les efforts que la suggestion exigeait d'elle, Lissa décida de poursuivre.

— Que faites-vous ce soir ?

— Carly et moi allons réviser pour le contrôle de Mattheson dans sa chambre.

— Invite-moi.

Camille réfléchit quelques instants.

— Eh ! est-ce que ça te dirait de venir réviser avec nous ?

— Avec plaisir, répondit Lissa en arborant un sourire charmant que Camille lui rendit.

Lissa lâcha enfin le fil de sa suggestion et éprouva un vertige. Camille jeta des regards étonnés autour d'elle, secoua la tête et oublia vite son impression étrange.

— À ce soir, alors !

— Oui, à ce soir, murmura Lissa en la regardant s'éloigner.

Après son départ, Lissa releva ses cheveux en queue-de-cheval. Alors qu'elle peinait à les tenir tous ensemble, une deuxième paire de mains se présenta pour l'aider. Elle fit volte-face, croisa le regard bleu pâle de Christian et s'écarta d'un bond.

— Arrête ! s'écria-t-elle en frissonnant à l'idée que ses doigts venaient de la toucher.

Il lui offrit son plus beau sourire sarcastique en écartant une mèche noire de son visage.

— S'agit-il d'une requête ou d'un ordre ?

— Tais-toi ! chuchota-t-elle en observant les environs, à la fois pour éviter ses yeux et pour s'assurer que personne ne les voyait ensemble.

— Quel est le problème ? Tu t'inquiètes de ce que tes esclaves pourraient penser s'ils nous voyaient discuter ensemble ?

— Ce sont mes amis, riposta-t-elle.

— Pardon ! Bien sûr… D'ailleurs, d'après ce que j'ai vu, Camille serait probablement prête à faire n'importe quoi pour toi, je me trompe ? Amies, à la vie, à la mort !

Lorsqu'il croisa les bras sur sa poitrine, Lissa ne put s'empêcher de remarquer à quel point la soie argentée de sa chemise mettait ses cheveux noirs et ses yeux bleus en valeur.

— Au moins, elle n'est pas comme toi ! Elle ne fait pas semblant d'être mon amie un jour pour me traiter, sans raison, comme une étrangère le lendemain !

Une lueur d'incompréhension traversa le regard de Christian.

Depuis que j'avais parlé à Christian au banquet de la reine, une semaine plus tôt, la tension n'avait cessé de croître entre eux. Il m'avait crue et avait réagi en conséquence : il avait cessé de lui parler et l'avait rembarrée chaque fois qu'elle avait essayé de discuter avec lui. À cet instant précis, Lissa était trop blessée et confuse même pour chercher à se montrer gentille.

À travers les yeux de Lissa, je voyais bien qu'il se souciait encore d'elle et la désirait plus que jamais. Mais sa fierté en avait pris un coup et il n'était pas disposé à montrer le moindre signe de faiblesse.

—Ah oui? ricana-t-il. Je croyais pourtant que tous les Moroï de sang royal agissaient de cette manière. Tu t'avères particulièrement douée pour ça... À moins que tu utilises aussi la suggestion sur moi pour me faire croire que tu es une salope hypocrite, mais sincèrement j'en doute.

Le terme «suggestion» la fit rougir et jeter de nouveaux regards inquiets autour d'elle. Elle décida alors de ne pas lui offrir la satisfaction de se disputer avec elle. Après un dernier regard furieux, elle alla se mêler à un petit groupe de nobles qui travaillaient sur une dissertation.

De retour dans ma propre tête, je considérai la salle de classe d'un regard vide en tâchant de comprendre ce que je venais de voir. Une petite partie de moi commençait à regretter ce que j'avais dit à Christian, mais c'était une partie minuscule, qu'il était très facile de négliger.

Le lendemain matin, je m'empressai de rejoindre Dimitri. Les entraînements supplémentaires qu'il me donnait étaient devenus mes moments préférés de la journée, en partie à cause du stupide béguin que j'avais pour lui, mais aussi parce qu'ils me permettaient d'éviter les autres élèves.

Il commença par me faire courir, comme d'habitude, et courut avec moi en me donnant des conseils d'une voix calme, presque gentille, comme s'il craignait de provoquer une crise de nerfs ou de larmes. J'étais certaine qu'il connaissait la rumeur, même si nous n'en avions jamais parlé.

Après le footing, il me proposa un nouvel exercice de combat dans lequel j'eus le droit de me servir d'armes improvisées pour l'attaquer. Je fus surprise de parvenir à lui donner quelques coups qui semblèrent lui faire moins mal qu'à moi ; aucun mal, à vrai dire, alors que chaque impact me faisait trébucher. Cela ne m'empêcha pas de monter à l'assaut encore et encore, presque avec rage, sans bien savoir qui je croyais frapper : Mia, Ralf ou Jesse. Peut-être les trois à la fois.

Dimitri finit par demander grâce. Alors que nous rangions le matériel dans la réserve, il jeta un coup d'œil dans ma direction et parut surpris.

— Tes mains... (Il jura en russe sans que je puisse comprendre, puisqu'il refusait obstinément d'enrichir mon vocabulaire de grossièretés.) Où sont tes gants ?

Je baissai les yeux vers mes mains qui souffraient du froid depuis des semaines. La violence de l'entraînement du jour n'avait fait qu'empirer les choses et plusieurs de mes gerçures s'étaient mises à saigner.

— Je n'en ai pas. Je n'en avais pas besoin à Portland.

Il jura encore, m'ordonna de m'asseoir sur une chaise et partit chercher une trousse de secours.

— Nous allons t'en trouver une paire, déclara-t-il en nettoyant mes plaies avec un linge humide.

— Ça ne fait que commencer, n'est-ce pas ? murmurai-je en contemplant mes mains abîmées.

— Quoi ?

— Ma transformation en Alberta. Elle... et toutes les autres. À force d'être toujours dehors et de s'entraîner tout le temps, elles ont cessé d'être jolies... Cette vie les détruit. Leur apparence, je veux dire.

Je le sentis hésiter avant de lever vers moi ces beaux yeux noirs qui remuaient toujours quelque chose dans ma poitrine. Il fallait vraiment que je cesse de fondre comme une idiote en sa présence...

— Ça ne t'arrivera pas. Tu es... (Pendant qu'il cherchait l'expression juste, je lui fournis mentalement quelques suggestions :

belle à se damner ? supersexy ? Finalement, il laissa tomber.) Ça ne t'arrivera pas.

Il reporta son attention sur mes mains. Me trouvait-il… jolie ? Je savais parfaitement quel effet je produisais sur les garçons de mon âge. Mais lui ? J'avais du mal à l'imaginer. Ma confusion empira.

— C'est arrivé à ma mère. Elle était très belle, tu sais. Je suppose qu'elle l'est toujours, à sa manière… Mais ce n'est plus la même femme. (J'esquissai un sourire amer.) À vrai dire, je ne l'ai pas vue depuis si longtemps qu'elle peut avoir complètement changé.

— Tu n'aimes pas ta mère.

— Tu l'as remarqué ?

— Tu la connais à peine…

— C'est bien ça le problème. Elle a laissé l'académie m'élever à sa place.

Lorsqu'il eut fini de nettoyer mes gerçures, il dénicha un tube de crème et j'achevai de fondre sous l'effet de son massage.

— Tu dis ça mais… qu'aurait-elle dû faire ? Tu veux devenir gardienne, et je sais quelle importance cela revêt pour toi. Ne crois-tu pas qu'elle éprouve la même chose que toi ? Penses-tu qu'elle aurait dû abandonner son travail pour t'élever alors que tu aurais passé la majeure partie de ta vie ici de toute manière ?

Je détestais qu'on m'oppose des arguments raisonnables.

— Es-tu en train de dire que je suis hypocrite ?

— Seulement que tu ne devrais peut-être pas être si dure avec elle. C'est une dhampir très respectée et elle t'a mise sur la voie qu'elle a suivie elle-même.

— Ça ne l'aurait pas tuée de me rendre visite de temps à autre, grommelai-je. Mais tu dois avoir raison… en partie. J'imagine que ç'aurait pu être pire. J'aurais pu être élevée par des catins rouges.

Dimitri leva les yeux.

— J'ai grandi dans une communauté dhampir. Ces femmes ne sont pas aussi méprisables que tu le crois…

— Pardon, balbutiai-je en me sentant terriblement stupide. Je ne voulais pas…

— Je ne t'en veux pas, me rassura-t-il en reprenant son massage.

— Est-ce que… tu as de la famille qui y vit encore ?

Il acquiesça.

— Ma mère et mes deux sœurs. Je ne les ai pas vues depuis longtemps mais nous sommes restés en contact. Ce sont surtout des familles qui vivent dans ces communautés, tu sais. Contrairement à ce que tu as pu entendre dire, on y trouve beaucoup d'amour.

Une nouvelle vague d'amertume me fit détourner les yeux. Dimitri avait connu une enfance heureuse auprès de sa famille marginale. Quel bien m'avait donc fait tout le respect qu'on avait pour ma mère ? Il connaissait probablement bien mieux la sienne que moi la mienne…

— Mais, est-ce qu'il ne s'y passe pas des choses… bizarres ? Des Moroï ne viennent-ils pas pour… ?

Ses pouces faisaient de petits cercles sur le dos de mes mains.

— Parfois.

Son ton avait quelque chose d'inquiétant, qui suggérait qu'il valait mieux éviter le sujet.

— Je suis désolée… Je ne voulais pas te rappeler de mauvais souvenirs…

— En fait, je crois que tu ne les trouverais pas si mauvais, murmura-t-il avec un sourire amer après une minute de silence. Tu ne connais pas ton père, n'est-ce pas ?

Je secouai la tête.

— Non. Tout ce que je sais de lui, c'est qu'il devait avoir des cheveux magnifiques.

— Effectivement, m'accorda Dimitri en me regardant furtivement. Moi, j'ai connu le mien.

Cette révélation me sidéra.

— Vraiment ? Je veux dire, la plupart des Moroï ne restent pas…

— Il se trouve qu'il aimait ma mère. (Le mot « aimait » résonna bizarrement.) Il venait la voir souvent. C'est aussi le père de mes sœurs. Mais quand il venait… il ne la traitait pas correctement. Il lui faisait subir d'horribles choses.

— Comme… (J'hésitai. C'était de sa mère que nous parlions, après tout.)… Des trucs de catins rouges ?

— Comme des trucs de femmes battues, répondit-il froidement.

Il avait gardé mes mains dans les siennes après les avoir bandées. Alors qu'il ne devait sans doute même pas en avoir conscience, j'avais beaucoup de mal à penser à autre chose. Ses mains étaient grandes, larges, avec des doigts longs et gracieux, des doigts qui auraient pu jouer du piano dans une autre vie.

— C'est horrible ! m'écriai-je en les lui serrant. (Il serra les miennes en retour.) Et elle… le laissait faire ?

— Oui. (Un sourire triste se dessina sur ses lèvres.) Mais pas moi.

Une vague d'excitation me submergea.

— Raconte-moi ! Dis-moi que tu lui as cassé la gueule !

Son sourire s'élargit.

— Je l'ai fait.

— Génial ! m'écriai-je en prenant conscience qu'il était encore plus cool que je le croyais. Tu as flanqué une raclée à ton père ! Je veux dire, c'est affreux mais… Ça alors ! Tu es vraiment un dieu…

Il leva un sourcil.

— Quoi ?

— Rien, rien… Tu avais quel âge ?

Il ne semblait pas tout à fait remis de mon commentaire sur sa nature divine.

— Treize ans.

C'était bel et bien un dieu.

— Tu as flanqué une raclée à ton père à treize ans ?

— Ce n'était pas si difficile. J'étais plus fort que lui et presque aussi grand… Je ne pouvais pas le laisser continuer à torturer ma mère. Il devait comprendre que le fait d'être un Moroï de sang royal ne lui donnait pas le droit de faire n'importe quoi… même à une catin rouge.

J'écarquillai les yeux, stupéfaite qu'il ose se servir d'un terme pareil pour parler de sa mère.

— Je suis désolée.

— Il n'y a pas de raison.

Les pièces du puzzle commencèrent à s'assembler dans mon esprit.

— C'est pour cela que cette histoire avec Jesse t'a autant énervé, n'est-ce pas ? C'était un Moroï de sang royal qui voulait abuser d'une dhampir…

Dimitri évita mon regard.

— Cette histoire m'a énervé pour plusieurs raisons. Tout d'abord, tu violais le code de conduite, ensuite…

Il n'acheva pas sa phrase, mais la manière dont il me regarda me mit le feu aux joues.

Malheureusement, le fait de repenser à Jesse assombrit vite mon humeur et me fit baisser les yeux.

— Je sais bien que tu connais la rumeur. Tu les as entendus dire…

— Je sais que c'est faux.

Sa réponse me stupéfia par sa rapidité et son assurance. Je me mis bêtement à bafouiller.

— Oui, mais comment… ?

— Parce que je te connais, Rose, m'interrompit-il avec fermeté. Je connais ton caractère… Je sais que tu vas devenir une grande gardienne.

Sa confiance me fit chaud au cœur.

— Je suis contente qu'au moins une personne croie en moi… Tous les autres pensent que je suis complètement irresponsable.

Il secoua la tête.

— Non. Il est évident que tu t'inquiètes beaucoup plus pour Lissa que pour toi-même. Tu as plus conscience de tes responsabilités que certains gardiens qui ont deux fois ton âge. Tu feras ce qu'il faudra.

Je réfléchis à ses mots quelques instants.

— Je ne suis pas sûre d'avoir envie de faire tout ce qu'il faut.

Il refit le truc cool de ne hausser qu'un seul sourcil.

— Je ne veux pas me couper les cheveux, lui expliquai-je.

Il eut l'air surpris.

— Ça n'est pas exigé.

— Toutes les gardiennes ont les cheveux courts, pour montrer leurs tatouages.

Sans que rien ne m'y ait préparée, il lâcha ma main pour lever lentement la sienne vers mes cheveux et en enroula une mèche autour de son doigt. Le temps s'arrêta. Pendant une seconde merveilleuse, plus rien n'exista pour moi que sa main dans mes cheveux. Puis il laissa retomber ma mèche, l'air un peu surpris, et embarrassé, de ce qu'il venait de faire.

— Ne les coupe pas, grommela-t-il.

Sans trop savoir comment, je parvins à me souvenir de ce dont on parlait.

— Mais alors personne ne verra mes tatouages…

— Porte-les relevés.

Chapitre 14

Les jours suivants, je continuai à espionner Lissa en me sentant un peu coupable. Elle avait toujours détesté que j'entre dans sa tête par accident et voilà que je le faisais délibérément…

Je la regardai gagner le soutien des Moroï de sang royal, l'un après l'autre. Elle ne pouvait pas employer la suggestion de groupe, mais la méthode individuelle était tout aussi efficace, quoiqu'un peu plus lente. D'ailleurs, nombreux étaient ceux qui n'avaient pas besoin d'être contraints pour recommencer à la fréquenter. Certains n'étaient pas aussi futiles qu'ils paraissaient ; ils se souvenaient encore de la Lissa d'autrefois, l'appréciaient vraiment et ne tardèrent pas à se presser autour d'elle. Un mois et demi après notre retour à l'académie, j'eus l'impression que nous n'en étions jamais parties. Tout en recouvrant sa popularité, elle se faisait mon avocate et dressait son public contre Jesse et Mia.

Un matin, j'entrai dans sa tête alors qu'elle se préparait avant de descendre pour le petit déjeuner. Elle venait de passer vingt minutes à se coiffer sous le regard attentif et curieux de Natalie. Lorsqu'elle en vint au maquillage, la jeune fille se décida à parler.

— Nous allons regarder un film dans la chambre d'Erin après les cours. Est-ce que tu veux venir ?

Natalie, dont je me moquais souvent, avait une personnalité éblouissante, comparée à celle de son amie Erin.

— Je ne peux pas. Je vais aider Camille à décolorer les cheveux de Carly.

— Tu passes beaucoup de temps avec elles, ces derniers jours...

— C'est possible, répondit distraitement Lissa en passant avec habileté la brosse de son mascara sur ses cils, pour agrandir son regard.

— Je croyais que tu ne les aimais plus.

— J'ai changé d'avis.

— C'est vrai qu'elles ont l'air de beaucoup t'apprécier, à présent... Je veux dire : c'est normal que les gens t'aiment mais... lorsque tu es revenue et que tu ne leur as pas adressé la parole, ils avaient l'air d'accord pour ne pas te parler en retour. Tout le monde discute beaucoup à ton sujet, tu sais... J'imagine que c'est normal, puisque la plupart sont aussi amis avec Mia, mais ne trouves-tu pas bizarre qu'ils t'aiment autant ? Ils se demandent toujours ce qui pourrait te faire plaisir avant de prévoir quelque chose. Et ils sont de plus en plus nombreux à défendre Rose, ce qui est vraiment surprenant. Je ne crois évidemment pas un mot de ce qu'on raconte sur elle, mais je n'aurais jamais imaginé qu'il soit possible...

Le soupçon germait au fond des bavardages de Natalie et Lissa prit immédiatement le problème au sérieux. Même si la pauvre Natalie était bien incapable de deviner la vérité, il ne fallait pas que ses questions innocentes donnent des idées à d'autres.

— Tu sais quoi ? l'interrompit-elle. Je crois que je vais vous rejoindre dans la chambre d'Erin, finalement. La décoloration de Carly ne devrait pas prendre très longtemps...

Natalie en perdit le fil de ses pensées.

—Vraiment ? Génial ! Hier encore elle me disait à quel point elle était triste qu'on te voie moins mais je lui ai assuré…

Le processus se poursuivit. Lissa continua à utiliser la suggestion et à gagner en popularité. Je devais reconnaître que ses efforts me facilitaient la vie, mais je passais mon temps à m'inquiéter pour elle.

—Ça va mal tourner, lui chuchotai-je à l'oreille un dimanche à l'église, avant la messe. Quelqu'un va finir par se poser des questions.

—Cesse de dramatiser. L'équilibre des forces se modifie constamment dans cette académie…

—Pas si vite.

—Et tu ne crois pas que mon charme et ma personnalité suffisent à l'expliquer ?

—Bien sûr que si. Mais si Christian s'en est rendu compte, d'autres pourraient…

Je fus interrompue par un éclat de rire. À quelques places de nous, deux Moroï se donnaient des coups de coude en me regardant.

Je détournai les yeux, fis comme s'ils n'existaient pas, et me surpris à espérer que la messe commence bientôt. De son côté, Lissa soutint leurs regards avec tant d'insistance qu'ils cessèrent peu à peu de rire, et même de sourire.

—Excusez-vous, leur ordonna-t-elle. Et débrouillez-vous pour avoir l'air sincères.

Ils tombèrent presque à genoux en me suppliant de leur pardonner. Je n'arrivais pas à y croire… Elle venait d'employer la suggestion en public, dans la maison de Dieu, par-dessus le marché, et sur deux personnes en même temps.

Lorsqu'ils eurent épuisé tout leur répertoire d'excuses, Lissa ne s'estima pas satisfaite pour autant.

— Vous ne pouvez vraiment pas faire mieux ?

Ils semblèrent terrifiés à l'idée de l'avoir contrariée.

— Ça va, Liss, murmurai-je en lui effleurant le bras. Je... J'accepte leurs excuses.

Quoique toujours furieuse, elle finit par acquiescer. Les deux Moroï s'effondrèrent de soulagement sur leur banc.

Je n'avais jamais été si contente qu'une messe commence. Lissa écouta le prêtre en éprouvant une satisfaction mauvaise qui me déplut beaucoup.

Pour me distraire de mon malaise, je me mis à étudier le visage des gens, comme je le faisais tous les dimanches.

Christian, assis un peu plus loin dans la même rangée que nous, regardait Lissa sans faire aucun effort pour s'en cacher. Il affichait une expression étrange et détourna les yeux dès que nos regards se croisèrent.

Dimitri, comme toujours, était assis au dernier rang. Il semblait plongé dans ses pensées et avait une expression presque douloureuse sur le visage. C'était étrange de ne pas le voir scruter chaque recoin, en quête d'un danger potentiel... J'ignorais toujours pourquoi il venait à la messe. Il avait toujours l'air de lutter contre quelque chose.

Le prêtre, quant à lui, parlait encore de saint Vladimir.

— Son esprit était puissant, un véritable don de Dieu... Il guérissait les estropiés et rendait la vue aux aveugles. Des fleurs naissaient sous ses pas...

Les Moroï avaient décidément besoin de nouveaux saints...

« Il guérissait les estropiés et rendait la vue aux aveugles » ?

Saint Vladimir m'était complètement sorti de l'esprit. Je me souvins tout à coup que Mason m'avait parlé de son don de guérisseur et que cela m'avait fait penser à Lissa. Puis je m'étais laissé distraire par les événements... Je n'avais plus songé au saint, ni à sa gardienne « qui avait reçu le baiser de l'ombre », ni à leur lien depuis un bon moment. Comment avais-je pu passer à côté d'une telle évidence ? Mme Karp et Lissa n'étaient pas les seules Moroï à pouvoir guérir les gens : Vladimir le faisait, lui aussi.

— Toute sa vie les gens se pressèrent autour de lui pour l'entendre prêcher la parole de Dieu...

Je me tournai brusquement vers Lissa qui me jeta un regard surpris.

— Quoi ?

On m'empêcha de lui répondre en me ramenant dans ma prison dès la fin de l'office.

De retour dans ma chambre, j'allumai mon ordinateur et fis une recherche Internet sur saint Vladimir sans rien découvrir d'intéressant. Merde ! Mason avait déjà consulté les livres de la bibliothèque et n'avait rien trouvé non plus. Comment faire ? Je n'avais pas d'autre moyen d'obtenir des informations sur ce vieux saint poussiéreux...

À moins que... Je me rappelai tout à coup les paroles de Christian le jour de sa première rencontre avec Lissa.

« De ce côté, je peux te montrer une vieille boîte pleine d'écrits de saint Vladimir le Cinglé... »

Le grenier de la chapelle. Je devais absolument mettre la main sur ces livres, mais comment ? Je ne pouvais pas les demander au prêtre sans lui révéler que des élèves se réfugiaient régulièrement dans son grenier. Christian n'aurait plus de tanière secrète. Mais peut-être que lui-même... Comme on était dimanche, je n'allais pas le voir avant le lendemain après-midi et je n'avais aucune garantie de pouvoir lui parler seul à seul.

Avant de me rendre à mon entraînement, je fis un détour par la cuisine pour y prendre une barre de céréales. J'y croisai Miles et Anthony, deux novices, qui sifflèrent en me voyant.

— Comment ça va, Rose ? me lança Miles. Tu ne te sens pas trop seule ? Tu es sûre que tu ne veux pas un peu de compagnie ?

Anthony éclata de rire.

— Je n'ai pas de canines, ajouta-t-il, mais j'ai autre chose qui pourrait t'intéresser...

Comme ils se trouvaient dans l'encadrement de la seule porte qui permettait de sortir, je me décidai à jouer des coudes. Alors que je jetais un regard glacial à Anthony, Miles m'attrapa par la taille et me caressa les fesses.

— Retire tes sales pattes de là avant que je te démolisse le portrait ! grognai-je en faisant un bond de côté, qui me fit me cogner contre Anthony.

— Allez, dit celui-ci en prenant le relais. Je croyais que ça ne te gênait pas de te taper deux mecs en même temps...

— Si vous ne vous tirez pas tout de suite, c'est moi qui vais me taper deux mecs en même temps, intervint une nouvelle voix.

Mason. Mon héros.

— Pour qui tu te prends, Ashford ? grogna Miles, le plus fort des deux, en me lâchant pour avancer sur lui avec un regard menaçant. (Je n'eus aucun mal à me dégager d'Anthony, que la perspective d'assister à une bagarre intéressa soudain plus que de me retenir. Il y avait tant de testostérone dans la pièce que je n'aurais rien eu contre un masque à gaz.) Tu te la tapes aussi, c'est ça ? Tu n'aimes pas partager ?

— Tu l'insultes une fois de plus et je t'arrache la tête.

— Pourquoi ? Ce n'est qu'une catin...

Mason lui balança son poing dans la figure. Le coup ne lui arracha pas la tête, ne cassa rien et ne le fit même pas saigner, mais il eut l'air de faire très mal. Miles écarquilla les yeux et se précipita sur Mason pour riposter mais tout le monde se figea en entendant une porte s'ouvrir. Les novices surpris en train de se battre avaient de gros problèmes.

— Ce doit être un gardien, fit remarquer Mason en esquissant un sourire féroce. As-tu envie qu'il apprenne que tu passais une fille à tabac ?

Miles jeta un coup d'œil à Anthony.

— Allons-y, décida celui-ci. Inutile de perdre notre temps avec ces nuls.

— On se retrouvera, Ashford, grogna Miles avant de suivre son ami à contrecœur.

— « Passer une fille à tabac » ? m'écriai-je dès qu'ils se furent éloignés.

— Il n'y a pas de quoi, répondit froidement Mason.

— Je n'avais pas besoin de toi.

— Bien sûr… Tu t'en sortais très bien toute seule.

— Ils m'ont eue par surprise, c'est tout. J'aurais fini par la leur faire boucler.

— S'il te plaît, évite de te défouler sur moi parce qu'ils t'ont énervée.

— C'est seulement que je n'aime pas qu'on me traite… comme une fille.

— Tu es une fille. Et je voulais simplement t'aider.

Son visage respirait la franchise. Il aurait fallu que je sois stupide pour m'en prendre à lui alors que j'avais déjà tant de gens à haïr.

— Excuse-moi… Merci. Et désolée de t'avoir montré les crocs.

Pendant la conversation qui suivit, je parvins à lui arracher quelques ragots. Il avait bien remarqué la popularité renaissante de Lissa et cela ne le choquait pas. Le fait de me parler sembla le remplir de joie, et je me sentis triste, voire coupable, de ne pas partager ses sentiments.

Pourquoi ne pas sortir avec lui, tout simplement ? Il était gentil, drôle et raisonnablement beau. Nous nous entendions bien. Pourquoi fallait-il que je joue avec le feu avec d'autres alors que j'avais sous la main un garçon sympathique qui ne demandait qu'à être avec moi ? Qu'est-ce qui m'empêchait de tomber amoureuse de lui ?

La réponse s'imposa aussitôt à mon esprit. Je ne pouvais pas sortir avec Mason parce que, dans mes rêves, l'homme qui me serrait dans ses bras et me murmurait des cochonneries à l'oreille avait l'accent russe.

Inconscient de la conclusion à laquelle je venais d'aboutir, Mason continuait à me dévorer des yeux. Tout à coup, je compris que je pouvais tirer parti de son adoration pour moi.

Avec une pointe de culpabilité, j'adoptai une attitude plus enjôleuse et le vis s'épanouir.

— Tu sais, même si je n'approuve toujours pas ta tendance à jouer les héros, je dois bien reconnaître que tu leur as fait peur, le flattai-je en m'appuyant contre le mur à côté de lui, assez près pour que nos bras se frôlent. C'était presque amusant à voir…

— Mais tu n'approuves pas.

— Non, répondis-je en laissant courir mes ongles sur son bras. Je veux dire : c'est sexy en théorie mais pas dans la pratique.

Il éclata de rire.

— Tu parles ! s'écria-t-il avant d'attraper ma main et de me regarder droit dans les yeux. En fait, je crois que tu aimes te faire sauver de temps à autre et que tu refuses de l'admettre.

— Moi, je crois plutôt que c'est toi que l'idée de sauver les gens excite et que tu refuses de l'admettre.

— Tu n'as pas la moindre idée de ce qui m'excite… Je ne sauve les demoiselles en détresse dans ton genre que parce que c'est une action juste et honorable.

En entendant le mot « demoiselle », je réprimai l'envie de lui assener mon poing dans la figure.

— Alors prouve-le-moi. Rends-moi un service simplement parce que tu as le sens du devoir et de la justice.

— Bien sûr, répondit-il sans réfléchir. Que puis-je faire pour toi ?

— J'ai besoin que tu transmettes un message à Christian Ozéra.

Son enthousiasme faiblit sensiblement.

— Quoi ? Tu n'es pas sérieuse…

— Très sérieuse.

— Rose… je ne peux pas lui parler, tu le sais bien…

— Je croyais que tu voulais m'aider. Tu disais qu'aider une demoiselle était une action juste et honorable.

— Je ne vois vraiment pas en quoi cela implique l'honneur. (Je lui décochai mon regard le plus enjôleur et le fis fléchir.) D'accord. Que veux-tu que je lui dise ?

— Dis-lui que j'ai besoin des livres de saint Vladimir : ceux qui sont dans le grenier. Il faut qu'il me les apporte au plus vite. Pour le bien de Lissa. Et dis-lui… que j'ai menti le soir de la réception. (J'hésitai.) Et que je suis désolée.

— Ça n'a aucun sens.

— Contente-toi de lui répéter tout ça, tu veux bien ? insistai-je en lui décochant un nouveau sourire digne d'une participante à un concours de beauté.

Il me promit de faire tout ce qu'il pourrait, puis me quitta pour aller déjeuner. Satisfaite, je me dirigeai vers le gymnase.

Chapitre 15

Mason se chargea de la livraison.

Le lendemain soir, il me retrouva après les cours et me tendit un carton de livres.

— Je les ai, annonça-t-il. Dépêche-toi de les prendre avant de t'attirer des ennuis parce que tu discutes avec moi...

Je fléchis sous le poids du carton.

— Christian n'a pas fait de difficultés pour te les donner ? m'inquiétai-je.

— Non. Et j'ai réussi à lui parler sans qu'on nous remarque. Il est un peu bizarre, tu ne trouves pas ?

— Si, je trouve, lui répondis-je en le remerciant par un sourire qu'il avala tout cru. Merci. C'est important pour moi.

Je remontai dans ma chambre pour inspecter le butin en ayant parfaitement conscience de l'ironie de la situation. Alors que je détestais les études, je m'apprêtais à plonger avec avidité dans une pile de manuscrits du XIVe siècle. En ouvrant le premier livre, je découvris qu'il s'agissait d'une réédition, sans doute parce que aucun ouvrage de cette époque ne pouvait se conserver si longtemps.

Un premier survol de l'ensemble me permit de classer les livres en trois catégories : ceux qui avaient été écrits après la mort de saint Vladimir, ceux qui avaient été écrits par ses contemporains, et une sorte de journal qu'il avait rédigé de sa main. Me souvenant des explications que Mason m'avait données sur les sources primaires et secondaires, j'écartai résolument la première pile.

Par chance, ceux qui avaient réédité ces textes les avaient aussi modernisés, de sorte que je n'eus pas à déchiffrer un anglais archaïque. *Ou plutôt du russe*, rectifiai-je mentalement, puisque saint Vladimir n'avait jamais mis les pieds en Amérique.

« Aujourd'hui, j'ai guéri la mère de Sava, qui souffrait de maux d'estomac depuis longtemps. Sa maladie a disparu, mais Dieu a exigé de moi le prix de sa guérison en me laissant affaibli et en proie aux attaques de la folie… C'est pourquoi je lui rends grâce chaque jour de m'avoir donné Anna, qui a reçu le baiser de l'ombre et sans qui je ne pourrais pas endurer de tels supplices. »

Encore cette Anna. L'expression : « baiser de l'ombre » me tracassait. Il parlait souvent de cette femme, mais toujours en passant, au milieu d'autres choses. La plupart du temps, il écrivait de longs sermons assez semblables à ceux du prêtre, c'est-à-dire assommants. Heureusement, d'autres passages ne faisaient que relater ce qui lui arrivait et se lisaient comme un journal. Soit saint Vladimir était un affreux vantard, soit il avait vraiment guéri beaucoup de gens. Des malades, des blessés, et même des plantes. Il ramenait à la vie des champs de céréales pour empêcher les gens de mourir de faim, et faisait éclore des fleurs pour le seul plaisir des yeux.

Ma lecture m'apprit que ce vieux Vlad avait beaucoup de chance d'avoir Anna, parce que cela ne tournait vraiment pas rond dans sa tête. Plus il se servait de ses pouvoirs, plus son esprit déraillait. Il avait des crises de colère et de tristesse que rien n'expliquait et qu'il mettait sur le compte de démons jaloux de ses pouvoirs. Il me parut vite évident qu'il souffrait de dépression. Il reconnaissait même dans son journal qu'il avait une fois essayé de se tuer. Anna l'en avait empêché.

Un peu plus tard, en feuilletant les livres de ceux qui l'avaient connu, je tombai sur le passage suivant :

« Il faut voir comme une faveur divine le pouvoir que saint Vladimir avait sur les hommes. Les Moroï, comme les dhampirs, se pressaient autour de lui pour boire ses paroles et jouir de sa présence. Certains prétendaient que c'était la folie qui l'habitait et non l'esprit, mais la plupart l'adoraient et se seraient sacrifiés pour lui, s'il le leur avait demandé. Le désespoir et les hallucinations dont il souffrait étaient dérisoires en comparaison des miracles qu'il accomplissait et de l'influence bénéfique qu'il avait sur les gens. »

Cela ressemblait beaucoup à ce que le prêtre en disait, mais j'avais l'impression que cela révélait davantage qu'une forte personnalité. Les gens l'adoraient et étaient prêts à faire n'importe quoi pour lui… Soudain, je fus certaine que Vladimir s'était servi de la suggestion sur ses disciples. Ce n'était pas encore interdit à l'époque, mais seul le saint était capable, comme Lissa, de l'utiliser sur des Moroï ou des dhampirs.

Je refermai le livre et m'allongeai sur mon lit. Vladimir guérissait les gens, les animaux et les plantes, et utilisait la suggestion à une très vaste échelle. D'après tous les témoignages, l'usage de ces pouvoirs l'avait rendu fou et dépressif.

Pour couronner les choses et les rendre encore plus étranges, tout le monde s'obstinait à ne décrire sa gardienne, Anna, que comme « celle qui avait reçu le baiser de l'ombre ». Or cette expression m'intriguait vraiment, et ce depuis la première fois où je l'avais entendue.

« — *Tu as reçu le baiser de l'ombre ! Tu dois la protéger !* m'avait crié Mme Karp en me secouant par le tee-shirt.

La scène s'était produite deux ans plus tôt. Karp m'était tombée dessus dans le hall du bâtiment principal alors que j'allais rendre un livre à la bibliothèque. Comme l'heure du couvre-feu approchait, les lieux étaient déserts. J'avais entendu un grand bruit avant de voir Mme Karp foncer sur moi, avec un regard d'hystérique.

— *Est-ce que tu comprends ?* avait-elle insisté en me plaquant contre le mur.

J'étais sans doute assez bien entraînée pour me dégager de là, mais la surprise m'avait tétanisée.

— *Non…*

— *Ils viennent pour moi et ne tarderont pas à revenir pour elle !*

— *Qui ?*

— *Lissa. Tu dois la protéger ! Plus elle le fera et pire ce sera. Tu dois l'en empêcher, Rose ! Trouve un moyen d'arrêter ça avant qu'ils le remarquent et qu'ils s'en prennent à elle. Emmène-la loin d'ici !*

— *Je… Mais qu'est-ce que vous racontez ? L'emmener loin de… Vous voulez dire de l'académie ?*

— *Oui. Vous devez partir ! Vous êtes liées… Fais-lui quitter cet endroit.*

C'était absurde. Personne ne quittait l'académie. Pourtant, alors qu'elle me considérait de son regard de folle, j'avais commencé à me sentir bizarre. Sa suggestion m'avait soudain semblé très raisonnable, voire la plus raisonnable du monde. Oui, je devais emmener Lissa loin de…

J'avais entendu un bruit de cavalcade dans les couloirs et un groupe de gardiens avait surgi dans le hall. Ils m'étaient tous inconnus et n'appartenaient pas à l'académie. Ils nous avaient séparées et s'étaient mis à plusieurs pour la tenir tant elle se débattait. Quelqu'un m'avait demandé si j'allais bien. Je n'avais pas répondu : je ne pouvais pas quitter Mme Karp des yeux.

— *Ne la laisse pas utiliser le pouvoir!* m'avait-elle crié. *Sauve-la! Sauve-la d'elle-même…* »

Plus tard, d'autres gardiens m'avaient expliqué qu'elle était malade et qu'on l'avait emmenée dans un endroit où elle pourrait se reposer et guérir. On m'avait assuré qu'elle était en sécurité et bien traitée, qu'elle allait revenir.

Sauf qu'elle n'était jamais revenue.

De retour dans le présent, je regardai la pile de livres en tâchant d'assembler les pièces du puzzle dans mon esprit. Lissa. Mme Karp. Saint Vladimir.

Quelque chose m'échappait, mais quoi ?

Je fus tirée de ma réflexion par des coups frappés à la porte. Personne ne m'avait rendu visite depuis notre retour, pas même des membres du personnel. J'allai ouvrir et découvris Mason planté dans le couloir.

— Deux fois dans la même journée ? lui demandai-je. Et d'abord, comment as-tu fait pour arriver jusqu'ici sans être pris ?

Il m'offrit un sourire radieux.

— Quelqu'un a jeté une allumette enflammée dans l'une des poubelles de la salle de bains. Quelle honte… Tout le personnel est en émoi. Allez, viens ! Je t'enlève.

Je secouai la tête. D'abord Christian et maintenant Mason… Décidément, mettre le feu était devenu la dernière marque d'affection à la mode.

— Désolée. Il n'est pas question de me sauver aujourd'hui. Si je me faisais prendre…

— Sur ordre de Lissa.

Je cessai aussitôt de protester et le laissai m'entraîner hors du bâtiment. Je le suivis en direction du dortoir des Moroï où il me mena jusqu'à sa chambre sans encombre, ce qui m'incita à me demander si un miraculeux feu de salle de bains n'avait pas également pris dans ce bâtiment-ci.

Dans la chambre, une fête battait son plein. Lissa, Camille, Carly, Aaron et quelques autres Moroï de sang royal, hilares, se passaient des bouteilles de whisky en écoutant de la musique à un volume inquiétant. Ni Mia ni Jesse n'étaient présents. Il me fallut quelques instants pour remarquer Natalie, assise à l'écart, qui cherchait quelle attitude adopter en présence d'une telle foule. Son malaise était criant.

Lorsque Lissa se leva pour m'accueillir, le vertige que je ressentis à travers notre lien m'indiqua qu'elle buvait déjà depuis un certain temps.

— Rose ! (Elle offrit un sourire éblouissant à Mason.) Merci pour la livraison…

— À ton service, répondit-il en s'inclinant avec exagération.

J'espérai tout à coup que le plaisir de violer le règlement avait été sa seule raison d'agir et qu'il n'y avait pas été contraint par la suggestion.

— Joins-toi donc aux festivités ! me suggéra Lissa en m'entraînant par la taille vers les autres.

— Que fête-t-on ?

— Je n'en sais rien. Ton évasion de ce soir ?

Quelques-uns de ses invités levèrent leur gobelet en plastique pour porter un toast à ma santé. Xander Badica en servit deux de plus et nous les tendit, à Mason et à moi. Je pris le mien avec un sourire pour Xander en continuant à me sentir très perturbée par la tournure des événements. Quelques semaines plus tôt, je me serais réjouie d'atterrir dans une fête comme celle-ci et aurais vidé mon verre en moins de trente secondes. Mais trop de choses m'inquiétaient ce soir-là : la déférence quasi religieuse que les Moroï de sang royal témoignaient à Lissa, leur oubli des accusations dont j'avais été l'objet, et surtout le fait que mon amie semblait extrêmement malheureuse en dépit de tous ses sourires.

— Où avez-vous trouvé le whisky ? leur demandai-je.

— M. Nagy, me répondit Aaron, qui s'était assis très près de Lissa.

Tout le monde savait que M. Nagy était porté sur la bouteille et conservait une réserve d'alcool à portée de main. Il inventait toutes les semaines de nouvelles cachettes que les élèves finissaient toujours par découvrir.

— C'est Aaron qui m'a aidée à entrer dans sa classe après les cours et à les trouver. Il les avait cachées derrière le placard où il range ses tubes de peinture..., précisa Lissa en s'abandonnant contre son épaule.

Tout le monde éclata de rire, sauf Aaron qui la contemplait avec adoration. J'esquissai un sourire en comprenant qu'il était le seul sur qui elle n'avait pas eu besoin d'utiliser la suggestion. Il était simplement fou d'elle et l'avait toujours été.

— Pourquoi ne bois-tu pas ? vint me chuchoter Mason à l'oreille un peu plus tard.

Je baissai les yeux vers mon gobelet et fus un peu surprise de le trouver à moitié plein.

— Je ne sais pas. J'imagine qu'une partie de moi se dit qu'un gardien ne devrait pas boire en présence du Moroï dont il a la charge...

— Tu n'es ni en service ni la gardienne de Lissa, et tu ne vas même pas pouvoir rester jusqu'à la fin... Depuis quand es-tu devenue si responsable ?

Je ne me sentais pas aussi responsable que cela, mais je réfléchis à ce que Dimitri m'avait dit au sujet de l'amusement et du devoir. Quelque chose en moi hésitait à ce que je me saoule alors que Lissa était psychologiquement si vulnérable. Je m'extirpai de la place étroite que j'occupais entre Mason et elle pour aller rejoindre Natalie sur l'autre lit.

— Salut, Nat ! Tu es bien calme ce soir…

— Toi aussi, remarqua-t-elle en levant vers moi un gobelet aussi plein que le mien.

Je ne pus m'empêcher de rire.

— On dirait bien, oui…

Elle recommença à observer les invités, la tête légèrement inclinée sur le côté, comme s'ils ne constituaient qu'une sorte d'expérience scientifique. Le whisky avait coulé à flots depuis mon arrivée et l'ambiance commençait nettement à s'en ressentir.

— Étrange, tu ne trouves pas ? Elle est devenue le centre de l'attention générale à ta place…

Je n'avais jamais envisagé les choses sous cet angle et dissimulai mal ma surprise.

— On dirait bien, répétai-je, de plus en plus mal à l'aise.

— Hé ! Rose ! m'interpella Xander avant de se diriger vers moi en renversant la moitié de son gobelet. Alors, raconte ! C'était comment ?

— Quoi donc ?

— D'offrir ton sang à quelqu'un.

Les autres se turent pour ne pas manquer ma réponse.

— Elle ne l'a pas fait, intervint Lissa d'une voix menaçante. Je vous l'ai déjà dit.

— Oui, oui… Je sais qu'elle ne l'a pas fait avec Jesse et Ralf, mais elle t'a bien nourrie quand vous étiez absentes, non ?

— Laisse-la tranquille ! ordonna Lissa.

La suggestion était bien plus efficace si Lissa soutenait le regard de sa victime, or c'était sur moi que les yeux de Xander étaient braqués.

— Ça va, c'est pas grave ! Vous n'aviez pas le choix, de toute manière… Je sais bien que t'es pas comme une source… Je voudrais juste savoir quel effet ça fait. Danielle Szelsky m'a laissé la mordre, une fois… Elle m'a dit que ça ne lui avait rien fait du tout.

Les filles produisirent un « oh ! » collectif. L'association du sexe et de la morsure était déjà obscène quand il s'agissait d'un dhampir ; entre Moroï, c'était carrément du cannibalisme.

— Quel menteur ! s'écria Camille.

— Non, je suis sérieux ! D'accord, ce n'était qu'une petite morsure… Elle n'a pas plané comme les sources. Mais toi ? revint-il à la charge en passant son bras autour de mes épaules. Est-ce que tu as aimé ça ?

Lissa devint blême. Malgré l'alcool qui avait tendance à atténuer notre lien, sa peur, mêlée à de la colère, parvint jusqu'à moi. Ordinairement, sa maîtrise d'elle-même était bien supérieure à la mienne, mais je l'avais déjà vue perdre son calme en quelques occasions. La fois la plus marquante avait été une fête assez semblable à celle-ci, qui avait eu lieu quelques semaines après le départ de Mme Karp.

C'était Greg Dashkov, un cousin éloigné de Natalie, qui l'avait organisée. Ses parents avaient manifestement le bras long, parce que leur fils disposait de l'une des chambres les plus spacieuses du dortoir. Comme c'était un ami d'André, le frère de Lissa, il avait naturellement intégré la petite sœur de celui-ci à son cercle après l'accident. Il avait semblé ravi de m'inviter aussi et nous avions passé la soirée collés l'un à l'autre. Pour la débutante que j'étais alors, une fête de Moroï de sang royal plus âgés que nous était le paradis.

Je m'étais passablement saoulée cette nuit-là tout en m'efforçant de garder un œil sur Lissa. Elle était toujours anxieuse au milieu d'une telle foule, mais elle donnait si bien le change que les gens ne s'en rendaient pas compte. Comme mon ivresse m'empêchait de bien capter ses états d'âme, je m'étais fiée à son air détendu.

À un moment, Greg avait interrompu un baiser pour regarder par-dessus mon épaule. Comme nous partagions le même fauteuil, je m'étais tordu le cou sans réussir à voir quoi que ce soit.

« — *Que se passe-t-il ?* lui avais-je demandé.

— *Wade a amené une source.*

Je m'étais redressée pour suivre son regard. Wade Voda serrait la taille d'une fille qui devait avoir mon âge. Elle était humaine et jolie, avec de longs cheveux blonds ondulés. Les trop fréquentes pertes de sang avaient donné à sa peau une blancheur de porcelaine. Elle avait tout de suite intéressé plusieurs Moroï qui s'étaient pressés autour d'elle pour lui caresser le visage en riant.

— *Elle a atteint son quota*, avais-je remarqué en constatant sa pâleur et son air égaré.

Greg avait glissé sa main dans mon dos pour reprendre où nous nous étions arrêtés.

— *Ils ne vont pas lui faire de mal.*

Après une nouvelle séance torride, j'avais senti quelqu'un me taper sur l'épaule.

— *Rose !*

J'avais levé les yeux vers Lissa et avais été surprise par son expression de détresse, car je ne sentais plus ses émotions. Je m'étais arrachée à Greg et au fauteuil en prenant conscience que j'avais trop forcé sur la bière.

— *Où vas-tu ?*

— *Je reviens*, lui avais-je promis en entraînant Lissa à l'écart. *Qu'est-ce qui ne va pas ?*

— *Eux.*

J'avais suivi son regard jusqu'au groupe de Moroï qui s'amusait avec la source, dont la gorge était à présent couverte de petites marques rouges. Ils la mordaient à tour de rôle en lui faisant des propositions de plus en plus obscènes. La fille, complètement défoncée, passait de bras en bras sans se soucier de rien.

— *Il ne faut pas qu'ils fassent ça*, avait chuchoté Lissa.

— *C'est une source*, avais-je remarqué. *Personne ne va les en empêcher.*

Lissa m'avait regardée avec de grands yeux suppliants, où douleur, indignation et colère se succédaient.

— *Même pas toi ?*

C'était moi la justicière, celle qui réglait tous nos problèmes depuis l'enfance. Il m'était intolérable de la voir souffrir sans rien faire. J'avais hoché la tête à contrecœur avant de tituber dans leur direction.

— *Tu as tellement de mal à te trouver une fille que tu t'attaques aux droguées à présent, Wade ?* avais-je claironné.

— *Pourquoi ?* avait-il riposté en s'écartant du cou de la fille. *Tu as épuisé Greg et tu n'en veux plus ?*

J'avais mis les poings sur les hanches en espérant paraître féroce alors que j'avais surtout de plus en plus mal au cœur à cause de l'excès d'alcool.

— *Aucune drogue au monde n'est assez forte pour me donner envie de t'approcher !* lui avais-je lancé, provoquant quelques rires chez ses amis. *Mais je crois que tu as un ticket avec la lampe, là-bas… qui semble être suffisamment inerte pour te rendre heureux. Tu n'as plus besoin de cette fille.*

Mon trait d'esprit avait été récompensé par quelques gloussements supplémentaires.

— *Mêle-toi de ce qui te regarde ! Ce n'est qu'un casse-croûte.*

Considérer les sources comme de la simple nourriture était pire que traiter une dhampir de catin rouge.

— *C'est pas l'endroit. Personne n'a envie de voir ça.*

— *Elle a raison*, était venue à ma rescousse une fille que je ne connaissais pas. *C'est dégueulasse !*

Quelques-unes de ses amies nous avaient soutenues.

Wade nous avait dévisagées l'une après l'autre, et moi le plus méchamment.

— *Très bien. Nous n'allons pas vous infliger ce spectacle*, avait-il conclu avant de tirer la fille par le bras. *Toi, suis-moi !*

Maladroite, elle avait trébuché, puis s'était laissé entraîner en gémissant doucement.

— *Je ne peux pas faire plus*, avais-je déclaré à Lissa.

Elle m'avait jeté un regard paniqué.

— *Il va l'emmener dans sa chambre, où il lui fera subir pire encore...*

— *Je n'aime pas ça non plus, Liss, mais je ne peux pas lui courir après...*, m'étais-je défendue en me massant les tempes. *Et puis, si tu veux que je lui mette mon poing dans la gueule, je crois que je ferais bien d'aller vomir d'abord.*

Elle s'était mordu la lèvre.

— *Il ne doit pas faire ça.*

— *Je suis désolée...*

J'étais allée retrouver Greg, en proie à une vague montée de mauvaise conscience. Ce qui arrivait à la source ne me plaisait pas plus qu'à Lissa, surtout que cela me rappelait amèrement que certains Moroï se croyaient autorisés à se comporter de la même façon avec les dhampirs mais, ce soir-là, c'était une bataille que je ne pouvais que perdre.

Quelques minutes plus tard, lorsque Greg m'avait fait changer de position pour se donner un meilleur accès à mon cou, j'avais pris conscience que Lissa n'était plus dans la pièce.

— *Où est Lissa ?* m'étais-je écriée en tombant du fauteuil dans un effort pathétique pour bondir sur mes pieds.

— *Aux toilettes, j'imagine*, avait répondu Greg en m'aidant à me relever.

Notre lien, complètement anesthésié par l'alcool, ne me révélait plus rien. J'étais sortie dans le couloir et avais soupiré de soulagement en échappant au bruit et à la musique. Tout était calme dehors... à l'exception de bruits sourds qui s'échappaient d'une chambre voisine. Comme la porte était entrouverte, je m'étais glissée à l'intérieur.

La source était recroquevillée dans un coin de la pièce, terrorisée. Lissa, les bras croisés sur la poitrine, regardait Wade avec fureur. Celui-ci la contemplait avec adoration en tenant une batte de base-ball dont il s'était visiblement déjà servi contre les étagères, la chaîne hi-fi et le miroir.

— *Casse la fenêtre, maintenant*, lui avait ordonné Lissa. *Allez, ça va t'amuser…*

Hypnotisé, il s'était approché de la grande vitre teintée et l'avait fait voler en éclats pendant que j'assistais, bouche bée, à la scène. Le coup avait projeté des bris de verre dans toute la pièce, subitement inondée de soleil matinal. Wade avait plissé les yeux pour continuer à voir Lissa sans songer à se protéger de la lumière.

— *Lissa!* m'étais-je écriée. *Arrête! Dis-lui d'arrêter!*

— *Il aurait dû s'arrêter plus tôt.*

Je la reconnaissais à peine. Je ne l'avais jamais vue aussi furieuse, ni faire une chose pareille. Pourtant, j'avais immédiatement compris ce dont il s'agissait. La suggestion. Je devais trouver un moyen de la calmer, sans quoi Wade allait se servir de la batte contre sa propre tête.

— *S'il te plaît, Lissa, arrête… Je t'en prie…*

Un écho déformé de ses émotions m'était parvenu à travers les brumes de l'alcool, si puissant que j'en étais restée quelques instants étourdie: de la rage, de la cruauté et une absence totale de pitié… Des sentiments inquiétants chez Lissa, d'ordinaire douce et calme. Moi qui la connaissais depuis le bac à sable, je me retrouvais face à une étrangère.

Qui me terrorisait.

— *S'il te plaît, Lissa*, répétai-je. *Laisse-le tranquille. Il n'en vaut pas la peine…*

Son regard terrible restait rivé sur Wade, qui avait lentement levé la batte pour se fracasser le crâne.

— *Liss…*, l'avais-je suppliée en me demandant si j'allais devoir la plaquer au sol pour qu'elle cesse. *Ne fais pas ça…*

— *Il aurait dû s'arrêter plus tôt*, avait-elle répété d'une voix atone. (La batte s'était immobilisée dans une position parfaite pour atterrir sur le crâne de Wade avec un élan optimal.) *Il n'aurait pas dû lui faire ça. On ne doit pas traiter les gens de cette manière, même les sources...*

— *Mais tu lui fais peur*, avais-je murmuré. *Regarde-la...*

J'avais retenu mon souffle pendant quelques instants, puis Lissa avait lentement tourné les yeux vers la fille. Celle-ci n'avait pas bougé et tremblait dans son coin en serrant ses genoux contre sa poitrine. Ses yeux bleus étaient exorbités et le soleil faisait briller ses joues couvertes de larmes. En nous voyant l'observer, elle s'était mise à sangloter.

Lissa était restée parfaitement impassible, mais j'avais senti le combat qui se déroulait en elle. Malgré la rage dans laquelle Wade l'avait mise, elle ne voulait pas vraiment lui faire de mal. Alors elle avait froncé les sourcils, puis fermé les yeux. Sa main droite s'était lentement approchée de son poignet gauche pour y enfoncer profondément ses ongles. Elle avait tressailli sous la souffrance, j'avais été soulagée de sentir que la douleur la détournait de Wade.

Finalement, elle avait arrêté. Wade avait laissé tomber la batte et observé sa chambre, l'air interloqué. Moi, j'avais soupiré de soulagement. Des bruits de pas s'étaient fait entendre presque aussitôt, et deux surveillants s'étaient précipités par la porte que j'avais laissée ouverte, pour se figer en constatant le désastre.

— *Qu'est-ce qui s'est passé ?*

Nous nous étions tous regardés les uns les autres.

— *Je ne sais pas...*, avait murmuré Wade, complètement égaré, avant de concentrer son attention sur moi. *C'est toi ! Tu ne voulais pas me laisser faire avec la source !* »

Quand les surveillants s'étaient tournés dans ma direction, il ne m'avait fallu que quelques secondes pour prendre une décision.

« Tu dois la protéger, Rose. Plus elle le fera et pire ce sera. Tu dois l'en empêcher ! Trouve un moyen d'arrêter ça avant

qu'ils le remarquent et qu'ils s'en prennent à elle. Emmène-la loin d'ici. »

Les supplications hystériques de Mme Karp avaient fait leur chemin dans mon esprit. Certaine que personne n'allait mettre en doute ma confession, ni donc ne soupçonnerait Lissa, je toisai Wade avec mépris.

« *— Je n'aurais pas eu besoin d'en arriver là si tu l'avais laissé partir…* »

« *Sauve-la ! Sauve-la d'elle-même…* »

Après ce soir-là, je ne m'étais plus jamais saoulée. Il n'était plus question que je baisse ma garde… Deux jours plus tard, alors que j'étais punie pour « destruction des biens de l'académie », je m'étais enfuie avec Lissa.

Le regard furieux que Lissa posa à cet instant sur Xander, qui attendait toujours ma réponse en me tenant par les épaules, me rappela beaucoup trop cet incident survenu deux ans plus tôt pour que je ne m'inquiète pas : je devais désamorcer le problème.

— Tu me fais goûter ? dit Xander. Allez… juste un petit peu… J'aimerais savoir quel goût a le sang des dhampirs… Je t'assure que tout le monde s'en fout.

— Lâche-la, Xander, grogna Lissa.

Je lui échappai en cherchant une réplique qui n'aurait pas pour effet immédiat de déclencher une bagarre.

— Arrête tout de suite… J'ai failli casser le nez du dernier mec qui me l'a demandé. Comme tu es plus mignon que Jesse, ça serait vraiment dommage…

— « Mignon » ? s'écria-t-il. Je suis sexy, mais certainement pas « mignon » !

Carly éclata de rire.

— Non, elle a raison : tu es mignon. Todd m'a dit que tu faisais venir un gel spécial de France pour tes cheveux…

Xander, que l'alcool rendait facile à distraire, m'oublia pour défendre son honneur et finit par accepter la taquinerie sur ses cheveux avec bonne humeur.

De l'autre côté de la pièce, Lissa, profondément soulagée, me fit un petit signe de tête pour me remercier, avant de reporter son attention sur Aaron.

Chapitre 16

Le jour suivant, je pris vraiment conscience que la situation avait changé depuis le lancement des rumeurs de Jesse et Ralf. Même si je restais un objet de risée pour certains, je me mis à recevoir des témoignages d'amitié et le soutien occasionnel des partisans de Lissa. Surtout, nos camarades de classe commençaient à se désintéresser de moi. Ce phénomène s'amplifia lorsqu'un nouveau ragot agita toute l'école.

Il concernait Lissa et Aaron.

Apparemment, Mia avait eu vent de la fête et piqué une crise en découvrant qu'Aaron s'y était rendu sans elle. Elle l'avait pris de très haut et avait interdit à Aaron de revoir Lissa s'il voulait continuer à sortir avec elle. Celui-ci avait dû découvrir qu'il n'y tenait pas tant que cela, puisqu'il l'avait quittée le matin même, pour s'empresser de passer à autre chose.

Depuis, Lissa et lui étaient collés l'un à l'autre. Ils passèrent le déjeuner à rire et à s'embrasser sans paraître se soucier de personne. Lissa le regardait comme s'il était l'être le plus intéressant de la planète, mais notre lien m'informait qu'elle s'ennuyait ferme. Elle l'utilisait pour préserver les apparences et le pauvre Aaron, au septième ciel, était loin d'imaginer à quel point elle l'instrumentalisait.

La scène me donna la nausée.

Néanmoins, ce que j'éprouvais n'était rien en comparaison du calvaire de Mia. Assise à l'autre bout du réfectoire, elle déjeuna les yeux dans le vague, sans prêter aucune attention aux paroles réconfortantes de ses amies. Elle avait les yeux rougis et les joues pâles. Mon passage devant sa table ne suscita ni vanne ni regard moqueur : Lissa l'avait détruite, exactement comme Mia avait promis de nous détruire.

La seule personne plus malheureuse qu'elle dans tout le réfectoire était Christian. Contrairement à elle, il n'avait aucun scrupule à afficher sa haine en observant l'heureux couple. Il aurait eu tort de se gêner, puisque j'étais la seule à le remarquer.

Après avoir regardé Lissa et Aaron s'embrasser pour la dixième fois, je quittai le réfectoire en avance pour aller trouver Mme Carmack, le professeur de contrôle des éléments de Lissa. J'avais quelque chose à lui demander.

— Rose, c'est bien ça ?

Elle sembla surprise de me voir, mais pas exaspérée comme la moitié des autres enseignants l'étaient par mon attitude, ces derniers temps.

— Oui. Je voulais vous poser une question sur… la magie.

Elle haussa un sourcil. Les novices n'avaient aucune raison de s'intéresser à cette matière.

— Bien sûr. Que veux-tu savoir ?

— L'autre jour, en écoutant le prêtre parler de saint Vladimir, je me suis demandé dans quel élément il s'était spécialisé… saint Vladimir, je veux dire, pas le prêtre. Le savez-vous ?

Elle fronça les sourcils.

— C'est étrange… Malgré la popularité dont il jouit entre nos murs, je l'ignore… Je ne connais pas sa vie par cœur, mais je n'y vois rien que l'on puisse relier avec un élément ou un autre. Ou bien cela n'a jamais été consigné par écrit.

— Que pensez-vous de son don de guérison ? insistai-je. Y a-t-il un élément qui permette de l'expliquer ?

— Pas à ma connaissance. (Elle esquissa un sourire.) Ceux qui ont la foi te répondraient qu'il guérissait par la grâce de Dieu, et non par magie. Après tout, les histoires vantent toujours son « esprit ».

— Est-il possible qu'il ne se soit pas spécialisé ?

Son sourire s'évanouit subitement.

— Dis-moi, Rose... t'intéresses-tu vraiment à saint Vladimir ou parlons-nous de Lissa ?

Je marquai un temps d'arrêt.

— Je sais que c'est difficile pour elle, surtout devant ses camarades, mais elle doit se montrer patiente..., m'expliqua-t-elle avec douceur. Ça viendra. Ça vient toujours.

— Mais parfois cela ne vient jamais...

— C'est extrêmement rare et je ne pense pas que ce sera son cas. Même si elle n'a pas encore atteint un niveau de spécialisation, elle a des prédispositions exceptionnelles dans tous les éléments. L'un des quatre va bien finir par prendre le dessus.

Sa remarque me donna une idée.

— Est-il possible d'être spécialisé dans plusieurs éléments ?

Elle éclata de rire.

— Non ! répondit-elle en secouant la tête. Personne ne pourrait détenir autant de pouvoir sans perdre la raison...

Génial.

— Très bien. Merci. (Alors que je m'apprêtais à partir, une nouvelle idée me vint.) Dites-moi... Vous souvenez-vous de Mme Karp ? Quelle était sa spécialité ?

Mme Carmack prit aussitôt l'air embarrassé qu'avaient tous les professeurs dès qu'il était question de leur ancienne collègue.

— Eh bien...

— Quoi ?

— Ça m'était sorti de l'esprit, mais elle était l'une de ces exceptions… Elle n'a jamais atteint qu'un contrôle limité sur les quatre éléments.

Je passai le reste de la journée à réfléchir aux explications de Mme Carmack pour les intégrer à ma théorie Lissa-Karp-Vladimir, tout en observant Lissa du coin de l'œil. Tant de gens se pressaient autour d'elle qu'elle remarqua à peine mon silence. De temps à autre, elle tournait les yeux vers moi et m'offrait un sourire fatigué. Toutes ces heures passées à rire et à parler à des gens qui l'intéressaient à peine pesaient lourdement sur son moral.

— Mission accomplie, lui annonçai-je après les cours. Nous pouvons mettre un terme au projet « lavage de cerveaux ».

Nous étions assises sur un banc dans la cour.

— Que veux-tu dire ? se méfia-t-elle en balançant ses jambes.

— Tu as réussi. Ma vie n'est plus un enfer, tu as détruit Mia et récupéré Aaron. Amuse-toi avec lui encore une semaine ou deux, puis plaque-le et le reste de la clique avec. Tu seras bien plus heureuse.

— Tu crois que je ne le suis pas ?

— Je sais que tu ne l'es pas. Il y a quelques fêtes marrantes, mais tu fais semblant d'être amie avec des gens que tu n'aimes pas, c'est-à-dire la plupart d'entre eux. J'ai bien vu à quel point Xander t'avait énervée l'autre soir…

— C'est un con mais je peux le supporter. Si je cesse de les voir, tout va redevenir comme avant et Mia va réapparaître sur le devant de la scène. Tant que les choses restent ainsi, elle ne peut rien nous faire.

— Ça n'en vaut pas la peine si tout le reste te fait du mal…

— Rien ne me fait du mal, s'empressa-t-elle de répondre.

Je la sentais sur la défensive.

— Ah oui ? insistai-je cruellement. Parce que tu es follement amoureuse d'Aaron ? Parce que tu meurs d'envie de recommencer à coucher avec lui ?

— T'ai-je déjà dit que tu étais une vraie salope, par moments ?

Je fis mine de n'avoir rien entendu.

— Je dis seulement que tu as bien assez de problèmes pour ne pas t'en rajouter d'autres. Tu vas te rendre malade à force d'utiliser la suggestion.

— Rose ! s'écria-t-elle en jetant des regards inquiets autour de nous. Tais-toi !

— Tu sais que j'ai raison. Si tu en abuses, ça va finir par te détraquer. Pour de bon.

— Tu n'as pas l'impression d'exagérer ?

— Et Mme Karp ?

Lissa se figea.

— Quoi, Mme Karp ?

— Toi. Tu es comme elle.

— Certainement pas ! s'exclama-t-elle, estomaquée.

— Elle aussi savait guérir.

Nous avions évité ce sujet pendant si longtemps qu'elle resta stupéfaite de m'entendre l'aborder.

— Ça ne veut rien dire.

— Tu en es sûre ? Tu connais quelqu'un d'autre qui en soit capable ? ou qui puisse employer la suggestion sur les dhampirs et les Moroï ?

— Elle n'a jamais utilisé la suggestion.

— Tu te trompes. Elle l'a pratiquée sur moi le soir où ils l'ont emmenée. Ça commençait à marcher. Les gardiens l'ont empêchée de finir en l'écartant de moi.

À vrai dire, était-ce bien le cas ? Lissa et moi nous étions enfuies de l'académie moins d'un mois plus tard. J'avais toujours cru que l'idée venait de moi, mais comment être sûre que la suggestion de Mme Karp n'avait pas influencé ma décision ?

Lissa croisa les bras sur sa poitrine. Malgré son regard plein de défi, je sentis le doute s'insinuer en elle.

— Soit, et alors ? Admettons qu'elle ait été le même genre de monstre que moi. Qu'est-ce que ça prouve ? Elle est devenue folle parce que… c'est comme ça. Ça n'a aucun rapport avec ses pouvoirs.

— Il n'y a pas qu'elle, ajoutai-je. J'ai trouvé quelqu'un d'autre comme vous deux. (J'hésitai un instant.) Tu as entendu parler de saint Vladimir…

Alors je lui racontai tout. Je lui expliquai que Mme Karp, saint Vladimir et elle avaient en commun le don de guérison, un talent exceptionnel pour la suggestion, ainsi qu'une fragilité mentale qui les incitait à se faire du mal. Elle grimaça à ce rappel de son problème.

— Saint Vladimir reconnaît avoir essayé de se tuer, précisai-je en évitant son regard. Et Mme Karp avait toujours des marques de griffures sur le front. Elle essayait de les cacher sous ses cheveux, mais je remarquais toujours quand elle s'en faisait de nouvelles.

— Ça ne veut rien dire, insista Lissa. Ce ne sont que des coïncidences…

Elle dit cela comme pour se convaincre elle-même et je sentis qu'une part d'elle y croyait vraiment. Mais une autre part attendait depuis longtemps que quelqu'un lui affirme qu'elle n'était pas un monstre et qu'elle n'était pas seule. Même si les nouvelles étaient mauvaises, cela la soulageait de savoir que d'autres personnes étaient comme elle.

— Crois-tu que ce soit une coïncidence qu'ils ne se soient spécialisés ni l'un ni l'autre ? ajoutai-je.

Je lui rapportai mon entrevue avec Mme Carmack et lui exposai ma théorie sur la spécialisation dans les quatre éléments à la fois, sans omettre le commentaire que cela avait suscité de la part de Mme Carmack sur la folie qu'un tel pouvoir engendrerait.

Lorsque j'eus terminé, Lissa se frotta les yeux, ce qui eut pour effet d'étaler un peu de son maquillage, et m'offrit un sourire hésitant.

— Je ne sais pas ce qui est le plus délirant : ce que tu me racontes ou le fait que tu aies lu quelque chose pour le découvrir…

J'éclatai de rire, franchement soulagée de la voir plaisanter.

— Je te rappelle que je sais lire…

— Je sais. Et je sais aussi qu'il t'a fallu un an pour lire le *Da Vinci Code*…

— Ce n'était pas ma faute ! Et n'essaie pas de changer de sujet.

— Je n'essaie pas, répondit-elle en soupirant. Simplement, je ne sais pas quoi penser de tout ça…

— Il n'y a rien à en penser. Mais cesse de faire des choses qui te contrarient. Tu te souviens de notre décision : « faire profil bas » ? Recommence. Ça vaut beaucoup mieux pour toi.

— Impossible, murmura-t-elle en secouant la tête. C'est trop tôt.

— Pourquoi ? J'ai déjà dit… (Je m'interrompis, frappée par l'évidence.) Il ne s'agit pas que de Mia. Tu le fais aussi parce que tu crois devoir le faire. Tu essaies toujours de tenir le rôle d'André.

— Mes parents auraient voulu que je…

— Tes parents auraient voulu que tu sois heureuse.

— Ce n'est pas si facile, Rose. Je ne peux pas faire comme si ces gens n'existaient pas… Moi aussi, je suis de sang royal.

— La plupart d'entre eux sont des cons.

— Et certains d'entre eux vont jouer un rôle décisif dans la société moroï. André le savait. Il n'était pas comme les autres, mais il agissait comme il le devait parce qu'il avait bien conscience de leur importance.

— Peut-être est-ce là le problème, remarquai-je en m'étirant. Chez vous, seul le nom de famille décide de l'« importance » d'une personne ; et c'est ainsi que vous vous retrouvez avec des imbéciles au pouvoir. Voilà pourquoi le nombre de Moroï ne cesse de chuter et pourquoi une salope comme Tatiana est devenue reine. Vous devriez peut-être revoir votre système...

— Ne dis pas n'importe quoi, Rose. Cela fonctionne ainsi depuis des siècles, il faut bien faire avec... (Je lui jetai un regard hostile.) Très bien. Tu as peur que je devienne comme Mme Karp et saint Vladimir, c'est bien ça ? Parce que Mme Karp t'a dit que les choses allaient empirer si je me servais de mes pouvoirs ? Est-ce que ça ira si je te promets de tout arrêter : la suggestion, les guérisons, tout ?

— Tu veux bien ?

En dehors des moments où la suggestion nous avait été indispensable, c'était ce que j'avais toujours attendu d'elle. Sa dépression avait commencé à l'époque où ses pouvoirs étaient apparus, juste après l'accident. À la lumière du résultat de mes recherches et des mises en garde de Mme Karp, j'étais certaine que les deux choses étaient liées.

— Oui.

Son expression était calme et sérieuse. Avec sa tresse de cheveux blond pâle et la veste qu'elle portait sur sa robe, Lissa aurait pu, dès à présent, occuper la place réservée au représentant de sa famille au conseil.

— Tu dois vraiment tout arrêter, insistai-je. Plus de suggestion pour éblouir les Moroï, et plus aucune guérison, même s'il s'agit de l'animal le plus mignon de la terre...

— J'en suis capable, me répondit-elle sans se départir de sa gravité. Est-ce que tu te sens mieux ?

— Oui. Mais je me sentirais encore mieux si tu arrêtais tout et que tu recommences à traîner avec Natalie.

— Je sais, mais ce n'est pas possible. Pas encore, en tout cas...

Je ne pouvais pas la faire changer d'avis là-dessus – « pas encore, en tout cas » – mais j'étais déjà soulagée par sa promesse de ne plus se servir de ses pouvoirs.

— Très bien, conclus-je en ramassant mon sac. (J'étais encore en retard pour l'entraînement.) Tu peux continuer à t'amuser avec cette bande d'idiots tant que tu laisses tomber « le reste ». (J'hésitai.) Et puis je crois que tu as bien mis les choses au point avec Mia, tu sais... Tu n'as plus besoin de continuer à sortir avec Aaron pour avoir la sympathie des autres.

— Pourquoi ai-je l'impression que tu ne l'aimes plus ?

— Je l'aime bien... c'est-à-dire à peu près autant que toi. Et je ne suis pas sûre qu'on devrait autant transpirer avec des gens qu'on « aime bien ».

Lissa feignit la surprise avec talent.

— Est-ce bien Rose Hathaway qui parle ? Te serais-tu assagie ou as-tu trouvé quelqu'un que tu aimes « plus que bien » ?

— Ça va ! me défendis-je, subitement mal à l'aise. Je m'inquiète seulement pour toi. Et puis je viens seulement de me rendre compte qu'Aaron est mortellement ennuyeux.

Elle éclata de rire.

— Tu trouves tout le monde mortellement ennuyeux...

— Pas Christian.

Cela m'échappa avant que je m'en aperçoive. Lissa cessa immédiatement de sourire.

— C'est un con. Il a cessé de me parler du jour au lendemain sans aucune raison... (Elle croisa les bras.) Et puis n'étais-tu pas censée le détester ?

— Je peux très bien le détester et le trouver intéressant en même temps.

Je commençais surtout à me demander si je ne m'étais pas complètement trompée sur son compte. D'accord, il était sarcastique, inquiétant, et adorait mettre le feu aux gens. D'un autre côté, il était intelligent, drôle, à sa manière tordue, et avait un effet étrangement apaisant sur Lissa.

Sauf que j'avais tout gâché. J'avais laissé ma colère et ma jalousie les séparer. Lissa se serait-elle tailladé les poignets si je les avais laissé se parler cette nuit-là ? Ils sortiraient peut-être ensemble aujourd'hui et se tiendraient loin des intrigues politiques de l'académie.

Le destin devait être du même avis que moi, puisque je croisai Christian cinq minutes après avoir quitté Lissa. Nos regards se rencontrèrent et je faillis poursuivre ma route.

— Attends… Christian ! l'interpellai-je après avoir pris une profonde inspiration.

Dimitri allait me tuer pour un pareil retard.

Christian se retourna pour me faire face en gardant son air désinvolte et ses mains dans les poches de son long manteau noir.

— Quoi ?

— Merci pour les livres. Ceux que tu as donnés à Mason…, ajoutai-je, voyant qu'il ne répondait rien.

— Ah ! je pensais que tu parlais des autres livres…

C'est ça, fais le malin, songeai-je.

— Tu ne veux pas savoir pourquoi j'en avais besoin ?

— C'est ton problème. Je me suis dit que tu devais commencer à trouver le temps long…

— Il aurait fallu que je m'ennuie vraiment beaucoup pour en arriver là…

Ma blague ne le fit pas rire.

— Qu'est-ce que tu me veux, Rose ? J'ai des choses à faire.

Je savais bien que non, mais je n'avais pas vraiment le cœur à la moquerie.

— Je voudrais que tu… recommences à voir Lissa.

— Tu es sérieuse ? (Il me dévisagea avec beaucoup de méfiance.) Après tout ce que tu m'as dit ?

— Eh bien… Mason ne t'a rien dit ?

— Il m'a bien dit quelque chose, reconnut Christian en esquissant un sourire sadique.

— Et ?

— Et ce n'est pas de la bouche de Mason que je veux l'entendre.

(Mon regard féroce lui fit ravaler son sourire.) Tu me l'as envoyé pour qu'il s'excuse à ta place. Fais-le toi-même.

— T'es vraiment un salaud, l'informai-je.

— Et toi une menteuse, alors je veux te voir ravaler ta fierté.

— Ça fait deux semaines que je la ravale ! grommelai-je.

Il haussa les épaules et commença à s'éloigner.

— Attends ! m'écriai-je en le retenant par le bras. Ça va… Je t'ai menti sur les sentiments que Lissa a pour toi et elle ne pense rien de ce que je t'ai dit ce soir-là. Elle t'aime bien. J'ai inventé tout ça parce que je ne t'aime pas.

— Mais tu veux que je recommence à la voir.

J'eus beaucoup de mal à croire que je prononçais la réponse qui me vint.

— Je crois que tu… lui fais du bien.

Nous restâmes sans rien dire pendant de longues secondes. Peu de choses surprenaient Christian, mais je venais de le faire.

— Je suis désolé, j'ai mal entendu, finit-il par commenter. Est-ce que tu peux répéter ?

Je me retins difficilement de lui coller mon poing dans la figure.

— Vas-tu cesser de jouer au con ? Je veux que tu recommences à sortir avec elle.

— Non.

— Écoute : je viens de te dire que j'avais menti…

— Ce n'est pas ça. C'est elle. Tu crois que je peux encore l'approcher ? Elle est redevenue la princesse Lissa, cracha-t-il avec aigreur. Je ne pourrai pas lui parler tant qu'elle sera entourée par tous ces gens.

— Tu es de sang royal, toi aussi…, me rappelai-je à voix haute.

Comme tout le monde, j'avais tendance à oublier que les Ozéra étaient l'une des douze familles royales.

— Ce qui n'a pas grand intérêt dans une famille de Strigoï, tu me l'accorderas.

— Mais tu n'es pas… Attends ! C'est pour ça qu'elle se sent proche de toi !

— Parce que je vais devenir un Strigoï ? ricana-t-il.

— Non ! Parce que vous avez tous les deux perdu vos parents… que vous les avez tous les deux vus mourir…

— Elle a vu les siens mourir. J'ai vu les miens se faire assassiner.

Je sursautai.

— Je sais, désolée. Ça a dû être… Je n'ai aucune idée de ce que ça a pu être.

Son regard bleu pâle se perdit dans le vague.

— C'était comme si une armée de démons avait envahi ma maison.

— Tu parles… de tes parents ?

Il secoua la tête.

— Je parle des gardiens qui sont venus les tuer. Mes parents faisaient peur aussi, c'est vrai, mais ils ressemblaient encore à mes parents, en un peu plus pâle, j'imagine. Leurs yeux étaient rouges…, mais ils agissaient et parlaient toujours comme mes parents. Je n'avais pas compris que quelque chose n'allait pas chez eux, mais ma tante si. J'étais avec elle quand ils sont venus me récupérer.

— Ils voulaient te transformer ? (J'étais tellement prise dans son histoire que j'en avais oublié à la fois mon entraînement et la raison pour laquelle je lui parlais.) Mais tu étais tout petit à cette époque !

— Je crois qu'ils avaient l'intention d'attendre que je sois plus grand pour me transformer. Ma tante Tasha ne les a pas laissé m'emmener. Ils ont d'abord essayé de la convaincre de faire comme eux, puis ont voulu la transformer de force. Elle s'est défendue, et s'est retrouvée salement amochée. C'est à ce moment-là que les gardiens sont arrivés. (Son regard revint se poser sur moi en même temps qu'il esquissait un sourire infiniment triste.) Une armée de démons, je te dis… Je te crois déjà cinglée, Rose, mais si tu deviens comme eux un jour plus personne n'osera venir t'emmerder. Même pas moi.

Je me sentais affreusement mal. Sa vie était désespérante et je l'avais privé d'une de ses rares consolations.

— Je suis désolée d'avoir tout gâché entre Lissa et toi, Christian. C'était stupide de ma part. Elle voulait passer du temps avec toi. Je pense que c'est encore le cas. Si seulement tu pouvais…

— Je te l'ai dit : je ne peux pas.

— Je m'inquiète pour elle. Elle fréquente les nobles pour tenir Mia à distance… Elle le fait pour moi.

— Et c'est comme ça que tu lui prouves ta reconnaissance ?

Le Christian sarcastique était de retour.

— Je suis inquiète. Toutes ces intrigues politiques lui font du mal mais elle refuse de m'écouter. Je… n'aurais rien contre un peu d'aide.

— C'est elle qui a besoin d'aide. Eh ! n'aie pas l'air si surprise ! Je sais qu'il y a quelque chose qui ne va pas chez elle, et je ne parle pas seulement de ses poignets.

Je sursautai.

— Est-ce qu'elle t'a dit… ?

Pourquoi pas, après tout ? Elle lui avait bien confié tout le reste…

— Ce n'était pas nécessaire. J'ai des yeux pour voir. (Je devais vraiment avoir l'air pathétique parce qu'il finit par soupirer, en se passant la main dans les cheveux.) Très bien. Si je vois Lissa seule, j'essaierai de lui parler. Mais à mon avis… si tu veux vraiment l'aider… Je sais bien que je suis censé vomir l'autorité, mais tu devrais peut-être t'adresser à quelqu'un d'autre. Kirova, ou alors ton gardien… Quelqu'un qui pourrait faire quelque chose et en qui tu as confiance.

J'y réfléchis quelques instants.

— Ça ne plairait pas à Lissa… et ça ne me plaît pas non plus.

— On est tous amenés à faire des choses qui ne nous plaisent pas. C'est la vie…

Son commentaire me rendit ma verve.

— À quoi tu joues ? T'as eu une révélation ? T'as vu la lumière ?

Lui recouvra son sourire sarcastique.

— Sans ta tendance psychotique, tu serais plutôt rigolote à fréquenter…

— C'est marrant, je me disais la même chose de toi…

Il ne répondit rien, mais son sourire s'élargit, puis il s'éloigna.

Chapitre 17

Quelques jours plus tard, Lissa me tomba dessus à l'entrée du réfectoire pour m'annoncer une nouvelle extraordinaire.

— Oncle Victor vient chercher Natalie le week-end prochain pour l'emmener faire du shopping à Missoula avant le bal ! Ils m'ont invitée à les accompagner.

Elle parut surprise que je ne réponde rien.

— N'est-ce pas génial ?

— Pour toi, oui. Moi je ne vois ni bal ni magasins dans mon avenir.

Elle trépignait d'excitation.

— Victor a proposé à Natalie d'emmener deux autres personnes et je l'ai convaincue de vous inviter, Camille et toi.

Je levai les mains au ciel.

— Génial ! Sauf que je n'ai même pas le droit d'aller à la bibliothèque après les cours… Personne ne me laissera partir pour Missoula !

— Oncle Victor pense qu'il peut convaincre Kirova de te laisser venir. Dimitri aussi va faire de son mieux.

— Dimitri ?

— Oui. Il doit m'accompagner si je quitte l'académie. (Elle m'offrit un sourire joyeux et interpréta mon attention pour Dimitri comme un intérêt pour son escapade.) Victor a résolu tous les problèmes avec la banque, et j'ai récupéré mes cartes de crédit ! Nous allons pouvoir faire les boutiques ! Et, s'ils te laissent aller à Missoula, ils t'autoriseront aussi à assister au bal…

— Depuis quand allons-nous à des bals ?

Jusqu'à présent, nous avions toujours refusé de participer aux événements officiels, qui étaient à mourir d'ennui, et je ne voyais pas pourquoi nous devions commencer.

— Nous n'y resterons pas… Tu sais bien que ça générera plein de fêtes parallèles… Nous filerons discrètement. (Elle poussa un soupir d'aise.) Mia est si jalouse qu'elle va finir par se rendre malade…

Elle continua à me parler des magasins où nous devions nous rendre et des robes que nous allions y acheter. Je dois avouer que j'étais assez joyeuse à l'idée d'avoir quelques nouveaux vêtements, mais je doutais beaucoup de pouvoir l'accompagner.

— Oh ! attends ! s'écria-t-elle, tout excitée. Il faut que tu voies ces chaussures que Camille m'a prêtées ! J'ignorais que nous faisions la même pointure… Une seconde !

Elle se mit à fouiller fébrilement dans son sac à dos, puis le jeta par terre en hurlant. Tout son contenu se répandit sur le sol : des livres, la paire de chaussures de Camille et un cadavre de colombe.

C'était l'une de ces colombes beiges qui se perchaient sur les fils électriques au bord des routes et nichaient dans les arbres du campus. Il y avait tant de sang sur son plumage que je fus bien incapable de deviner où elle était blessée. Qui aurait cru qu'un animal si petit pouvait contenir autant de sang ? En tout cas, elle était bel et bien morte.

Lissa, une main sur la bouche, la regardait avec des yeux démesurés.

— Quel salaud a pu faire ça ? demandai-je. (Sans hésitation, je ramassai un bâton, écartai le petit cadavre ensanglanté du chemin et entrepris de ranger ses affaires dans son sac, en évitant de penser aux germes que pouvait avoir laissés l'oiseau mort.) Mais pourquoi… ? Liss !

Je me jetai sur elle pour la retenir. Elle s'était agenouillée par terre et tendait la main vers la colombe sans avoir l'air de se rendre compte de ce qu'elle faisait. Son instinct était si puissant qu'il agissait sans la consulter.

— Lissa ! répétai-je en attrapant sa main encore tendue vers le petit cadavre. Ne fais pas ça.

— Je peux la sauver…

— Non, tu ne peux pas. Tu me l'as promis, tu t'en souviens ? Certaines choses doivent rester mortes. Laisse-la partir. (La sentant toujours crispée, je me mis à la supplier.) S'il te plaît, Lissa ! Tu m'avais promis de ne plus le faire…

Elle finit par se détendre.

— Je déteste tout ça, Rose, murmura-t-elle en s'abandonnant contre mon épaule.

Natalie s'approcha de nous à grands pas sans se douter du spectacle macabre qui l'attendait.

— Salut les… Oh ! mon Dieu ! hurla-t-elle en voyant la colombe. Mais qu'est-ce que c'est que ça ?

J'aidai Lissa à se relever.

— Une autre… blague.

— Est-ce qu'elle est morte ? s'inquiéta Natalie avec une grimace de dégoût.

— Oui, affirmai-je résolument.

Alors Natalie remarqua nos airs bizarres.

— Est-ce qu'il y a autre chose qui ne va pas ?

— Rien, lui assurai-je en tendant son sac à Lissa. Ce n'est qu'une plaisanterie de très mauvais goût. Je vais prévenir Kirova pour qu'elle fasse nettoyer tout ça.

— Mais pourquoi te fait-on ça ? s'insurgea Natalie. C'est horrible !

Je jetai un regard inquiet à Lissa.

— Aucune idée, lui répondis-je.

Tout en me dirigeant vers le bureau de Kirova, je commençai à réfléchir. Lorsque nous avions trouvé le renard, Lissa avait émis l'hypothèse que quelqu'un connaissait peut-être l'incident de la corneille. Sur le coup, je n'avais pas voulu y croire. Nous étions seules dans les bois et il était impensable que Mme Karp en ait parlé à quelqu'un. Mais si Lissa avait raison ? Alors, la personne qui déposait ces cadavres ne le faisait peut-être pas pour l'effrayer, mais plutôt pour savoir si elle saurait de nouveau les ressusciter… Que disait le message du lapin, déjà ? « Je sais ce que tu es. »

Estimant que Lissa ne pouvait supporter plusieurs théories de conspiration le même jour, j'évitai de lui faire part de mes pensées. D'ailleurs, le lendemain, une nouvelle sensationnelle lui fit presque oublier la colombe : Kirova avait accepté que je prenne part à l'expédition du week-end. La perspective d'une journée de shopping suffisant à alléger bien des situations, j'oubliai à mon tour le meurtre de l'oiseau et mes propres soucis.

Le moment venu, néanmoins, je découvris que ma journée de détente n'en serait pas tout à fait une.

— Mme le proviseur Kirova est satisfaite de ton comportement depuis ton retour, m'annonça Dimitri.

— En dehors de la bagarre que j'ai provoquée dans le cours de M. Nagy, tu veux dire ?

— Elle ne t'en veut pas pour ça, ou disons plutôt que tu n'es pas la seule après qui elle en ait. J'ai réussi à la convaincre que tu avais besoin de faire une pause… et que cette journée pourrait te servir d'exercice de terrain.

— Un « exercice de terrain » ?

Il me fournit une brève explication tandis que nous marchions pour rejoindre les autres. Victor Dashkov, plus malade que jamais, nous attendait avec ses gardiens. De loin, je vis Natalie lui foncer dessus comme un boulet de canon. Victor la serra prudemment dans ses bras jusqu'à ce qu'une quinte de toux mette fin à leur embrassade. Préoccupée, Natalie ne le quitta pas des yeux avant qu'il ait repris son souffle.

Devant l'inquiétude de sa fille, il nous assura qu'il se sentait en état de faire le voyage et j'admirai sa détermination, même si j'estimais qu'il se ruinait la santé en voulant faire plaisir à une bande d'adolescentes.

Nous quittâmes l'académie au lever du jour dans un car spécialement affrété pour nous et équipé de vitres teintées. Les Moroï ne vivaient pas tous à l'écart des humains, et il fallait sortir en plein jour si l'on voulait faire du shopping dans leurs magasins. Missoula se trouvait à deux heures de route de l'académie.

Nous étions neuf : Lissa, Victor, Natalie, Camille, Dimitri, moi et trois autres gardiens. Deux d'entre eux, Ben et Spiridon, étaient les gardiens personnels de Victor. Le troisième était l'un de ceux de l'école : Stan, le salaud qui m'avait humiliée le premier jour de notre retour.

— Camille et Natalie n'ont pas encore de gardiens attitrés, m'expliqua Dimitri. Puisqu'elles sont toutes les deux sous la protection de l'académie, celle-ci doit leur fournir un gardien lorsqu'elles en quittent les murs – en l'occurrence, Stan. Quant à moi, je suis là en tant que gardien personnel de Lissa. Il est rare que les filles de son âge en aient un, mais les circonstances ont rendu Lissa assez exceptionnelle…

Je pris place au fond du car entre Spiridon et lui pour qu'ils me dispensent un peu de leur sagesse de gardiens, en préparation à l'« exercice de terrain ». Ben et Stan s'installèrent juste derrière le conducteur et les Moroï se regroupèrent au milieu du véhicule.

Lissa et Victor discutèrent longuement des dernières nouvelles du conseil. Camille, à qui l'on avait appris à être polie devant ses aînés, se contenta de les écouter en hochant la tête et en souriant.

Natalie, au contraire, semblait malheureuse d'être délaissée et passa son temps à essayer d'attirer l'attention de son père. Cela ne fonctionna pas; il semblait avoir pris l'habitude de faire abstraction de ses bavardages.

— Lissa devrait avoir deux gardiens, comme les autres princes et princesses, fis-je remarquer en tournant mon attention vers Dimitri.

Spiridon avait à peu près l'âge de mon mentor, des cheveux blonds coupés en brosse et une attitude plus décontractée. Son nom était d'origine grecque, mais il avait l'accent du sud des États-Unis.

— Ne t'en fais pas: elle aura tout ce qu'il lui faudra le moment venu. On lui a déjà attribué Dimitri et il y a de fortes chances pour que tu restes auprès d'elle à la fin de vos études... C'est d'ailleurs pour ça que tu es là aujourd'hui.

— L'exercice de terrain.

— C'est ça. Tu vas être la partenaire de Dimitri.

Sa phrase provoqua un silence gêné que Dimitri et moi fûmes sans doute les seuls à remarquer. Nos regards se croisèrent.

— Partenaire de terrain, précisa inutilement Dimitri, comme si lui-même avait eu autre chose en tête.

— C'est ça, confirma Spiridon.

Complètement imperméable à la tension qui régnait au fond du car, il expliqua comment les gardiens travaillaient en binôme. J'avais déjà étudié ce qu'il me disait dans mon manuel, mais le fait d'être sur le point de le mettre en application dans le monde réel donna plus de poids à ses mots. Le nombre de gardiens que les Moroï se voyaient attribuer dépendait de leur importance. Le travail en duo était une situation très classique, à laquelle j'allais sans doute être régulièrement confrontée en protégeant Lissa. L'un des deux gardiens restait constamment proche de la cible tandis que l'autre prenait un peu de distance pour surveiller les environs. Sans grande imagination, ces deux postes étaient désignés par les termes gardien « rapproché » et gardien « éloigné ».

— Tu seras probablement toujours une gardienne rapprochée, m'annonça Dimitri. Puisque tu es une fille et, qui plus est, du même âge que la princesse, il t'est facile de rester près d'elle sans attirer l'attention.

— Et je suis censée ne jamais vous quitter des yeux, ni elle ni toi, conclus-je.

Spiridon éclata de rire.

— C'est une élève brillante que tu as là ! s'écria-t-il en donnant un coup de coude à Dimitri. Est-ce que tu lui as donné un pieu ?

— Non. Elle n'est pas prête.

— Je le serais si une certaine personne voulait bien m'expliquer comment on s'en sert…, grinçai-je.

Je savais parfaitement que tous les gardiens de ce car portaient un pistolet et un pieu à la ceinture.

— Il ne s'agit pas seulement de savoir le manier, me répondit Dimitri avec son sérieux habituel. Tu dois encore apprendre à neutraliser un Strigoï et te préparer mentalement à le tuer.

— Pourquoi lui laisserais-je la vie sauve ?

— La plupart des Strigoï sont des Moroï qui se sont transformés volontairement, ou qui l'ont été de force… Ce que je veux dire, c'est qu'il y a toujours de fortes chances pour que tu connaisses au moins l'un d'eux. Te sens-tu capable de tuer quelqu'un que tu connais ?

Ce voyage était de moins en moins amusant.

— Je crois… Je n'aurais pas le choix, de toute manière… Si c'était Lissa ou lui…

— Mais tu risquerais d'hésiter. Et cette hésitation pourrait te coûter la vie, ainsi que celle de Lissa.

— Alors, comment fait-on pour ne pas hésiter ?

— Tu dois te répéter que cette personne n'est pas celle que tu as connue, qu'elle est devenue une créature perverse, contre nature et maléfique. Tu dois oublier tous tes liens affectifs et te contenter de faire le nécessaire. S'il restait la moindre parcelle de son ancienne identité à cette personne, elle t'en serait probablement reconnaissante.

— Que je la tue ?

— Si quelqu'un te transformait en Strigoï de force, que voudrais-tu ?

Ne sachant pas quoi répondre, je gardai le silence. Il poursuivit sans me quitter des yeux.

— Que souhaiterais-tu si l'on voulait te transformer en Strigoï contre ta volonté ? si tu étais sur le point de perdre le sens du bien et du mal et toutes tes convictions morales ? si tu savais que tu allais passer le reste de ta vie, une vie éternelle, à tuer des innocents ? Dis-moi, que voudrais-tu ?

Un silence très gênant s'était abattu sur le car. En regardant Dimitri, étourdie par ses questions, je compris subitement pourquoi il m'attirait tant, indépendamment de son physique.

C'était la seule personne que je connaissais qui prenait son travail de gardien avec autant de sérieux et comprenait les conséquences dramatiques que la moindre décision pouvait avoir. Cela échappait à tous les novices. Même Mason n'avait pas saisi pourquoi je n'arrivais pas à me détendre à la fête de Lissa. Dimitri m'avait dit un jour que je comprenais mieux mon devoir que beaucoup de gardiens plus âgés que moi. Je n'avais pas vu pourquoi, puisque je n'avais pas encore leur expérience du danger et de la mort. En cet instant, j'eus soudain l'impression qu'il avait raison, qu'il y avait en moi comme un sens instinctif de la vie, de la mort, et de la manière dont le bien et le mal s'imbriquaient dans le monde.

Lui aussi en était conscient. Il nous arriverait souvent de nous sentir seuls et de devoir renoncer à nos « amusements ». Nous n'allions pas pouvoir choisir notre vie, mais nous savions que c'était nécessaire. Nous nous comprenions l'un l'autre et comprenions également, au plus profond de nous, que nous avions des vies à protéger.

La réponse à sa question n'était qu'un cas particulier de cette règle générale.

— Si on me transformait en Strigoï, je voudrais que quelqu'un me tue.

— Moi aussi, répondit-il gravement.

Son regard m'assura qu'il venait de penser la même chose que moi, et cela ne fit que souligner notre complicité.

— Ça me rappelle l'histoire de Mikhail et Sonya, murmura Victor d'un air pensif.

— Qui sont Mikhail et Sonya ? l'interrogea Lissa.

Victor parut surpris.

— Je croyais que tu le savais. Sonya Karp.

— Sonya Kar… Mme Karp ? Quelle histoire ?

Le regard nerveux de Lissa passa du visage de son oncle au mien.

— Elle… est devenue une Strigoï, avouai-je en détournant les yeux. Volontairement.

Je savais bien que Lissa finirait par le découvrir tôt ou tard. C'était le dernier chapitre de la saga de Mme Karp et un secret que j'avais gardé pour moi. Un secret qui m'avait rongée… Je lus une immense stupeur sur le visage de Lissa et la ressentis de manière amplifiée, par l'intermédiaire de notre lien, lorsqu'elle prit conscience que je lui avais caché cela.

— Mais je ne sais pas qui est Mikhail, ajoutai-je pour ma défense.

— Mikhail Tanner, précisa Spiridon.

— Ah ! le gardien Tanner ! m'écriai-je. Je me souviens de lui. Il était là avant notre départ. Que s'est-il passé avec Mme Karp ?

— C'est lui qui l'a tuée, répondit froidement Dimitri. Et ils étaient amants.

L'interrogatoire qu'il venait de me faire subir se présenta à moi sous un jour nouveau. C'était une chose de rencontrer un Strigoï que je connaissais de vue dans la fièvre de la bataille, c'en serait une tout autre de traquer délibérément quelqu'un que j'aurais aimé. Cela, je n'étais pas sûre d'en être capable, même en étant convaincue que c'était mon devoir.

— Il est peut-être temps de parler d'autre chose, intervint Victor avec douceur. La journée est mal choisie pour ressasser des sujets déprimants.

J'eus l'impression que nous fûmes tous soulagés d'atteindre la galerie marchande. Je m'efforçai d'entrer dans la peau de mon personnage de garde du corps tandis que je suivais Lissa de boutique en boutique, à la découverte des nouvelles tendances. J'étais vraiment ravie de me retrouver avec elle loin de l'académie et de ses intrigues tordues, au point que j'eus presque l'impression d'être revenue au bon vieux temps. L'insouciance et ma meilleure amie m'avaient manqué.

Même si nous n'étions encore qu'à la mi-novembre, la galerie avait déjà installé toutes ses décorations de Noël. En regardant clignoter les guirlandes, je décidai qu'il n'existait pas de plus beau métier au monde que le mien. Un peu plus tard, je me sentis un peu hors jeu, en découvrant que les autres gardiens communiquaient entre eux à l'aide d'appareils miniaturisés. Je résolus d'aller me plaindre auprès de Dimitri, qui se contenta de me répondre que j'apprendrais mieux sans. Si j'étais capable de protéger Lissa à l'ancienne, je serais capable de tout.

Victor et Spiridon restèrent avec nous tandis que Ben et Dimitri arpentaient un périmètre plus large en évitant, par je ne sais quel miracle, d'avoir l'air de maniaques traquant une bande d'adolescentes.

— Il est fait pour toi ! s'écria Lissa dans un magasin en me montrant un bustier agrémenté de dentelles. Je te l'offre !

Je me voyais déjà dedans, mais secouai tristement la tête après avoir échangé avec Dimitri le signe convenu pour lui indiquer qu'il n'y avait rien à signaler.

— L'hiver approche, m'excusai-je. Je vais attraper froid.

— Ça ne t'avait jamais arrêtée, jusque-là…

Lissa reposa le bustier en haussant les épaules. Camille et elle, à qui leurs comptes en banque assuraient que le prix ne serait jamais un problème, essayèrent un nombre vertigineux de vêtements. Lissa insista pour m'offrir tout ce que je voulais. Comme nous étions généreuses l'une envers l'autre depuis l'enfance, je n'hésitai pas à en profiter. Mes choix la surprirent.

— Nous avons là trois chemises polaires et une veste à capuche, conclut-elle en inspectant mes sacs. Tu es en train de devenir infréquentable à mes frais.

— Eh ! je ne t'ai pas vue acheter de bustier sexy non plus ! me défendis-je.

— Ce n'est pas moi qui les porte, d'habitude…

— Je te remercie…

— Tu vois très bien ce que je veux dire. Tu as même commencé à porter tes cheveux relevés.

C'était vrai. J'avais suivi le conseil de Dimitri et pris l'habitude de faire une sorte de chignon qui m'avait valu l'un de ses sourires quand il s'en était aperçu. Grâce à cette coiffure, mes cheveux n'auraient pas dissimulé mes molnija si j'en avais eu à exhiber.

Tout à coup, je sentis Lissa perdre de sa légèreté.

— Tu savais pour Mme Karp, me chuchota-t-elle après s'être assurée que personne ne nous entendait.

— Oui. Je l'ai appris environ un mois après son départ.

Lissa jeta un jean brodé sur son bras.

— Pourquoi ne me l'as-tu pas dit ? insista-t-elle sans me regarder.

— Tu n'avais pas besoin de le savoir.

— Tu as cru que je ne pourrais pas le supporter.

Je fis de mon mieux pour rester impassible tandis que mon esprit revenait deux ans en arrière. C'était lors de mon deuxième jour de punition pour avoir prétendument saccagé la chambre de

Wade, et une délégation royale rendait une visite à l'académie. Comme cette année, j'avais été autorisée à assister à la réception, mais on m'avait placée sous bonne garde pour s'assurer que je « ne tenterais rien ».

Les deux gardiens qui m'avaient escortée jusqu'au réfectoire avaient discuté entre eux pendant tout le trajet.

« — *Elle a tué le médecin qui s'occupait d'elle et a bien failli massacrer les patients et les infirmières en s'échappant.*

— *Savent-ils où elle est partie ?*

— *Non. Ils essaient de retrouver sa trace... mais tu sais comment c'est.*

— *Je n'aurais jamais cru qu'elle en arriverait là...*

— *Sonya était folle, personne ne l'ignorait. As-tu remarqué comme elle pouvait être violente, sur la fin ? Elle était devenue capable de tout.*

J'avais brusquement relevé la tête.

— *Sonya ? Vous voulez dire Mme Karp ?* m'étais-je écriée. *Elle a tué quelqu'un ?*

Les deux gardiens s'étaient regardés, puis l'un d'eux m'avait répondu d'une voix grave.

— *C'est devenu une Strigoï, Rose.*

Je m'étais arrêtée net.

— *Mme Karp ? Ce n'est pas possible ! Elle n'aurait jamais...*

— *Et pourtant si*, avait ajouté l'autre. *Mais tu devrais garder cela pour toi. C'est une tragédie... Ne la transforme pas en ragot.*

J'avais passé le reste de la soirée dans un état second. Mme Karp. Karp la Folle. Elle avait tué quelqu'un pour devenir une Strigoï. Je n'arrivais vraiment pas à le croire.

Vers la fin de la réception, j'avais réussi à échapper à mes gardiens pour profiter de quelques précieux instants avec Lissa. Notre lien s'était déjà beaucoup développé et je n'avais pas eu besoin de voir son visage pour savoir que cela n'allait pas.

— *Que se passe-t-il ?* lui avais-je demandé.

Nous nous étions cachées dans un renfoncement du couloir près des portes du réfectoire où la fête se terminait. Lissa avait les yeux hagards et une migraine qu'elle me communiqua à travers le lien.

— *Je ne sais pas. Je me sens bizarre... J'ai l'impression qu'on me suit, qu'il faut que je me méfie de tout... Tu comprends?*

Je n'avais pas su quoi lui répondre. Je ne la croyais pas suivie et la paranoïa de Mme Karp hantait mon esprit.

— *Ce n'est sûrement pas grand-chose...*

— *Sûrement...*, avait-elle murmuré avant de céder à une panique soudaine. *Mais Wade va nous causer des ennuis! Il va finir par dire ce qui s'est passé pendant la soirée! Tu ne croiras jamais ce qu'il ose raconter sur toi...*

En réalité, je n'avais aucun mal à l'imaginer, mais Wade était le cadet de mes soucis.

— *Oublie-le. C'est un minable.*

— *Je le hais!* avait-elle ajouté d'une voix étonnamment dure. *On m'a associée à lui pour faire un exposé. Je déteste l'entendre baver sur toi chaque jour et le voir courir après toutes les jupes qui passent à sa portée... Tu n'aurais pas dû être punie à sa place. Il doit payer pour ce qu'il a fait.*

J'en étais restée bouche bée.

— *Je m'en fous, je t'assure*, avais-je fini par balbutier. *Calme-toi, Liss...*

— *Mais moi, je ne m'en fous pas!* avait-elle répliqué en retournant sa colère contre moi. *J'aimerais trouver un moyen de me venger de lui... de lui causer autant de mal qu'il t'en a fait.*

Elle avait croisé les mains dans son dos et s'était mise à faire les cent pas en bouillonnant de rage. Le mélange instable de ses sentiments, révélé par notre lien, m'avait terrorisée. Je n'avais pu en déduire qu'une évidence inquiétante : Lissa voulait désespérément faire quelque chose et ne savait pas quoi. J'avais repensé à la batte de base-ball dans la main de Wade, puis à Mme Karp.

"C'est devenu une Strigoï, Rose."

Cette minute avait été la plus terrifiante de ma vie, pire que la scène à laquelle j'avais assisté dans la chambre de Wade, pire que la résurrection de la corneille. En cette minute, j'avais subitement compris que je ne connaissais pas ma meilleure amie et n'avais aucune idée de ce dont elle était capable. Un an plus tôt, j'aurais ri si quelqu'un m'avait dit qu'elle risquait de se transformer un jour en Strigoï. Mais j'aurais tout autant ri si on m'avait dit qu'elle se tailladerait les poignets ou voudrait se venger de quelqu'un.

Comme je la croyais désormais capable de tout, je devais m'assurer qu'elle ne ferait rien.

"Sauve-la ! Sauve-la d'elle-même…"

— *Nous partons*, avais-je déclaré en l'entraînant par le bras. *Tout de suite.*

La surprise l'avait détournée de sa colère.

— *Que veux-tu dire ? Nous allons dans les bois, c'est ça ?*

Je n'avais pas répondu. Tout mon être devait respirer la détermination, parce qu'elle n'avait plus dit un mot tandis que je l'entraînais hors du bâtiment et traversais le campus au pas de course jusqu'au parking des visiteurs. Grâce à la réception, il était plein. J'avais repéré un chauffeur en train de démarrer son véhicule.

— *L'un des invités part en avance*, avais-je fait remarquer en jetant un coup d'œil par-dessus les buissons derrière lesquels nous nous étions cachées. (Il n'y avait encore personne dans l'allée.) *Il ou elle ne devrait plus tarder…*

Lissa n'avait compris qu'à cet instant.

— *Quand tu dis "nous partons", tu veux dire… Non, Rose ! Nous ne pouvons pas quitter l'académie ! Nous ne parviendrons jamais à passer les protections ni les points de contrôle…*

— *Ce ne sera pas nécessaire puisque lui le peut*, avais-je répondu en désignant le chauffeur de la voiture.

—*En quoi est-ce que ça nous aide?*

J'avais pris une profonde inspiration en regrettant par avance ce que j'allais dire. Ma seule excuse était que cela me semblait un moindre mal.

—*Tu sais comment tu as fait pour obliger Wade à saccager sa chambre?* (Elle avait acquiescé après une courte hésitation.) *J'ai besoin que tu recommences. Va voir ce chauffeur et demande-lui de nous cacher dans son coffre.*

Son esprit s'était affolé. Elle n'avait pas compris ce que je lui demandais et elle avait eu peur, très peur. Mais elle avait peur depuis des semaines déjà, depuis la corneille, ses sautes d'humeur et l'épisode de la chambre de Wade. En proie à la plus grande confusion, une seule vérité demeurait inébranlable chez elle: elle avait confiance en moi. Lissa était absolument certaine que je saurais veiller sur elle.

—*D'accord*, avait-elle fini par murmurer. (Elle avait fait quelques pas vers la voiture, puis s'était retournée vers moi.) *Pourquoi? Pourquoi faisons-nous ça?*

J'avais songé à sa colère, à son désir de se venger de Wade par n'importe quel moyen, puis à Mme Karp, la si jolie et si instable Mme Karp, qui avait fini par se transformer en Strigoï.

—*Je te protège*, avais-je répondu. *Tu n'as pas besoin d'en savoir plus.* »

Dans le magasin de Missoula, entre deux présentoirs de vêtements de créateurs, Lissa reposa sa question.

—Pourquoi ne m'as-tu rien dit?

—Tu n'avais pas besoin de le savoir.

—Tu as déjà peur que je perde la tête, me chuchota-t-elle en se dirigeant vers les cabines d'essayage. Est-ce que je dois en déduire que tu as aussi peur que je devienne une Strigoï?

—Je t'assure que non. C'était sa forme de folie... Je sais bien que tu ne ferais jamais une chose pareille.

—Même si je perdais la tête?

— Oui, lui assurai-je en essayant de tourner cela à la plaisanterie. Tu te contenterais de te raser la tête et de vivre avec trente chats.

Lissa n'ajouta rien, mais je sentis son humeur s'assombrir un peu plus. Devant les cabines d'essayage, elle repéra une robe noire qui lui rendit un peu de sa gaieté.

— C'est la robe pour laquelle tu es née ! déclara-t-elle. Et je me moque que tu ne la trouves pas pratique pour bouger.

Elle était en satin noir, sans manches et tombait juste au-dessus du genou. Malgré un ourlet qui lui donnait du volume, elle promettait d'être très moulante et ne manquerait pas de transgresser le code vestimentaire de l'académie. Supersexy.

— Cette robe est faite pour moi, admis-je.

Je continuai à la contempler en la désirant si fort que j'en avais mal dans la poitrine. C'était le genre de vêtement qui pouvait changer le monde et lancer une nouvelle religion...

— Essaie-la ! m'ordonna Lissa lorsqu'elle eut trouvé ma taille.

Je secouai la tête et commençai à la reposer.

— Je ne peux pas. Ça compromettrait ta sécurité. Aucune tenue, si magnifique soit-elle, ne vaut que tu meures dans d'atroces souffrances.

— Alors, nous allons l'acheter sans que tu l'essaies, décréta-t-elle en allant la payer.

À mesure que la journée s'écoulait, je commençai à être fatiguée et à trouver mon travail beaucoup moins amusant. Lorsque nous entrâmes dans la bijouterie qui devait être notre dernier arrêt, j'éprouvai un profond soulagement.

— Et voilà ! s'écria Lissa en me montrant l'une des vitrines. Le pendentif fait pour aller avec ta robe !

Je me penchai sur l'objet. Une rose en or incrustée de diamants pendait au bout d'une chaîne d'une finesse incroyable.

— Je déteste les roses.

Lissa avait toujours adoré m'offrir des trucs en forme de rose, pour le seul plaisir de voir ma tête, avais-je fini par suspecter. Son sourire disparut dès qu'elle vit le prix du pendentif.

— Tiens, tiens, la taquinai-je. On dirait que même ton compte a des limites… Je me réjouis que ta folie dépensière touche à son terme.

Il nous fallut attendre que Victor et Natalie nous rejoignent. Il lui avait apparemment acheté quelque chose parce que Natalie avait l'air si heureuse que je m'attendais à lui voir pousser des ailes à tout instant. J'étais contente pour elle. Elle réclamait si désespérément son attention… Avec un peu de chance, il lui avait acheté quelque chose d'affreusement cher pour compenser son manque.

Le retour à l'académie se fit dans un silence qui trahissait notre épuisement. En plus d'une journée passée à piétiner, nous avions fait une nuit blanche à cause de nos horaires inversés. Encore assise à côté de Dimitri, je m'étirai en bâillant et m'abandonnai contre le dossier du siège, tout à fait consciente que nos bras se touchaient. Notre complicité était plus évidente que jamais.

— Alors, je ne pourrai plus jamais essayer de vêtements ? lui demandai-je à voix basse pour ne pas réveiller les filles, qui s'étaient toutes les trois endormies.

— Seulement sur ton temps libre, quand tu n'es pas en service.

— Mais je ne veux pas de temps libre ! protestai-je avec un nouveau bâillement. Je ne veux pas quitter Lissa… As-tu vu cette robe ?

— J'ai vu la robe.

— Est-ce qu'elle te plaît ?

Je pris son absence de réponse pour un « oui ».

— Crois-tu que je vais mettre ma réputation en danger si je la porte pour le bal ?

— C'est l'académie tout entière que tu vas mettre en danger, répondit-il d'une voix à peine audible.

Je m'endormis le sourire aux lèvres.

À mon réveil, ma tête reposait sur son épaule et son long manteau me tenait lieu de couverture. Le car venait de s'arrêter ; nous étions de retour à l'académie. Je me dégageai de son manteau et le suivis dehors en me sentant d'humeur légère. Malheureusement, ma journée de liberté touchait à sa fin.

— Retour en prison, soupirai-je en raccompagnant Lissa à son dortoir. Et si tu faisais semblant d'avoir une crise cardiaque ? Je pourrais peut-être m'échapper...

— Sans tes vêtements ? me taquina-t-elle en faisant joyeusement tournoyer mon sac avant de me le tendre. Je suis impatiente de voir la robe sur toi !

— Moi aussi ; s'ils me laissent aller au bal. Kirova n'a toujours pas décidé si j'ai été assez sage.

— Montre-lui les chemises affreuses que tu as achetées : elle va en faire une attaque. Je t'assure que je n'en étais pas loin...

J'éclatai de rire et sautai sur le banc devant lequel nous passions.

— Elles ne sont pas si affreuses..., me défendis-je.

J'en descendis d'un bond.

— Je ne sais pas trop quoi penser de la nouvelle Rose, si sérieuse et si responsable...

Je grimpai sur le banc suivant.

— Je ne suis pas si sérieuse...

— Hé ! m'interpella Spiridon, qui nous suivait avec le reste du groupe. Tu es toujours en service. Arrête tes bêtises...

— Mais personne ne fait de bêtises ici ! m'insurgeai-je en comprenant, au ton de sa voix, que mes acrobaties l'amusaient. Je jure que... Merde !

J'étais presque arrivée à l'extrémité du troisième banc. Alors que je pliais les jambes pour sauter par terre, mon pied refusa de suivre. Ma jambe traversa une latte, qui paraissait pourtant solide, comme s'il s'agissait d'une vulgaire feuille de papier. Ma cheville resta prise dans l'étau tandis que mon corps poursuivait son mouvement en avant. Je tombai la tête la première et entendis un craquement qui ne pouvait pas provenir du bois.

Mon corps fut soudain traversé par la pire douleur de ma vie, puis je m'évanouis.

Chapitre 18

J'ouvris les yeux sur le plafond maussade de l'infirmerie. La lumière était tamisée. Je me sentais bizarre, un peu désorientée, mais je ne ressentais plus aucune douleur.

— Rose…

Cette voix me fit l'effet d'une caresse sur la peau. Douce. Suave. Je tournai la tête pour plonger les yeux dans ceux de Dimitri. Il était assis dans un fauteuil près de mon lit et ses cheveux, exceptionnellement détachés, lui encadraient le visage.

— Salut…

Je fus surprise de m'entendre une voix si éraillée.

— Comment te sens-tu ?

— Bizarre. Un peu étourdie.

— Le docteur Olendzki t'a administré un calmant contre la douleur. Tu avais l'air en piteux état quand on t'a amenée ici…

— Je ne m'en souviens pas… Je suis restée combien de temps dans les vapes ?

— Quelques heures.

— J'ai dû prendre un sacré coup ! (Les détails me revinrent peu à peu. Le banc. Ma cheville coincée. Après cela, tout était très flou. Une impression de chaud, puis de froid, puis encore de chaud. Je remuai prudemment les doigts de pied.) Je n'ai plus du tout mal…

Il secoua la tête.

— C'est normal, puisque tu n'es pas blessée.

Le craquement de ma cheville me revint à l'oreille.

— Tu es sûr ? Je me souviens… l'angle de ma chute… Ce n'est pas possible ! Je dois avoir un truc de cassé. (Je me redressai pour examiner ma jambe.) Au moins une foulure…

Il tendit la main pour m'arrêter.

— Sois prudente. Ta cheville va bien mais le calmant doit encore agir.

Je m'assis au bord du lit le plus lentement possible et baissai les yeux. Mon jean avait été roulé pour dégager ma cheville, qui semblait parfaitement normale, quoiqu'un peu rouge.

— On peut dire que j'ai eu de la chance ! Une jambe cassée m'aurait privée d'entraînements pour un bon moment…

Il s'appuya contre le dossier de son fauteuil en souriant.

— Je sais. Tu ne cessais de le répéter quand je t'ai portée à l'infirmerie. Tu avais l'air très contrariée…

— Tu… m'as portée ?

— Après avoir fracassé le banc pour dégager ton pied.

Mince. J'avais raté plein de choses… Une seule chose m'excitait plus que d'imaginer Dimitri en train de me porter, c'était de l'imaginer torse nu en train de me porter.

Ce fut alors que le ridicule de la situation me frappa.

— J'ai été vaincue par un banc, grommelai-je.

— Quoi ?

— Je survis une journée entière à protéger Lissa, et vous avez même dit que j'avais fait du bon travail, puis je reviens ici et je rencontre mon destin sous la forme d'un banc. Comprends-tu à quel point c'est embarrassant ? Et devant tous ces gens, en plus…

— Tu n'y es pour rien, me consola-t-il. Personne ne savait que ce banc était pourri. Il avait l'air parfaitement normal…

— Peut-être. Mais j'aurais dû marcher dans l'allée comme toute personne normale. Les autres novices vont se foutre de moi.

Il esquissa un sourire.

— Est-ce que des cadeaux t'aideraient à retrouver ta bonne humeur ?

— « Des cadeaux » ? m'écriai-je en me redressant.

Il recouvra son sérieux et me tendit une petite boîte, accompagnée d'un mot.

— De la part du prince Victor.

Surprise que Victor m'offre quelque chose, je commençai par lire le mot, hâtivement écrit au crayon.

« Rose,

Je suis heureux que tu sois sortie indemne de cette chute. C'est un véritable miracle. Une bonne étoile veille sur toi, et Vasilisa a beaucoup de chance de t'avoir. »

— C'est gentil à lui, déclarai-je en ouvrant la boîte. (J'écarquillai les yeux devant son contenu.) C'est très gentil !

C'était le pendentif en forme de rose que Lissa avait voulu m'offrir et estimé au-dessus de ses moyens. Je le sortis de la boîte pour admirer ses diamants sous la lumière.

— C'est même assez disproportionné pour un cadeau de convalescence..., ajoutai-je en me souvenant de son prix.

— Il avait l'intention de te l'offrir pour te féliciter de ta prestation pendant ton premier jour de travail. Il vous a vues le regarder avec Lissa.

— Ça alors ! Je ne croyais pas avoir fait un si bon travail !

— Moi si.

Je rangeai le pendentif dans sa boîte et la posai sur la table de chevet avec un sourire béat.

— Tu as bien dit « des » cadeaux, n'est-ce pas ? C'est-à-dire plus d'un…

Il éclata franchement de rire et ce son m'enveloppa comme une caresse. Comme j'aimais l'entendre rire !

— Et ça, c'est de ma part.

Il me tendit un petit sac en papier. Je l'ouvris fébrilement et y découvris un bâton de rouge à lèvres, de ma couleur préférée. Je m'étais plainte d'innombrables fois devant lui d'arriver au bout de mon tube, sans avoir jamais songé qu'il pouvait m'écouter.

— Comment as-tu réussi à l'acheter ? Je ne t'ai pas quitté des yeux…

— Secret de gardien.

— Et c'est pour fêter quoi ? Mon premier jour de travail ?

— Non. J'ai seulement pensé que ça te ferait plaisir.

Je me penchai pour le serrer dans mes bras sans réfléchir à ce que je faisais.

— Merci…

À en juger par sa raideur, je l'avais pris par surprise, comme moi-même, d'ailleurs. Mais il finit par se détendre et je crus mourir en le sentant poser ses mains sur mes hanches.

— Je suis content que tu sois indemne. (Sa voix me donna l'impression que ses lèvres étaient à quelques millimètres de mon oreille.) Quand je t'ai vue tomber…

— Tu t'es dit : « Quelle gourde ! »

— Pas exactement.

Il s'écarta légèrement pour mieux me regarder mais n'ajouta rien. Son regard sombre et intense m'embrasa instantanément. Lentement, avec prudence, ses doigts merveilleux approchèrent de mon visage et caressèrent ma joue. Je ne pus m'empêcher de frissonner. Alors il enroula une de mes mèches autour de son index comme il l'avait fait dans le gymnase.

Je déglutis et me forçai à détourner les yeux de ses lèvres. J'étais obsédée par l'idée de l'embrasser, qui m'excitait et m'effrayait à la fois. J'étais stupide : j'avais déjà embrassé bien des garçons et savais parfaitement qu'il n'y avait pas de quoi en faire tout un plat. Il n'y avait pas de raison pour qu'un garçon de plus, même plus âgé que moi, fasse une grosse différence. Pourtant, j'avais l'impression que le monde allait chavirer si nos lèvres se rencontraient.

Je m'empressai de m'écarter en entendant frapper à la porte. Le docteur Olendzki passa sa tête par l'entrebâillement.

— J'avais bien cru vous entendre parler. Comment te sens-tu ?

Elle approcha, me força à m'allonger, examina ma cheville, puis secoua la tête.

— Tu as eu de la chance… Étant donné les hurlements que tu poussais en arrivant, j'ai cru qu'on t'avait amputée. (Elle recula d'un pas.) Je préférerais que tu évites de t'entraîner demain mais, à part ça, je te déclare bonne pour le service.

Je soupirai de soulagement. Je n'avais aucun souvenir de ma crise d'hystérie, qui m'embarrassait assez, mais j'avais eu raison de craindre les conséquences que m'aurait values une jambe cassée. Il était vital que je passe mes examens au printemps, ce qui supposait que je tire tout le bénéfice possible de mes entraînements.

Le docteur Olendzki me tendit mon bon de sortie avant de quitter la pièce. Dimitri se leva pour aller chercher mes chaussures et mon blouson posés sur un autre fauteuil et je le regardai faire en m'abandonnant au souvenir de la scène qui s'était déroulée juste avant l'arrivée du médecin.

— Tu as un ange gardien, remarqua-t-il en me regardant enfiler mes chaussures.

— Je ne crois pas aux anges. Je ne crois qu'à ce que je peux faire moi-même.

— Alors disons que tu as un corps époustouflant. (Je lui jetai un regard interrogateur.) Par sa résistance, je veux dire. J'ai entendu parler de l'accident…

Il n'eut pas besoin de préciser de quel accident il s'agissait. C'était un sujet que je détestais aborder, mais Dimitri me donnait l'impression que je pouvais tout lui confier.

— Tout le monde a dit que je n'aurais pas dû survivre... étant donné l'angle de l'impact quand la voiture a heurté l'arbre et la place où j'étais assise. Lissa aurait dû être la seule à pouvoir s'en tirer. Pourtant, nous sommes toutes les deux sorties de la voiture avec seulement quelques égratignures...

— Et tu ne crois pas aux anges ni aux miracles...

— Non.

« C'est un véritable miracle. Une bonne étoile veille sur toi... »

En un instant, des dizaines d'idées se bousculèrent dans ma tête. J'avais peut-être un ange gardien, après tout...

Dimitri remarqua tout de suite mon changement d'état d'esprit.

— Qu'est-ce qui ne va pas ?

Je luttai contre les derniers effets du calmant pour tâcher de ressentir les émotions de Lissa. Elle était angoissée et bouleversée.

— Où est Lissa ? Est-elle venue ici ?

— Je ne sais pas où elle est en ce moment, mais elle ne s'est pas éloignée de toi un instant pendant que je t'amenais ici. Elle a attendu le médecin avec moi et tu t'es calmée dès qu'elle s'est assise près du lit.

Je fermai les yeux de peur de m'évanouir. Je m'étais calmée quand Lissa s'était assise près de moi parce qu'elle... m'avait guérie.

Exactement comme la nuit de l'accident.

Tout prenait un sens à présent. Je n'aurais pas dû survivre. C'était ce que tout le monde avait dit. De quoi avais-je souffert, en réalité ? D'hémorragies internes ? De fractures multiples ? Cela n'avait aucune importance, parce que Lissa m'avait réparée – comme elle réparait toujours tout. Voilà pourquoi je l'avais vue penchée au-dessus de moi quand je m'étais réveillée.

C'était sans doute aussi pour cette raison qu'elle s'était évanouie pendant qu'on nous emmenait à l'hôpital. Elle était restée faible plusieurs jours après et avait commencé à ressentir les premiers symptômes de sa dépression. Tout le monde avait pris cela comme une réaction normale au drame qui venait de frapper sa famille, mais je commençais à croire qu'il y avait autre chose, que le fait de m'avoir guérie avait joué un rôle.

Je me concentrai encore sur notre lien. Il fallait absolument que je la trouve, pour savoir comment elle allait. Ses émotions étaient liées à sa magie et elle avait dû en user largement pour guérir ma cheville.

Lorsque les dernières brumes du calmant se furent dissipées, je glissai brutalement dans son esprit. Cela m'était presque facile, désormais. Ses émotions me frappèrent avec une intensité que je ne leur avais jamais connue, pas même dans ses cauchemars.

Elle pleurait dans le grenier de la chapelle sans vraiment savoir pourquoi. Elle était heureuse et soulagée que je sois indemne et d'avoir pu me guérir. En même temps, elle se sentait terriblement faible, à la fois de corps et d'esprit. Elle avait une boule au creux de l'estomac, comme si elle venait de perdre une partie d'elle-même. Elle avait peur que je lui en veuille de s'être servie de ses pouvoirs. Elle redoutait la journée du lendemain, durant laquelle elle devrait faire semblant d'aimer des gens dont la vie consistait à dépenser l'argent de leurs parents en se moquant de ceux qui étaient moins beaux ou moins populaires qu'eux. Elle ne voulait pas aller au bal avec Aaron, et détestait qu'il la regarde avec adoration et qu'il la touche alors qu'elle n'éprouvait plus que de l'amitié pour lui.

La plupart de ses inquiétudes étaient parfaitement ordinaires, mais elles avaient un impact démesuré sur elle. Elle ne voyait pas comment y mettre de l'ordre ou les surmonter.

— Est-ce que ça va ?

Elle leva les yeux en écartant une mèche de cheveux collée sur sa joue humide. Christian se tenait dans l'encadrement de la porte. Elle s'était tant perdue en elle-même qu'elle ne l'avait pas entendu monter l'escalier. Son ressentiment se réveilla.

— Ça va, répondit-elle sèchement en essayant de retenir ses larmes pour ne pas se montrer faible devant lui.

Il croisa les bras et s'appuya contre le mur avec une expression insondable.

— Est-ce que… tu as envie de parler ?

Elle éclata de rire.

— Parce que tu as envie de parler, maintenant ? Alors que j'ai essayé tant de fois…

— Ce n'était pas ce que je voulais ! C'était à cause de Rose…

Il s'interrompit mais il était déjà trop tard.

Lissa alla se planter devant lui.

— Comment ça, Rose ?

Christian recouvra vite son masque d'indifférence.

— Rien. Oublie ça.

— Comment ça, Rose ? (Elle avait fait un pas de plus. Malgré sa colère, elle éprouvait toujours pour lui la même attirance inexplicable et en était la première surprise. Elle comprit soudain.) Elle t'y a obligé, c'est ça ? Elle t'a demandé de cesser de me parler.

— C'était sans doute mieux pour tout le monde, fit-il remarquer, sans la regarder. J'aurais gâché ton retour au sein de l'élite… Tu n'aurais jamais pu devenir celle que tu es aujourd'hui.

— Qu'est-ce que ça veut dire ?

— À ton avis ? Tu es Dieu. Les gens sont prêts à mourir pour vous, Votre Majesté !

— Tu ne crois pas que tu exagères un peu ?

— Vraiment ? Les élèves ne parlent que de ce que tu fais, de ce que tu dis et de ce que tu portes ! Ils se demandent qui tu aimes, qui tu détestes… Ce sont tous tes marionnettes.

— C'est faux ! Et puis je devais le faire… pour punir Mia…

— Tu ne sais même pas de quoi tu veux la punir, ricana-t-il en levant les yeux au ciel.

La colère de Lissa reprit le dessus.

— C'est elle qui a incité Jesse et Ralf à répandre ces horreurs sur Rose ! Elle devait payer pour ça.

— Rose est coriace. Elle s'en serait remise.

— Tu ne l'as pas vue, insista-t-elle. Elle pleurait...

— Et alors ? Ça arrive à tout le monde. Tu pleures en ce moment même.

— Ça n'arrive jamais à Rose.

Il esquissa un sourire.

— Vous êtes vraiment spéciales, toutes les deux... Toujours à vous inquiéter l'une de l'autre. Je le comprends de la part de Rose. Elle souffre d'une sorte de « complexe du gardien », mais tu es exactement comme elle...

— C'est mon amie.

— C'est peut-être aussi simple que ça. Mais comment pourrais-je le savoir ? (Son regard se perdit dans le vague le temps d'un soupir, puis il revint au mode sarcastique.) Peu importe. Mia. Tu t'es vengée de ce qu'elle a fait à Rose, mais tu es passée à côté de l'essentiel : pourquoi a-t-elle fait ça, à ton avis ?

Lissa fronça les sourcils.

— Parce qu'elle était jalouse que je sois sortie avec Aaron...

— Il y a plus que ça, princesse... Pourquoi aurait-elle été jalouse ? Elle l'avait déjà récupéré. Elle aurait pu se contenter de se coller à lui pour la galerie, exactement comme tu le fais en ce moment...

— Ça va... Qu'est-ce que je manque ? Pourquoi veut-elle détruire ma vie ? Je ne lui ai jamais rien fait... avant tout ça, je veux dire.

Il se pencha sur elle et plongea ses yeux clairs comme du cristal dans les siens.

— Tu as raison. Tu ne lui as rien fait, mais ce n'est pas le cas de ton frère.

—Tu ne sais rien de mon frère ! s'écria Lissa en s'écartant de lui.

—Je sais qu'il a couché avec Mia et qu'il s'est foutu d'elle.

—Tais-toi ! Tu mens !

—Je ne mens jamais. Je te le jure sur tout ce que tu veux. Il m'arrivait de discuter avec Mia quand elle était plus jeune… Elle n'était pas très populaire alors, mais elle était maligne, et elle l'est toujours. Elle multipliait les activités avec les Moroï de sang royal, les bals, les comités de soutien, ce genre de choses… Je ne connais pas toute l'histoire, mais elle a rencontré ton frère dans ces circonstances et ils sont sortis ensemble.

—C'est faux ! Je l'aurais su. André me l'aurait dit…

—Non. Parce qu'il ne l'a dit à personne, et qu'il lui a interdit d'en parler. Il l'a convaincue que c'était une sorte de secret romantique alors qu'il était seulement embarrassé de coucher avec une roturière.

—Si Mia t'a raconté ça, c'est elle la menteuse ! s'écria Lissa.

—Disons que je n'ai pas eu l'impression qu'elle mentait quand je l'ai vue pleurer. Il s'est lassé d'elle en quelques semaines et l'a laissé tomber. Il lui a expliqué qu'elle était trop jeune et qu'il ne pouvait de toute manière pas s'impliquer sérieusement avec une fille qui n'était pas d'une famille royale. D'après ce que j'ai compris, il ne s'est même pas donné beaucoup de mal sur le thème « Restons bons amis ».

—Tu ne connaissais même pas André ! cria Lissa à quelques centimètres du visage de Christian. Il n'aurait jamais fait une chose pareille !

—C'est toi qui ne le connaissais pas. Je suis sûr qu'il était gentil avec sa petite sœur et qu'il devait beaucoup t'aimer mais ici, à l'académie, c'était le même genre de salaud que tous les autres. Je l'avais remarqué parce que je remarque tout. C'est facile quand personne ne vous regarde…

Elle ravala un sanglot en hésitant à le croire.

—Alors c'est pour ça que Mia me hait ?

— Oui. Elle te hait à cause de lui. Et aussi parce que tu es de sang royal et que tous les nobles lui font peur, raison pour laquelle elle fait tant d'efforts pour devenir leur amie. Je pense qu'elle ne s'est retrouvée avec ton ancien petit ami que par coïncidence, mais cela n'a fait qu'aggraver les choses. Je vous félicite : entre le fait de le lui reprendre et les rumeurs que vous avez fait circuler sur ses parents, vous avez choisi les meilleurs moyens de la faire souffrir... Beau boulot.

Un soupçon de mauvaise conscience s'éveilla en elle.

— Je crois toujours que tu mens.

— J'ai beaucoup de défauts mais je ne suis pas un menteur. Ça, c'est ta spécialité, ainsi que celle de Rose.

— Nous ne...

— Tu n'as pas exagéré les histoires sur sa famille pour nuire à Mia ? Rose ne m'a pas fait croire que tu me détestais ? Tu ne fais pas semblant d'être amie avec des gens que tu trouves stupides ? Tu ne sors pas avec un garçon dont tu n'es pas amoureuse ?

— Je l'aime.

— Tu l'aimes ou tu l'aimes bien ?

— Quelle est la différence ?

— On aime bien quelqu'un quand on se force à rire aux blagues du grand nigaud blond avec lequel on sort.

Puis, sans prévenir, il se pencha vers elle pour lui donner un baiser torride où s'exprimaient toute la passion et toute la rage qu'il gardait enfouies au fond de lui. Lissa n'avait jamais été embrassée comme ça. Elle lui rendit son baiser instinctivement, pour la seule raison que ni Aaron ni personne ne l'avait jamais fait se sentir si vivante.

Christian mit fin au baiser mais garda son visage tout près du sien.

— Et voilà ce qu'on fait avec quelqu'un qu'on aime.

Le cœur de Lissa battait à tout rompre sous l'effet combiné de la colère et du désir.

— Eh bien, je ne t'aime ni dans un sens ni dans l'autre, et je crois toujours que Mia et toi mentez sur André ! Aaron, lui, n'inventerait jamais une histoire pareille.

— Parce qu'il ne se sert jamais de mots de plus d'une syllabe.

— Va-t'en ! s'écria-t-elle en le repoussant. Laisse-moi tranquille !

— Tu ne peux pas me jeter dehors ! répliqua-t-il avec une grimace comique. Nous avons signé un bail !

— Va-t'en ! hurla-t-elle. Je te déteste !

Il s'inclina.

— Tout ce que vous voudrez, Majesté...

Après un dernier regard noir, il quitta le grenier.

Lissa tomba à genoux et laissa couler les larmes qu'elle retenait depuis si longtemps. Je n'arrivais même plus à comprendre ce qui la faisait souffrir. Bien des choses me contrariaient, comme l'incident avec Jesse, mais jamais rien ne me mettait dans un état pareil. Tout tourbillonnait dans sa tête : ce qu'elle venait d'apprendre sur André, la haine de Mia, le baiser de Christian, ma guérison... Je compris tout à coup que c'était précisément cela, la dépression, ou bien la folie.

Submergée par ses émotions, Lissa prit la seule décision dont elle était capable pour canaliser sa détresse. Elle ouvrit son sac à main et en tira la lame de rasoir dont elle ne se séparait jamais...

Au bord de la nausée mais incapable de m'arracher de son esprit, je la regardai faire des entailles parfaitement parallèles sur son bras gauche. Comme les fois précédentes, elle prit soin d'éviter les veines, mais la lame ne s'était jamais enfoncée si profondément dans la chair. Les coupures étaient affreusement douloureuses, mais c'était précisément leur vertu : Lissa pouvait se concentrer sur la douleur physique et regagner une illusion de maîtrise.

Des gouttes de sang s'écrasèrent l'une après l'autre sur le plancher poussiéreux et le monde commença à tourner autour d'elle. La vue de son propre sang l'intriguait. Elle avait passé sa vie entière à boire celui des autres, celui des sources et le mien. À présent, c'était le sien qui s'écoulait. Avec un ricanement hystérique, elle décida de trouver cela drôle. C'était peut-être une manière de le rendre à ceux à qui elle l'avait pris... ou peut-être ne faisait-elle que gaspiller ce précieux héritage des Dragomir qui obsédait tout le monde.

J'étais entrée de force dans sa tête et ne parvenais plus à en sortir. Ses émotions, trop puissantes et trop confuses, m'y avaient piégée. Il fallait pourtant que je m'échappe pour pouvoir l'arrêter... Ma guérison l'avait trop affaiblie pour qu'elle puisse supporter de perdre autant de sang. Le moment était venu de prévenir quelqu'un.

Je m'arrachai enfin à elle et regagnai l'infirmerie. Dimitri me secouait avec une certaine douceur en répétant mon nom encore et encore. Le docteur Olendzki, debout derrière lui, paraissait soucieux.

Je me perdis dans le regard de Dimitri, qui semblait si inquiet pour moi. Christian m'avait conseillé de trouver de l'aide, de parler de Lissa à quelqu'un en qui j'avais confiance. J'avais ignoré son conseil parce que je n'avais confiance qu'en Lissa. En cet instant, je pris conscience que je m'étais trompée.

— Je sais où elle est, murmurai-je d'une voix encore plus éraillée que lors de mon premier réveil. Lissa... Elle a besoin de nous.

Chapitre 19

Je ne compris pas vraiment ce qui m'avait poussée à prendre cette décision. J'avais caché tant de choses, depuis si longtemps, en croyant la protéger... Sauf que dissimuler ses mutilations ne la protégeait en rien. Je n'avais pas réussi à les empêcher et commençai même à me demander si je n'en étais pas à l'origine. Rien de ce genre ne s'était produit avant qu'elle me guérisse dans l'accident. Que se serait-il passé si elle m'avait laissée dans l'état où j'étais ? J'aurais peut-être guéri et elle aurait gardé sa santé mentale intacte.

J'attendis à l'infirmerie tandis que Dimitri partait prévenir Alberta. Il n'avait pas hésité un instant lorsque je lui avais expliqué où était Lissa. Puisque j'avais déclaré qu'elle était en danger, il avait aussitôt agi en conséquence.

Après son départ, le temps s'écoula aussi lentement que dans un cauchemar. Lorsqu'il revint enfin en portant Lissa inconsciente, une véritable frénésie s'empara de l'infirmerie et tout le monde sembla tomber d'accord : j'étais de trop. Comme elle avait perdu beaucoup de sang, on s'empressa de faire venir une source, mais il s'avéra très difficile de la ramener à un état de conscience suffisant pour qu'elle se nourrisse. Finalement, au beau milieu de la nuit, du point de vue de l'académie, quelqu'un décida qu'elle avait recouvré assez de forces pour recevoir de la visite.

— Est-ce que c'est vrai ? me demanda-t-elle dès que j'entrai dans sa chambre. (Elle avait les poignets bandés. Même si je savais qu'ils l'avaient forcée à boire autant de sang qu'elle était capable d'en avaler, elle me paraissait encore très pâle.) Ils m'ont dit que c'était toi qui les avais prévenus...

— J'étais obligée, lui répondis-je en hésitant à m'approcher. Liss... tu étais en train de te couper plus profondément que jamais. Après m'avoir guérie... et après ce qui venait de se passer avec Christian... je savais que tu n'arriverais pas à le supporter. Tu avais besoin d'aide.

Elle ferma les yeux.

— Tu sais pour Christian. Évidemment, puisque tu sais toujours tout.

— Je suis désolée... Je voulais seulement t'aider.

— Et la promesse que tu as faite à Mme Karp de n'en parler à personne ?

— Elle concerne l'autre truc. Je ne crois pas qu'elle aurait aimé que tu te taillades les bras.

— Et leur as-tu parlé de « l'autre truc » ?

— Pas encore, répondis-je en secouant la tête.

Elle me jeta un regard glacial.

— Pas encore... mais tu vas le faire.

— Je suis obligée, répétai-je. Tu peux guérir les autres... mais ça te détruit peu à peu.

— Je t'ai guérie, toi.

— Les choses seraient rentrées dans l'ordre... Ma cheville aurait fini par guérir... Cela n'en vaut pas la peine si tu le paies si cher. D'ailleurs, je crois savoir comment ça a commencé. La première fois que tu m'as guérie...

Je lui expliquai ma théorie sur l'accident, qui coïncidait si parfaitement avec la découverte de ses pouvoirs et le début de sa dépression. Je fis aussi valoir que notre lien remontait à cette même époque sans comprendre pleinement comment il s'intégrait au reste.

— S'il y a une chose que j'ai comprise, conclus-je, c'est que tout cela nous dépasse. Nous avons besoin d'aide.

— Ils vont venir me chercher, répondit-elle froidement. Comme Mme Karp.

— Je pense plutôt qu'ils vont essayer de t'aider à aller mieux. Tout le monde était tellement inquiet, Liss… J'ai fait ça pour toi, pour que tu cesses de te faire du mal inutilement…

Elle se tourna vers le mur.

— Va-t'en, Rose.

Je lui obéis.

Ils la laissèrent sortir dès le lendemain, à condition qu'elle revienne s'entretenir avec la psychologue une fois par jour, et Dimitri m'apprit qu'ils projetaient de la mettre sous traitement pour sa dépression. Je n'étais pas une grande fan des pilules, mais j'étais prête à applaudir à n'importe quoi, pourvu que ce soit une aide.

Malheureusement, un élève de deuxième année se trouvait à l'infirmerie pour une crise d'asthme quand Dimitri et Alberta l'avaient ramenée. Il n'avait pas compris de quoi elle souffrait, mais cela ne l'avait pas empêché de raconter à tout le monde ce qu'il avait vu. La rumeur se répandit au petit déjeuner. Au déjeuner, plus personne n'ignorait qu'il s'était passé quelque chose la nuit précédente.

Surtout, tout le monde savait que Lissa ne voulait plus me parler.

Je perdis aussitôt le peu de popularité que j'avais recouvré. Même si Lissa ne me condamnait pas ouvertement, son silence parlait contre moi et tout le monde se mit à agir en conséquence.

Pendant toute la journée, j'eus l'impression d'être un fantôme. En dehors de quelques regards et du bonjour occasionnel de quelques novices, tous les élèves imitèrent son exemple sans prendre le risque de m'insulter ouvertement, de peur que les choses finissent par s'arranger entre nous. J'entendis bien quelques « catin rouge », mais toujours quand la personne se croyait hors de portée de mes oreilles.

Au déjeuner, j'hésitai. Mason m'aurait accueillie à sa table à bras ouverts, mais certains de ses amis auraient sans doute été moins chaleureux. Comme je ne voulais pas provoquer de bagarre, j'optai pour la table de Natalie.

— J'ai entendu dire que Lissa avait encore essayé de s'enfuir et que tu l'en avais empêchée…, me dit-elle.

Personne ne connaissait encore la raison de sa présence à l'infirmerie et j'espérais que les choses allaient rester ainsi.

— « S'enfuir » ? Mais qui a eu cette idée ? Pourquoi aurait-elle fait une chose pareille ?

— Je ne sais pas… Pourquoi est-elle partie la première fois ? Je ne fais que te répéter ce qu'on m'a dit.

Cette histoire fut débattue jusqu'au soir, ainsi qu'une multitude d'autres hypothèses, par lesquelles on tâchait d'expliquer sa présence à l'infirmerie. Les théories d'une grossesse et d'un avortement furent, comme toujours, les plus populaires. Quelqu'un suggéra qu'elle avait peut-être attrapé la maladie de Victor, mais personne n'approcha de la vérité.

Alors que je quittais notre dernier cours le plus vite possible, j'eus la surprise de voir Mia se caler sur mon pas.

— Que veux-tu, petite fille ? lui demandai-je. Je ne suis pas d'humeur à jouer, aujourd'hui.

— Je te trouve bien orgueilleuse pour quelqu'un qui n'existe plus.

— Contrairement à toi ?

Le souvenir des paroles de Christian éveilla en moi une pointe de mauvaise conscience qui s'évanouit dès que je l'eus regardée dans les yeux. Elle avait peut-être été une victime, mais elle était devenue un monstre. Son regard froid et calculateur était bien différent du regard désespéré que je lui avais vu quelques jours plus tôt. Elle ne s'était pas déclarée vaincue après ce qu'André lui avait fait, si c'était vrai, et j'avais tendance à croire que Christian ne mentait pas. Elle n'allait pas se laisser abattre par Lissa non plus. Mia était une survivante.

— Elle s'est débarrassée de toi, sauf que tu es beaucoup trop fière pour le reconnaître. Ne veux-tu pas te venger d'elle ?

— As-tu oublié de prendre tes cachets ? C'est ma meilleure amie. Et d'abord, pourquoi me suis-tu ?

Mia secoua la tête en ricanant.

— Elle ne se comporte pas comme une meilleure amie... Allez, dis-moi ce qui s'est passé à l'infirmerie... C'est quelque chose d'énorme, n'est-ce pas ? Elle est vraiment enceinte, c'est ça ? Dis-moi !

— Va-t'en.

— Si tu me le dis, je ferai en sorte que Jesse et Ralf reconnaissent qu'ils ont menti à ton sujet.

Je m'arrêtai net pour lui faire face. Se souvenant sans doute de mes menaces de violence physique, elle recula d'un pas.

— Je sais déjà qu'ils ont menti puisque je ne l'ai pas fait... Et si tu essaies une fois de plus de me dresser contre Lissa, c'est de ton passage à l'infirmerie que les gens vont parler !

Chaque mot sortit plus fort que le précédent jusqu'à ce que je me retrouve à hurler. Mia recula davantage, visiblement terrifiée.

— Tu es vraiment une psychopathe ! Pas étonnant qu'elle t'ait lâchée, conclut-elle en haussant les épaules. Tant pis. Je découvrirai ce qui s'est passé sans ton aide.

Lorsque le soir du bal arriva, le samedi suivant, je décidai que je n'avais aucune envie d'y aller. C'était une idée stupide depuis le début et seules les fêtes parallèles m'intéressaient. Sans Lissa, il était impensable que j'y mette les pieds. Je restai donc dans ma chambre à tenter, en vain, de faire mes devoirs. Notre lien me révéla un mélange d'émotions où dominaient l'excitation et l'anxiété. Il n'allait pas lui être facile de passer la soirée au bras d'un garçon dont elle n'était pas amoureuse…

Dix minutes après le début officiel du bal, je me résolus à prendre une douche. Lorsque je revins de la salle de bains avec une serviette sur la tête, je découvris Mason à la porte de ma chambre. Il n'était pas vraiment sur son trente et un, mais il n'était pas non plus en jean, ce qui était déjà un début.

—Te voilà, Cendrillon ? J'étais sur le point de laisser tomber…

—As-tu déclenché un nouvel incendie ? Les garçons ne sont pas admis à cet étage…

—Comme si ça avait la moindre importance… (Il n'avait pas tort. L'académie faisait de son mieux pour empêcher les Strigoï d'entrer, mais s'avérait incapable de nous tenir éloignés les uns des autres.) Laisse-moi entrer. Il faut encore que tu t'habilles.

Il me fallut quelques instants pour comprendre de quoi il parlait.

—Il n'en est pas question !

—Allez…, insista-t-il en me suivant dans la chambre. Tout ça parce que tu t'es disputée avec Lissa ? Tout le monde sait que vous allez vous réconcilier dans deux jours… Ce n'est pas une raison pour te morfondre toute la nuit. Si tu préfères ne pas la voir, Eddie organise une fête dans sa chambre tout à l'heure… Tu n'as qu'à rester avec nous.

Mon instinct de noceuse releva un peu la tête. La fête d'Eddie était garantie sans Lissa et sans Moroï de sang royal.

—Ah oui ?

Mason sourit de toutes ses dents en comprenant qu'il m'avait ferrée. Une fois de plus, je lus dans son regard à quel point je lui plaisais et, une fois de plus, je me demandai pourquoi j'étais incapable d'avoir simplement un petit ami normal. Pourquoi fallait-il que j'en pince pour mon mentor, que j'allais probablement réussir à faire renvoyer ?

— Il n'y aura que des novices, promit Mason sans se douter du fil de mes pensées. Et j'ai une surprise pour toi... Elle t'attend là-bas.

— Se présente-t-elle dans une bouteille ?

Puisque Lissa ne voulait plus me parler, je n'avais aucune raison de rester sobre.

— Non, mais tu ne sauras pas ce que c'est avant d'y être. Allez, change-toi ! Je sais bien que tu ne vas pas y aller habillée comme ça.

J'avisai mon jean et mon tee-shirt de l'université de l'Oregon sur mon lit. Il était hors de question que je me contente de cette tenue.

Un quart d'heure plus tard, nous nous dirigions vers le réfectoire en nous moquant d'un camarade particulièrement maladroit qui s'était fait un coquard tout seul, lors d'une séance d'entraînement, cette semaine. Comme j'avais du mal à marcher sur le sol gelé en talons aiguilles, il me prit le bras et me souleva à moitié pour me faire aller plus vite, ce qui nous fit rire encore plus. La bouderie de Lissa me contrariait toujours, mais la bonne humeur que Mason éveillait en moi m'aidait à la supporter. Je n'avais pas besoin d'elle et de ses amis puisque j'avais les miens, et je commençais à avoir la certitude que j'allais finir cette soirée ivre morte. Certes, cela n'allait pas m'aider à résoudre mes problèmes, mais je pouvais en attendre un heureux moment d'insouciance. Ma situation, après tout, aurait pu être pire.

Dimitri et Alberta croisèrent notre chemin.

Ils tournaient le dos à la fête et discutaient travail. Dès qu'elle nous vit, Alberta nous offrit le sourire condescendant dont les adultes gratifient toujours les jeunes qui leur semblent faire n'importe quoi. On aurait dit qu'elle nous trouvait mignons. L'horreur ! Mason me serra le bras pour m'aider à m'arrêter.

— Monsieur Ashford, mademoiselle Hathaway... Je suis surprise que vous ne soyez pas déjà dans le réfectoire...

— Nous avons pris un peu de retard, gardienne Petrov, lui répondit Mason avec un sourire angélique. Vous savez comment c'est, avec les filles... Elles veulent toujours que tout soit parfait...

En temps normal, je lui aurais enfoncé mon coude dans les côtes pour avoir osé dire une stupidité pareille. Sauf que je restai muette et regardai Dimitri qui, c'était le plus important, me dévisageait, lui aussi.

J'avais mis la robe noire qui n'avait trahi aucune de mes espérances. À vrai dire, c'était un vrai miracle qu'Alberta ne m'ordonne pas d'aller me changer immédiatement en invoquant le code vestimentaire. Le satin moulait à la perfection chacune de mes courbes et aucune poitrine moroï n'aurait permis à cette robe de tenir en place. Le pendentif de Victor étincelait à mon cou et j'avais laissé mes cheveux détachés, parce que je savais que Dimitri les préférait ainsi. Comme plus personne ne portait de collant avec une robe pareille, mes pieds gelaient dans des talons aiguilles. Tout cela pour le seul plaisir des yeux !

Même si j'étais certaine de l'effet que ma tenue ne pouvait pas manquer de produire, l'expression de Dimitri n'en laissait rien paraître. Celui-ci se contentait de me regarder, sans pouvoir détourner les yeux. Me rappelant tout à coup que Mason me tenait le bras, je m'écartai légèrement de lui pour ne pas induire Dimitri en erreur. Lorsque Alberta et lui eurent fini de plaisanter ensemble, chaque couple reprit son chemin.

Nous entrâmes dans un réfectoire décoré de guirlandes de Noël, au plafond duquel était suspendue une affreuse boule à facettes. Des élèves, pour la plupart plus jeunes que nous, se trémoussaient sur une musique assourdissante. Ceux de notre âge traînaient par petits groupes au bord de la piste en attendant le moment opportun pour s'esquiver. Un escadron de surveillants, de gardiens et de professeurs contrôlait tout ce petit monde et n'hésitait pas à séparer ceux qui dansaient un peu trop près l'un de l'autre.

— Es-tu sûr que nous ne pouvons pas commencer par la beuverie ? demandai-je à Mason en apercevant Kirova vêtue d'une robe longue à bretelles.

La direction de mon regard le fit ricaner.

— Suis-moi ! C'est le moment de t'offrir ta surprise, déclara-t-il en me prenant une fois de plus par la main.

Je le laissai m'entraîner entre des groupes de collégiens trop jeunes pour se permettre les mouvements de bassin auxquels ils s'essayaient. Où se trouvaient les surveillants quand on avait besoin d'eux ? Dès que je compris où Mason m'emmenait, je m'arrêtai net.

— Non, déclarai-je en refusant de bouger lorsqu'il tira sur ma main.

— Tout va bien se passer, tu vas voir...

— Tu m'entraînes vers Jesse et Ralf. Or, je ne pourrais supporter d'être vue avec eux que si je visais leur entrejambe avec une arme tranchante.

— Plus maintenant, insista-t-il en recommençant à tirer. Viens.

Je le suivis à contrecœur. Mes pires craintes ne tardèrent pas à se réaliser : tous ceux qui me connaissaient vaguement et se trouvaient aux environs tournèrent les yeux vers nous. Génial... C'était reparti. Jesse et Ralf ne nous remarquèrent pas tout de suite, mais une succession amusante d'expressions anima leur visage dès qu'ils le firent. La vue de ma robe déclencha aussitôt chez eux un pic de testostérone qui fit luire leurs yeux de désir. Ils ne prirent conscience qu'ensuite qu'il s'agissait de moi, découverte qui transforma leur désir en terreur. Je préférais.

— Très bien, Zeklos, dis-lui ! ordonna Mason en frappant la poitrine de Jesse du bout du doigt.

Comme celui-ci ne répondait rien, il répéta son geste avec un peu plus de brutalité.

— On t'écoute !

— Nous savons que les choses ne se sont pas passées comme ça, Rose, marmonna Jesse en évitant mon regard.

Je faillis m'étouffer en éclatant de rire.

— Vraiment ? Je suis ravie de l'entendre ! Parce que jusqu'ici je croyais moi-même que ça s'était passé comme ça ! Heureusement que vous êtes là pour me dire ce que j'ai fait ou pas...

L'expression de Mason s'assombrit.

— Dis-lui le reste, grogna-t-il.

Jesse soupira.

— Nous avons fait courir cette rumeur parce que Mia nous l'a demandé.

— Et ? insista Mason.

— Et nous sommes désolés.

— Je veux te l'entendre dire aussi, mon gros, poursuivit Mason en se tournant vers Ralf.

Celui-ci marmonna quelque chose qui ressemblait vaguement à des excuses sans plus oser soutenir mon regard que Jesse.

Leur humiliation rendit sa bonne humeur à Mason.

— Et tu n'as pas encore entendu le meilleur de l'histoire ! ajouta-t-il en riant.

Je lui jetai un regard oblique.

— Ah non ? Tu veux dire la partie où tu m'annonces que nous avons remonté le temps et que rien de tout cela ne s'est produit ?

— Presque ! commanda-t-il à Jesse. Explique-lui pourquoi vous avez fait ça.

Les deux minables échangèrent un regard gêné.

— Mes amis..., insista Mason, que la situation semblait mettre de très bonne humeur. Vous nous contrariez beaucoup, Mlle Hathaway et moi... Dites-lui !

Jesse soutint finalement mon regard en homme qui se résigne à l'idée que les choses ne pourront pas être pires.

— Nous l'avons fait parce qu'elle a couché avec nous.

Chapitre 20

J'en restai bouche bée...

— J'ai bien entendu ?

Ma stupeur m'empêcha de trouver une réplique plus spirituelle. Mason était aux anges. Jesse semblait vouloir se cacher dans un trou.

— Oui. Elle nous l'a proposé en échange de... tu sais bien.

Je fis la grimace.

— Rassurez-moi : vous ne l'avez pas fait en même temps, au moins ?

— Non ! s'écria Jesse, scandalisé.

D'après la tête de Ralf, cela ne l'aurait pas beaucoup dérangé.

— Mon Dieu ! marmonnai-je en écartant une mèche de cheveux de mon nez. Je n'arrive pas à croire qu'elle nous déteste autant...

— Eh ! s'écria Jesse, vexé par mon sous-entendu. Qu'est-ce que tu veux dire par là ? Nous ne sommes pas si mal ! Et toi et moi n'étions pas si loin de...

— Certainement pas ! m'écriai-je. Nous n'avons jamais été près de faire quoi que ce soit ! (Alors que Mason éclatait de rire, une évidence me frappa.) Mais alors… si ça s'est passé à cette époque… elle sortait encore avec Aaron ?

Tous trois acquiescèrent.

Stupéfiant ! Mia nous détestait vraiment, si elle avait pu coucher avec ces deux-là en trompant un petit ami qu'elle avait l'air d'adorer… Il ne lui avait fallu qu'un pas pour passer de la « victime du grand frère » à la sociopathe avérée.

Jesse et Ralf semblèrent extrêmement soulagés que nous nous éloignions.

— Alors, qu'est-ce que tu en penses ? me demanda Mason en passant un bras autour de mes épaules. J'assure, non ? Tu peux me le dire, ça ne me dérangera pas…

J'éclatai de rire.

— Comment as-tu découvert ça ?

— J'ai rappelé à des tas de gens qu'ils me devaient des services et proféré quelques menaces… Le fait que Mia ne soit plus en mesure de se venger a beaucoup aidé.

En me souvenant de notre dernière rencontre, je me pris à douter de son impuissance, mais renonçai à le dire à Mason pour ne pas lui gâcher son plaisir.

— Ils m'ont promis de commencer à en parler lundi, reprit-il. Au déjeuner, tout le monde sera au courant.

— Pourquoi pas tout de suite ? Ils n'ont fait que coucher avec une fille… Ça nuit plus à la réputation de Mia qu'à la leur…

— Tu as raison. Ils n'avaient pas envie de passer leur soirée à ça. Mais tu peux commencer à en parler, si tu veux. Aimerais-tu qu'on te fasse une banderole ?

Étant donné le nombre de fois où Mia m'avait traitée de « salope » et de « catin rouge », l'idée ne me parut pas mauvaise.

— Tu as du papier et des marqueurs… ?

Je me tus en apercevant Lissa, à l'autre bout de la piste, qui trônait au milieu de ses admirateurs avec le bras d'Aaron autour de la taille. Elle portait une robe d'un rose qui ne me serait jamais allé et avait relevé ses cheveux en chignon grâce à des épingles qui se terminaient par de petits cristaux. On aurait presque dit qu'elle portait une couronne. La princesse Vasilisa.

Notre lien me révélait toujours les mêmes sentiments d'anxiété et d'excitation mêlées, sauf que l'anxiété commençait à gagner du terrain. Manifestement, elle ne profitait guère de cette soirée.

Réfugié à l'écart, dans l'obscurité, Christian l'observait.

— Arrête ! grommela Mason en remarquant la direction de mon regard. Ne t'inquiète pas pour elle ce soir...

— Ça va être dur...

— Ça te donne l'air déprimée et tu es bien trop sexy dans cette robe pour pouvoir te le permettre. Allez viens ! Eddie est là-bas.

Tandis qu'il m'entraînait, je jetai un dernier coup d'œil à Lissa par-dessus mon épaule. Lorsque nos regards se croisèrent brièvement, je sentis un regret s'éveiller en elle.

Je parvins néanmoins à me la sortir de la tête, métaphoriquement parlant, et fis bonne figure devant les autres novices. Nos révélations sur Mia eurent beaucoup de succès et j'éprouvai un certain plaisir à me venger d'elle en lavant mon honneur. Lorsque les amis de Mason commencèrent à se mêler aux autres groupes, je vis la rumeur se répandre peu à peu dans toute l'académie. Cela n'allait pas attendre lundi.

Je finis par arriver à la conclusion que je passais une excellente soirée. Je me glissai facilement dans la peau de mon ancien personnage et fus ravie de constater que je savais toujours flirter et faire des remarques amusantes. Alors que la fête d'Eddie approchait, je sentis l'anxiété de Lissa virer à l'angoisse. M'inquiétant pour de bon, je me désintéressai des conversations et scrutai la salle pour la repérer.

Là. Lissa était toujours au centre de son propre système solaire mais Aaron, penché sur elle, lui murmurait quelque chose à l'oreille. Elle esquissa un sourire entièrement simulé et angoissa davantage.

La situation empira lorsque Mia se précipita vers eux.

Elle ne perdit pas une seconde en civilités et s'agita frénétiquement dans sa robe rouge sous les yeux des admirateurs de sa rivale. Je n'avais pas la moindre idée de ce qu'elle pouvait leur dire, mais cela avait un effet désastreux sur Lissa.

— Il faut que j'y aille, annonçai-je à Mason.

Je me précipitai vers Lissa en courant presque et saisis la fin de la tirade de Mia. Celle-ci lui hurlait au visage et semblait avoir eu vent de la trahison de ses deux complices.

— … toi et ta salope de copine ! Je vais dire à tout le monde quelle cinglée tu es et que c'est pour ça qu'on t'a enfermée à l'infirmerie ! Je sais que tu es sous traitement. C'est pour cette raison que vous vous êtes enfuies avec Rose : pour que personne ne sache que tu te…

C'était très mauvais. Comme lors de notre première rencontre devant le réfectoire, je la tirai par le bras pour l'écarter de Lissa.

— Salut ! la coupai-je. C'est la salope de copine… Tu te souviens que je t'avais interdit de t'approcher d'elle ?

Le ricanement de Mia découvrit ses canines. Je n'éprouvais décidément plus la moindre pitié pour elle. Cette fille était dangereuse. Elle n'avait pas hésité à tomber très bas pour se venger de moi et elle savait pour Lissa. Comme elle détenait des informations connues des seuls gardiens, des éléments que j'avais moi-même livrés sur le passé de Lissa et même des détails médicaux, j'en déduisis qu'elle avait réussi à fourrer son nez dans son dossier.

Lissa l'avait compris aussi. Son expression, terrifiée, fragile et plus du tout princière, décida pour moi de ce qui allait suivre. Peu importaient les discours de Kirova sur un éventuel adoucissement de ma peine, le fait que je passais une bonne soirée et mon envie d'oublier mes soucis pour quelques heures, j'étais sur le point de tout gâcher sans le moindre remords.

Je n'étais vraiment pas douée pour contrôler mes impulsions.

Je la frappai aussi fort que je pus et entendis son nez craquer sous le choc. Le sang se mit à jaillir et quelqu'un poussa un cri. Mia recula, en hurlant et en battant des bras, et heurta un groupe de filles qui ne voulaient pas voir leurs robes tachées. Je me précipitai sur elle et parvins à lui donner un deuxième coup avant que quelqu'un m'immobilise.

Contrairement au jour où on m'avait sortie de la classe de M. Nagy, je n'essayai pas de résister. C'était une conséquence inévitable de mon geste… Je me montrai donc coopérative lorsque deux gardiens me sortirent du réfectoire pendant que Kirova tâchait de rétablir un semblant d'ordre. Étrangement, ce qu'ils pouvaient faire de moi m'était devenu indifférent. Qu'ils me punissent ou qu'ils me renvoient, j'étais certaine de pouvoir tout assumer.

Tout à coup, je vis une tache rose nous dépasser en se faufilant dans le flot d'élèves qui s'écoulait hors du réfectoire. Lissa. Ses émotions, que ma propre perte de contrôle avait masquées, me frappèrent de plein fouet. Le désespoir. La dévastation. Tout le monde allait bientôt connaître son secret, et c'était plus qu'elle pouvait en supporter.

Sachant qu'il allait m'être impossible de la suivre, je cherchai désespérément un moyen de l'aider. Une silhouette sombre accrocha mon regard.

— Christian ! criai-je.

En entendant son nom, il détacha ses yeux de la forme fuyante de Lissa pour les poser sur moi.

— Tais-toi ! ordonna un de mes geôliers en m'agrippant le bras.

Je passai outre.

— Cours-lui après ! hurlai-je à Christian. Vite ! (Son absence de réaction m'arracha un grognement.) Cours, imbécile !

Alors que mes gardiens me rappelaient encore à l'ordre, un déclic se fit en Christian. Il quitta sa posture perpétuellement désinvolte pour se précipiter sur les traces de Lissa.

Personne ne voulut s'occuper de moi le soir même. Ce serait l'enfer dès le lendemain et on parlait déjà de l'hypothèse d'un renvoi, mais Kirova était bien trop occupée par une Mia ensanglantée et un bal qui virait au désastre. Les gardiens me ramenèrent dans ma chambre sous l'œil attentif d'une surveillante, qui m'informa qu'elle viendrait me voir toutes les heures pour s'assurer que j'étais toujours là. Comme il avait aussi été décidé de poster deux gardiens aux portes du dortoir, j'en déduisis qu'on me considérait désormais comme une grave menace pour la sécurité de l'établissement. J'avais gâché la fête d'Eddie au passage, puisque plus personne n'allait pouvoir entrer dans le bâtiment.

Je m'assis en tailleur sans me soucier de ma robe et me glissai dans la tête de Lissa. Elle était déjà plus calme. Les événements de la soirée la blessaient encore, mais Christian arrivait à l'apaiser sans que je sache si c'était grâce à ses mots ou à l'étrange attirance qu'elle éprouvait pour lui. À vrai dire, je m'en moquais éperdument tant qu'il l'empêchait de faire quelque chose de stupide. Soulagée, je les laissai seuls.

La situation allait nettement empirer, c'était certain. Les accusations respectives de Jesse et de Mia allaient semer le chaos dans l'académie et j'allais probablement devoir refaire ma vie au sein d'une bande de dhampirs à la réputation louche. Au moins, Lissa semblait avoir compris qu'Aaron l'ennuyait et que c'était auprès de Christian qu'elle avait envie d'être…

Christian…

Christian était blessé.

Je replongeai dans l'esprit de Lissa en proie à une terreur folle. Elle était encerclée par des hommes et des femmes, sortis de nulle part pour les attaquer dans le grenier de la chapelle. Lorsque Christian se releva avec des flammes au bout des doigts, l'un de leurs agresseurs lui assena un nouveau coup sur la tête qui l'assomma pour de bon.

J'espérai sincèrement qu'il allait s'en tirer sans pouvoir me permettre d'avoir plus d'une pensée pour lui. Mon inquiétude était focalisée sur Lissa. Je ne pouvais pas les laisser lui faire du mal… Il fallait que je trouve un moyen de la sortir de là, mais lequel ? Elle était trop loin, et je n'arrivais même plus à sortir de sa tête, impossible d'y aller en courant ou d'appeler la sécurité…

Les agresseurs s'approchèrent d'elle en l'appelant « Votre Majesté », lui annoncèrent qu'ils étaient des gardiens et la prièrent de ne pas s'inquiéter. De fait, c'étaient des dhampirs, particulièrement bien entraînés. Sauf que ni elle ni moi ne les connaissions… Et pourquoi des gardiens auraient-ils assommé Christian ? Des gardiens ne l'auraient pas non plus attachée, bâillonnée et…

Quelque chose me força à sortir de sa tête. Surprise, je tentai d'y retourner. Il fallait absolument que je sache où on l'emmenait… Ce qui venait de se produire m'inquiétait. D'habitude, notre lien faiblissait à cause de ma fatigue ou de mon ivresse, mais je n'avais jamais eu l'impression de me faire jeter dehors.

Cela n'avait aucun sens. Qu'est-ce qui aurait pu… quoi ?

Mon esprit se vida subitement.

À quoi étais-je donc en train de penser ? Mon cerveau était comme paralysé. Que s'était-il passé ? J'étais avec Lissa ? De quoi s'agissait-il ?

Je me levai et me mis à arpenter ma chambre en essayant d'y voir plus clair. Lissa. Cela concernait Lissa.

Dimitri, me suggéra tout à coup une voix intérieure. *Va trouver Dimitri.*

Oui… Dimitri. Mon corps et mon esprit se tendirent vers lui avec une évidence que je n'avais encore jamais ressentie. Il fallait que j'aille le trouver. Lui saurait quoi faire… et puis il saurait forcément s'il était arrivé quelque chose à Lissa. Comment se faisait-il que je ne me souvienne de rien ? Mais peu importait. Dimitri allait s'occuper de tout.

Puisqu'on voulait surtout m'empêcher de sortir, je n'eus aucun mal à atteindre l'étage du personnel. Je ne savais absolument pas quelle était sa chambre, mais c'était sans importance : quelque chose me poussait vers lui. Obéissant à mon instinct, je tambourinais à l'une des portes.

Quelques instants plus tard, il m'ouvrit en écarquillant les yeux.

— Rose ?

— Laisse-moi entrer. Il s'agit de Lissa.

Il s'écarta aussitôt. J'avais dû le tirer du lit, car celui-ci était défait et sa seule lampe de chevet était allumée. Autre indice : il ne portait qu'un pantalon de pyjama et son torse, que je n'avais jamais vu avant, et c'était bien dommage, était tout à fait nu. La pointe de ses cheveux était humide, comme s'il sortait de la douche.

— Qu'est-ce qui se passe ?

Le son de sa voix m'électrisa. Incapable de répondre, je le regardai jusqu'à ce que l'impulsion qui m'avait conduite dans sa chambre me pousse à faire un pas. J'avais tellement envie qu'il me touche... Il était si beau, si sexy... Une part de mon esprit comprenait vaguement que quelque chose clochait, mais cela ne me paraissait pas important, rien ne l'était en sa présence.

Étant donné notre différence de taille, il m'était impossible d'atteindre ses lèvres sans son aide. Je visai donc son torse, impatiente de goûter sa peau douce et chaude...

— Rose ! s'écria-t-il en faisant un bond en arrière. Qu'est-ce que tu fais ?

— À ton avis ?

J'avançai encore. Il fallait que je l'embrasse, que je le touche, que je...

— Es-tu saoule ? s'inquiéta-t-il en tendant le bras pour me faire obstacle.

— Vraiment pas. (J'essayai de contourner son bras puis me figeai, subitement incertaine.) Je croyais que tu en avais envie… Ne me trouves-tu pas jolie ?

Depuis notre rencontre, il ne me l'avait jamais dit. Il avait fait des allusions, bien sûr, mais ce n'était pas pareil. Malgré le nombre de fois où d'autres garçons m'avaient dit que j'étais une véritable bombe, j'avais besoin de l'entendre de la bouche du seul qui comptait à mes yeux.

— Je ne comprends pas ce qui se passe, Rose, mais tu dois retourner dans ta chambre.

Alors que j'essayai encore de l'atteindre, il m'attrapa les poignets. Ce contact provoqua une sorte de décharge électrique et je le vis oublier subitement ce à quoi il pensait. Quelque chose s'était réveillé en lui, qui lui donnait autant envie de moi que j'avais envie de lui.

Il lâcha mes poignets pour laisser ses doigts glisser lentement le long de mes bras. Tout en me dévorant de son regard ténébreux, il m'attira contre son torse. L'une de ses mains vint se poser sur ma nuque pour jouer avec mes cheveux et incliner mon visage vers le sien. Ses lèvres effleurèrent à peine les miennes.

— Est-ce que tu me trouves jolie ? répétai-je.

Comme toujours, il me répondit avec un sérieux absolu.

— Je te trouve magnifique.

— « Magnifique » ?

— Si belle que j'ai parfois du mal à te regarder…

Ses lèvres se pressèrent contre les miennes, d'abord légèrement, puis avec une avidité croissante. Son baiser me fit perdre la tête. Je sentis ses mains glisser le long de mes bras, puis de mes hanches, pour se refermer sur le satin de ma robe et commencer à la soulever. Je m'abandonnai à son baiser et à la sensation de ses mains qui montaient de plus en plus haut jusqu'à ce qu'il fasse passer ma robe au-dessus de ma tête et la jette sur le sol.

— Tu… t'es vite débarrassé de cette robe, remarquai-je entre deux soupirs. Moi qui croyais que tu l'aimais…

— Je l'aime, répondit-il, le souffle aussi court que le mien. Je l'adore…

Alors il m'emporta sur le lit.

Chapitre 21

Je ne m'étais jamais retrouvée complètement nue en présence d'un garçon. C'était aussi terrifiant qu'excitant... Tandis que nos corps se découvraient l'un l'autre, nous nous embrassions inlassablement. Chacune de ses caresses embrasait ma peau.

J'avais si longtemps rêvé de lui que j'avais du mal à croire à ce qui m'arrivait. En plus du plaisir physique qui surpassait tout ce que j'avais connu, j'aimais me sentir proche de lui et le voir me regarder comme si j'étais la plus belle femme de la terre. J'aimais aussi sa manière de répéter mon prénom en russe comme s'il s'agissait d'une prière.

— Roza, Roza...

En plus de tout cela, la voix qui m'avait conduite dans sa chambre insistait pour que j'y reste.

Ne pense plus qu'à lui. Continue à caresser sa peau. Oublie tout le reste.

Cette voix ne résonnait pas comme la mienne, mais j'étais incapable de résister à son pouvoir, même si je n'avais guère besoin d'encouragements.

L'éclat de son regard me disait qu'il avait envie de bien plus que ce qu'on faisait, mais il progressait prudemment, sans doute parce qu'il me sentait nerveuse. Il portait toujours son bas de pyjama. À un moment, je me décidai à passer au-dessus de lui. Mes cheveux lui tombèrent sur le visage et le mouvement qu'il fit pour leur échapper découvrit un instant sa nuque. Je ne pus m'empêcher de caresser ses six tatouages du bout du doigt.

— As-tu vraiment tué six Strigoï ?

Il acquiesça avant d'attirer ma gorge vers ses lèvres. Ses dents glissèrent sur ma peau, assez différentes de celles des vampires mais non moins enivrantes.

— Ne t'inquiète pas. Tu finiras par en avoir plus que moi.

— Est-ce que tu éprouves des remords ?

— Pour quoi ?

— Pour les avoir tués. Dans le car, tu disais que c'était notre devoir, mais j'ai eu l'impression que quelque chose en toi le regrettait… C'est pour ça que tu vas à la messe, n'est-ce pas ? Je t'y vois tous les dimanches, mais tu n'écoutes jamais les sermons.

Il esquissa un sourire et parut à la fois surpris et amusé que j'aie découvert un autre de ses secrets.

— Comment peux-tu savoir ça ? Il ne s'agit pas vraiment de remords… C'est plutôt de la tristesse. Ils ont tous commencé par être des humains, des dhampirs ou des Moroï… C'est un vrai gâchis, mais c'est notre devoir. Parfois cette idée me tourmente et je trouve alors que la chapelle est l'endroit le plus indiqué pour réfléchir à cela. Parfois j'y trouve la paix, mais rarement… Je la trouve plus facilement auprès de toi.

Il me renversa pour reprendre le dessus et se remit à m'embrasser avec de plus en plus d'ardeur.

Mon Dieu ! songeai-je. *Ça y est ! Ça va finalement m'arriver ! Je le sens…*

Il dut lire dans mon regard que ma décision était prise. Le sourire aux lèvres, il détacha le pendentif de Victor de mon cou et le posa sur la table de nuit. Dès que le bijou eut quitté ma gorge, j'eus l'impression de recevoir une gifle et écarquillai les yeux de surprise.

Dimitri parut avoir la même impression.

— Que s'est-il passé ? me demanda-t-il.

— Je… Je ne sais pas.

J'avais l'impression d'essayer de me réveiller après avoir dormi pendant deux jours. Il y avait quelque chose dont je devais me souvenir.

Lissa. Cela concernait Lissa.

Je me sentais bizarre. Ce n'était ni de la douleur ni de l'ivresse, mais… *La voix !* compris-je tout à coup. La voix qui me poussait vers Dimitri avait disparu. Bien sûr, cela ne signifiait pas que je n'avais plus envie de lui : la vue de son corps à moitié nu penché au-dessus du mien ne manquait pas de me faire de l'effet… Mais je n'avais plus l'impression d'être encouragée par une influence extérieure. Étrange !

Il fronça les sourcils. Après quelques secondes de réflexion, il ramassa le pendentif. Le désir le submergea de nouveau dès que ses doigts l'eurent effleuré. Il posa son autre main sur ma hanche et me renvoya aussitôt au paradis. Une boule se forma au creux de mon estomac et une nouvelle vague de chaleur m'emporta. Nos respirations s'accélérèrent et ses lèvres se rapprochèrent des miennes…

Au fond de moi, quelque chose résista.

— Lissa, murmurai-je en fermant les yeux. J'avais quelque chose à te dire à propos de Lissa. Mais je ne m'en souviens plus… Je me sens si bizarre.

— Je sais, répondit-il en posant sa joue contre mon front. Il y a quelque chose… là-dedans… (J'ouvris les yeux en le sentant se redresser.) Ce pendentif, c'est bien celui que t'a offert le prince Victor, c'est ça ?

J'acquiesçai et le vis faire un immense effort pour se reprendre. Après une profonde inspiration, il lâcha ma hanche et s'assit au bord du lit.

— Mais qu'est-ce que tu fais ? m'écriai-je. Reviens !

Alors qu'il semblait en avoir très envie, il choisit de se lever. Il s'éloigna de moi avec le pendentif. J'eus l'impression qu'il m'arrachait une part de moi-même, mais je sentis aussi que je me réveillais, pour recouvrer brutalement la capacité de penser normalement, sans que mon corps prenne les décisions à ma place.

Dimitri, de son côté, avait toujours un regard dévoré de passion animale et semblait fournir un effort terrible pour traverser la pièce. Il atteignit enfin la fenêtre et l'ouvrit d'une seule main. Je me frottai les bras en sentant une bourrasque d'air froid entrer dans la chambre.

— Mais qu'est-ce que tu vas... ? (Je compris subitement et me jetai sur lui à l'instant précis où le pendentif s'envolait par la fenêtre.) Non ! As-tu la moindre idée du prix... ?

Je m'interrompis net. À présent que le pendentif avait disparu, je n'avais plus l'impression de me réveiller, mais celle d'être réveillée. L'impression fut brutale.

Je commençai par examiner mon environnement : la chambre de Dimitri, le lit défait, moi complètement nue.

Mais cette première prise de conscience fut dérisoire en comparaison de celle qui suivit.

— Lissa ! m'écriai-je.

Tout me revint d'un seul coup, y compris ses émotions qui avaient désormais atteint un degré alarmant. Elle éprouvait surtout de la terreur, une terreur folle qui cherchait à m'attirer de nouveau dans sa tête. Ce n'était pas le moment. Tout en luttant contre elle, j'expliquai précipitamment à Dimitri tout ce qui venait de se passer.

Il n'attendit pas que j'aie fini pour agir. Il s'habilla, m'ordonna d'en faire autant et me jeta un pull qui portait une inscription en cyrillique à enfiler par-dessus ma robe. Il était redevenu le dieu que j'avais pour mentor.

Comme il ne fit aucun effort pour m'attendre, j'eus beaucoup de mal à ne pas me laisser distancer dans l'escalier. Arrivé en bas, il cria des ordres et passa des coups de fil. Quelques minutes plus tard, j'entrai avec lui dans le bureau des gardiens. Kirova et quelques professeurs s'y trouvaient déjà, ainsi que la plupart des gardiens de l'académie. Tout le monde parlait à la fois. Dans le même temps, je sentais Lissa s'éloigner de plus en plus et sa terreur augmenter.

Je finis par leur crier de faire quelque chose, mais Dimitri fut le seul à me croire tant qu'on n'eut pas tiré Christian de la chapelle et vérifié que Lissa était introuvable.

Christian nous rejoignit, soutenu par deux gardiens. Le docteur Olendzki apparut quelques minutes plus tard pour l'examiner et nettoyer la blessure qu'il avait à la tête.

Enfin, on allait faire quelque chose.

— Combien y avait-il de Strigoï ? me demanda l'un des gardiens.

— Mais comment ont-ils pu franchir les protections ? grommela un autre.

J'écarquillai les yeux.

— Quoi ? Il n'y avait aucun Strigoï.

Plusieurs paires d'yeux se tournèrent vers moi.

— Qui d'autre aurait pu l'enlever ? s'étonna Kirova, se faisant le porte-parole de tous. Vous avez dû vous tromper sur ce que vous a montré votre… vision.

— Non ! J'en suis certaine. C'étaient des gardiens…

— Elle a raison, grogna Christian, toujours aux mains du médecin qui le faisait grimacer. C'étaient des gardiens.

— C'est impossible ! s'écria quelqu'un.

— Ils n'étaient pas de l'académie. (De plus en plus agacée, je me massai les tempes en faisant de gros efforts pour suivre cette conversation au lieu d'aller rejoindre Lissa.) Quand donc allez-vous vous mettre en route ? Ils s'éloignent !

— Êtes-vous en train de prétendre qu'un groupe de gardiens indépendants a fait irruption dans cette académie pour l'enlever ? m'interrogea Kirova sur un ton qui supposait qu'il ne pouvait s'agir que d'une plaisanterie.

— Oui, grognai-je. Ils…

Lentement, avec prudence, je baissai ma garde mentale et me glissai dans l'esprit de Lissa. Je me trouvais dans une voiture luxueuse aux vitres teintées. L'un des gardiens de la chapelle conduisait et je reconnus celui qui était assis à côté de lui : Spiridon. Lissa était assise à l'arrière, les mains liées dans le dos, entre un autre gardien et…

— Ils travaillent pour Victor Dashkov ! m'écriai-je en reportant mon attention sur la réunion de crise et Kirova.

— Le prince Victor Dashkov ? ironisa l'un des gardiens comme s'il y avait quelqu'un d'autre qui portait ce nom-là.

— Je vous en supplie…, gémis-je en serrant ma tête entre mes mains. Faites quelque chose ! Ils s'éloignent ! Ils sont sur… (j'aperçus un panneau indicateur à travers la vitre de la voiture)… la route 38. Ils vont vers le sud.

— La route 38, déjà ? s'étonna Kirova. Quand sont-ils partis ? Pourquoi n'êtes-vous pas venus me trouver avant ?

Je lançai un regard inquiet à Dimitri.

— À cause d'un sort de suggestion, expliqua-t-il lentement. Il lui avait offert un collier ensorcelé qui l'a poussée à m'attaquer.

— Personne ne sait faire ça ! s'écria Kirova. Personne ne l'a fait depuis des siècles.

— Eh bien, quelqu'un vient de le faire. Le temps que je la neutralise et que je récupère le collier, nous avons perdu des minutes précieuses.

Il affichait la même assurance que toujours et personne n'osa mettre en doute son récit.

Enfin, on se mit en route. Personne ne voulait que je sois de la partie, mais Dimitri insista, car je pouvais les mener jusqu'à Lissa. Trois équipes de gardiens prirent place dans des camionnettes noires à l'allure sinistre. Je m'installai sur le siège passager de la première, conduite par Dimitri. De longues minutes s'écoulèrent pendant lesquelles je ne lui parlai que pour lui faire des rapports.

— Ils sont toujours sur la 38 mais ils ne vont plus tarder à changer de route. Ils ne font pas d'excès de vitesse. Ils ne veulent pas se faire contrôler…

Il acquiesça sans me regarder. Lui dépassait nettement la vitesse autorisée.

Je lui jetai un regard en biais et me repassai le film des événements de la soirée. J'avais l'impression de me souvenir de chaque instant et de chaque baiser.

Mais que s'était-il passé ? S'agissait-il d'une illusion ? En allant vers le parking, il m'avait expliqué qu'il y avait bien un sort de suggestion dans le pendentif, un sort de luxure. Comme je n'avais jamais entendu parler d'une chose pareille, il m'avait expliqué qu'il s'agissait de sorts que les spécialistes de la terre pratiquaient des siècles plus tôt, mais plus aujourd'hui.

— Ils tournent ! m'écriai-je. Je n'ai pas vu le numéro de la route mais je saurai la reconnaître.

Dimitri grogna un remerciement, et je me renfonçai dans mon siège.

Cela signifiait-il quelque chose pour lui ? En tout cas, cela avait une grande importance à mes yeux.

— Là ! m'écriai-je une vingtaine de minutes plus tard en indiquant la route qu'avait empruntée les ravisseurs.

Comme elle n'était pas goudronnée, nos véhicules avaient désormais un net avantage sur la luxueuse voiture de Victor. La poussière se mit à tourbillonner autour de nous.

— Ils tournent encore !

Ils s'éloignaient de plus en plus de la route principale et nous les suivîmes chaque fois, guidés par mes instructions. Finalement, je sentis que la voiture de Victor s'arrêtait.

— Ils sont devant un chalet. Ils l'emmènent…

— Pourquoi faites-vous ça ? Que me voulez-vous ?

Lissa, complètement affolée, m'avait attirée dans sa tête.

— Viens, mon enfant, lui dit Victor en se dirigeant péniblement vers la porte que l'un des gardiens tenait ouverte.

Celui qui s'occupait de Lissa la poussa à l'intérieur et la força à s'asseoir dans un fauteuil. Il faisait froid dans le chalet et elle frissonna dans sa robe rose. Victor s'installa en face d'elle. Lorsqu'elle voulut se lever, un gardien lui jeta un coup d'œil menaçant.

— Crois-tu vraiment que je veuille te faire du mal, mon enfant ?

— Qu'avez-vous fait à Christian ? s'écria-t-elle sans entendre sa question. L'avez-vous tué ?

— Le petit Ozéra ? Je suis désolé de ce qui lui est arrivé. Nous ne nous attendions pas à sa présence. Nous espérions te trouver seule et convaincre tout le monde que tu t'étais enfuie. Nous avions déjà fait circuler des rumeurs pour faciliter les choses…

Nous ? Je me rappelai tout à coup comment ces histoires de fuite étaient réapparues. Natalie…

— À présent… (Il soupira en écartant les bras dans un geste d'impuissance.) Qui peut savoir ? Mais je ne pense pas que quelqu'un fera le lien avec nous, même si personne ne croit à ta fuite. Rose était notre plus gros problème. Nous avions l'intention de… nous débarrasser d'elle et de faire croire qu'elle s'était enfuie aussi. Le chaos qu'elle a semé au bal a contrecarré notre plan, mais j'avais prévu autre chose, au cas où… qui devrait la tenir occupée jusqu'à demain. Nous nous chargerons d'elle plus tard.

Il avait sous-estimé la perspicacité de Dimitri et nous croyait partis pour faire l'amour toute la nuit.

— Pourquoi ? s'écria Lissa. Pourquoi faites-vous tout ça ?

Il écarquilla ses yeux verts comme le jade qui lui rappelaient tant ceux de son père. Même s'ils n'étaient que de lointains cousins, les Dragomir et les Dashkov avaient ce trait en commun.

— Je suis surpris que tu te le demandes encore, mon enfant… J'ai besoin de toi. J'ai besoin que tu me guérisses.

Chapitre 22

— Vous guérir ?

Le guérir ? pensai-je au même instant.

— Tu es le seul moyen de traiter ma maladie, expliqua-t-il patiemment. Je t'ai observée pendant des années, en attendant d'en être sûr.

Lissa secoua la tête.

— Je ne peux pas…

— Tes pouvoirs de guérison sont incroyables ! Personne ne sait à quel point…

— Je ne sais pas de quoi vous parlez.

— Allons, Vasilisa… Je sais pour la corneille ; Natalie t'a vue. Elle vous suivait… Et je sais comment tu as guéri Rose…

Elle comprit vite qu'il était inutile de nier.

— C'était différent. La blessure de Rose était légère… Mais vous… Je ne peux pas guérir le syndrome de Sandovsky.

— « Légère » ? Je ne parle pas de sa cheville, ce qui était déjà impressionnant. Je parle de l'accident de voiture. La blessure de Rose était tout sauf légère, puisqu'elle est morte.

Il se tut pour lui laisser le temps d'assimiler ses paroles.

— C'est… Non ! Elle s'en est tirée…, parvint à articuler Lissa.

— Non. Enfin… oui, si tu veux… Mais j'ai lu tous les rapports. Il était impossible qu'elle survive. Elle avait trop de blessures. Mais tu l'as guérie. Tu l'as ramenée à la vie. (Son soupir exprimait à parts égales la joie et l'épuisement.) Cela faisait bien longtemps que je te soupçonnais d'en être capable… Mais je devais à tout prix répéter l'expérience, pour savoir dans quelle mesure tu la contrôlais…

Lissa sursauta.

— Les animaux ! C'était vous…

— Avec l'aide de Natalie.

— Pourquoi ? Comment avez-vous pu ?

— Parce qu'il fallait que je sache. Il ne me reste que quelques semaines à vivre, Vasilisa. Si tu peux ressusciter les morts, tu peux guérir le syndrome de Sandovsky. Avant de t'enlever, je devais être sûr que tu pouvais guérir à volonté et pas seulement dans un moment de panique.

Je sentis la colère se réveiller en Lissa.

— Pourquoi vous êtes-vous donné la peine de m'enlever ? s'écria-t-elle. Vous êtes presque mon oncle. Si vous me pensiez vraiment capable de faire ça… (sa voix et notre lien témoignaient qu'elle n'en était pas tout à fait sûre)… pourquoi ne pas me le demander, tout simplement ?

— Parce qu'il ne s'agit pas d'une guérison ponctuelle. Il m'a fallu longtemps pour comprendre ce que tu étais, mais je suis parvenu à acquérir de vieux manuscrits conservés dans les musées moroï. Lorsque j'ai découvert la manière dont l'esprit fonctionnait…

— « L'esprit » ?

— C'est ta spécialité.

— Vous êtes complètement fou ! Je ne me suis pas spécialisée…

— Mais d'où crois-tu que ces pouvoirs te viennent ? L'esprit est le cinquième élément, un élément que très peu de gens développent de nos jours…

Le cerveau de Lissa ne s'était pas encore remis de son enlèvement et de l'hypothèse de ma résurrection.

— Ça n'a aucun sens... Même si c'était rare, j'aurais entendu parler d'un cinquième élément ! ou de quelqu'un d'autre qui l'aurait développé...

— Personne ne sait plus rien sur lui. Il a été oublié... Quand quelqu'un le développe de nos jours, on croit seulement qu'il ne s'est pas spécialisé.

— Écoutez, si vous voulez que je... (Elle s'interrompit brutalement. Malgré sa peur et sa colère, son cerveau commençait à faire le tri dans toutes ces informations.) Mon Dieu ! Mme Karp et saint Vladimir...

— Tu savais déjà tout ça..., fit-il remarquer avec un air entendu.

— Non ! Je vous le jure ! C'est seulement quelque chose dont m'avait parlé Rose. Elle disait qu'ils étaient comme moi...

Toutes ces nouvelles ne firent qu'amplifier sa terreur.

— Ils sont comme toi. Les textes disent même que saint Vladimir était « plein d'esprit ».

Victor semblait trouver cela drôle, ce qui me donna envie de le gifler.

— Je pensais... (Lissa continuait à vouloir croire qu'il se trompait. Il lui semblait plus rassurant de n'être pas spécialisée, plutôt que l'être dans un élément monstrueux et inconnu.) Je pensais qu'il s'agissait du Saint-Esprit...

— Comme tout le monde, mais non. C'est tout à fait différent. Il s'agit d'un élément qui se trouve en chacun de nous, d'une importance majeure, et qui donne un contrôle indirect sur les autres.

Je n'étais pas tombée si loin avec ma théorie sur les quatre éléments...

Lissa faisait de gros efforts pour rester maîtresse d'elle-même.

— Vous n'avez pas répondu à ma question. Peu importe ma spécialisation : vous n'aviez pas besoin de m'enlever.

— L'esprit, comme tu l'as toi-même constaté, peut guérir les maux physiques. Malheureusement, il n'est pleinement efficace que sur les blessures ponctuelles : la cheville de Rose, celles causées par l'accident… Dans le cas d'une maladie chronique – mettons une maladie génétique comme le syndrome de Sandovsky –, il est nécessaire que les soins soient constants, sous peine de rechute. Voilà mon problème, Vasilisa. J'ai besoin que tu m'aides à lutter contre cette maladie, que tu me gardes en vie…

— Ça ne m'explique toujours pas pourquoi vous m'avez enlevée. Je vous aurais aidé si vous me l'aviez demandé.

— L'académie ne l'aurait jamais autorisé. Le conseil non plus… Une fois passé la surprise d'avoir découvert une spécialiste de l'esprit, ils se seraient souciés d'éthique. Après tout, qui peut choisir qui mérite d'être guéri ou non ? Ils auraient dit que ce n'était pas juste, que cela revenait à se prendre pour Dieu… ou alors ils se seraient inquiétés de ce que cela te coûterait.

Ne sachant que trop bien de quel prix il parlait, Lissa tressaillit.

Sa frayeur fit hocher la tête de Victor.

— Je ne te mentirai pas, Vasilisa. Ça va être dur… Ça va t'épuiser, physiquement et mentalement. Mais c'est nécessaire. Je suis désolé. Nous te fournirons des sources et tous les loisirs qui pourront t'aider en échange de tes services.

Elle bondit sur ses pieds. Ben approcha aussitôt et la força à se rasseoir.

— Alors quoi ? Vous allez me garder prisonnière ? faire de moi votre infirmière personnelle ?

— Je suis désolé, répéta-t-il en faisant un geste d'impuissance de la main. Je n'ai pas le choix.

Je sentis la rage de Lissa prendre le dessus.

— C'est vrai, répondit-elle d'une voix sourde. Vous n'avez pas le choix parce que c'est de moi qu'on parle.

— Ça vaut d'ailleurs mieux pour toi. Tu sais comment les autres ont fini… Vladimir a fini ses jours complètement fou et il a fallu interner Sonya Karp. La dépression dont tu souffres ne vient pas seulement du drame qui a frappé ta famille... L'accident a réveillé l'esprit en toi. Ta terreur en découvrant le cadavre de Rose t'a permis de la ressusciter et a généré votre lien. À présent, tu dois apprendre à vivre avec cet élément puissant, mais dangereux également. Les spécialistes de la terre tirent leur pouvoir de la terre, ceux de l'air, de l'air... mais l'esprit ? D'où crois-tu qu'il tire sa force ?

Elle lui jeta un regard furieux.

— Il se nourrit de toi, de ton essence... Pour guérir quelqu'un, tu dois abandonner une part de toi-même. Plus tu le feras, plus il te détruira. Tu as déjà dû le remarquer... J'ai bien vu à quel point certaines choses te contrarient, à quel point tu es fragile...

— Je ne suis pas fragile ! s'écria Lissa. Et je ne vais pas devenir folle, parce que je vais cesser de me servir de mes pouvoirs avant qu'il soit trop tard.

L'idée le fit sourire.

— « Cesser » ? Autant cesser de respirer... L'esprit a d'autres projets pour toi. Tu éprouveras toujours le besoin d'aider et de guérir. Ça fait partie de toi. Tu as réussi à résister aux animaux, mais tu n'as pas hésité un instant à aider Rose. Tu n'as même pas pu t'empêcher d'utiliser la suggestion, qui va de pair avec l'esprit. Tu ne pourras pas lui échapper. Tu vois : tu seras bien mieux ici, loin de toute source de stress... Si tu étais restée à l'académie, tu aurais fini par perdre la tête ou ils t'auraient mise sous traitement, ce qui aurait eu un effet positif sur ton humeur mais aurait étouffé tes pouvoirs.

Elle retrouva subitement confiance en elle et se sentit plus calme qu'elle l'avait jamais été en deux ans.

— Je vous aime beaucoup, oncle Victor, mais c'est à moi de décider ce que je veux faire de ces pouvoirs, pas à vous. Vous me demandez de sacrifier ma vie en échange de la vôtre. Ce n'est pas juste...

—Il s'agit seulement de savoir laquelle de nos deux vies a le plus d'importance… Je t'aime aussi, Vasilisa. Beaucoup. Mais les Moroï sont au bord de l'extinction. Nous sommes de moins en moins nombreux et nous laissons les Strigoï s'en prendre à nous. Autrefois, nous nous battions contre eux… Aujourd'hui, Tatiana et les autres dirigeants nous incitent à nous cacher. Les anciens Moroï se servaient de la magie comme d'une arme et se battaient aux côtés de leurs gardiens… À présent, nous nous comportons en victimes. (Je fus frappée en même temps que Lissa par la passion qui l'animait.) J'aurais changé tout cela si j'étais devenu roi ! J'aurais fait une révolution comme l'histoire des Moroï et des Strigoï n'en a jamais connu ! Je devais être l'héritier de Tatiana. Elle était sur le point de me nommer lorsqu'on a découvert ma maladie. Alors elle a changé d'avis. Si je guérissais… je pourrais enfin occuper la place qui me revient de droit.

Son discours la fit réfléchir. Pour la première fois, elle se demanda vraiment à quoi la vie ressemblerait si les Moroï et leurs gardiens s'unissaient pour combattre les Strigoï et en délivrer le monde. Cela lui rappela Christian, qui voulait lui aussi se servir de la magie comme d'une arme. Pourtant, malgré la sympathie qu'elle éprouvait pour les convictions de Victor, ni elle ni moi ne pensions que cela méritait le sacrifice qu'il exigeait d'elle.

—Je suis désolée pour vous, murmura-t-elle. Mais ne m'obligez pas à faire ça…

—Je n'ai pas le choix, répéta-t-il.

—Je ne le ferai pas, déclara-t-elle en soutenant son regard.

Sur un signe de Victor, quelqu'un se détacha d'un coin d'ombre : un Moroï que je ne connaissais pas. Il fit le tour du fauteuil et détacha les mains de Lissa.

—Je te présente Kenneth, dit Victor en lui tendant ses mains. S'il te plaît, Lissa… Prends mes mains et guéris-moi comme tu as guéri Rose.

Elle secoua la tête.

— Non.

Il répéta sa requête sur un ton moins aimable.

— S'il te plaît. Tu me guériras d'une manière ou d'une autre... Je préférerais que ce soit selon tes termes plutôt que selon les nôtres.

La voyant secouer de nouveau la tête, il fit un signe à Kenneth.

Alors la douleur commença.

Je hurlai en même temps qu'elle.

La surprise fit faire un écart à Dimitri, qui commença à freiner en me jetant des regards inquiets.

— Non ! m'écriai-je en me pressant les tempes. Accélère ! Nous devons intervenir !

Alberta, assise à l'arrière, posa une main sur mon épaule.

— Que se passe-t-il, Rose ?

Les larmes m'aveuglaient.

— Ils la torturent... avec l'air... Ce Moroï... Kenneth... est en train de faire pression dans sa tête... C'est intolérable ! J'ai l'impression que ma... que sa tête va exploser...

Je commençai à sangloter.

Dimitri me regarda du coin de l'œil et écrasa l'accélérateur.

Kenneth ne se contenta pas d'utiliser la seule force physique de l'air. Il s'en servit aussi pour affecter sa respiration, en emplissant ses poumons jusqu'à la faire suffoquer, puis en les vidant jusqu'à l'asphyxie. Si j'avais dû endurer cela moi-même, et c'était déjà bien assez d'en supporter l'écho, j'aurais fait tout ce qu'ils me demandaient.

De fait, elle obtempéra.

La vue brouillée par les larmes, Lissa prit les mains de Victor. Comme je ne m'étais jamais retrouvée dans sa tête à l'un de ces moments, je ne savais pas à quoi m'attendre. Tout d'abord, je la sentis seulement se concentrer. Puis... est-il seulement possible de décrire cela ? Je perçus un déferlement de couleurs, de lumière, de musique, d'énergie, de joie et d'amour… tout ce qui rendait la vie digne d'être vécue.

Lissa en rassembla le plus possible et les transmit à Victor. En même temps que je m'émerveillais de la magie qui me parcourait grâce à elle, je la sentis s'affaiblir peu à peu. En face d'elle, régénéré par les quatre éléments mystérieusement unifiés par l'esprit, Victor sembla rajeunir.

Le changement fut stupéfiant. Sa peau se tendit et recouvra des couleurs, ses cheveux reprirent leur teinte et leur éclat d'autrefois, ses yeux verts comme le jade recommencèrent à étinceler de vie.

Il était redevenu le Victor qu'elle avait connu dans son enfance.

Épuisée, Lissa s'évanouit.

De retour dans la camionnette, je m'efforçai d'expliquer ce qui venait de se passer. Le visage de Dimitri s'assombrit et il poussa une longue série de jurons russes dont j'ignorais toujours le sens.

Quand nous ne fûmes plus qu'à quelques centaines de mètres du chalet, Alberta passa un coup de téléphone. Notre convoi s'arrêta. Tous les gardiens, plus d'une quinzaine, jaillirent des véhicules et commencèrent à établir une stratégie. Quelqu'un partit en éclaireur et revint nous informer du nombre de gardiens qui se trouvaient à l'extérieur et à l'intérieur du bâtiment. Lorsque le groupe sembla sur le point d'agir, je voulus quitter mon siège. Dimitri m'en empêcha.

— Non, Roza. Tu restes ici.

— Ça va pas, non ? Il faut que j'aille l'aider !

Il souleva mon menton et plongea son regard dans le mien.

— Tu l'as aidée. Ton travail est terminé. Tu t'en es bien sortie mais la suite nous regarde. Lissa et moi avons besoin de te savoir en sécurité.

Seule la conscience que cela allait retarder l'intervention m'empêcha d'argumenter. J'acquiesçai en ravalant mes protestations et le laissai rejoindre les autres. Je les perdis de vue dès qu'ils se furent dispersés dans les bois.

Je poussai un soupir de frustration, inclinai mon siège et m'allongeai. J'étais épuisée. Le soleil brillait dehors, donc pour moi il faisait nuit. J'étais debout depuis la veille et les dernières heures avaient été riches d'émotions. Entre mes propres poussées d'adrénaline et les tortures de Lissa que j'avais partagées, je n'étais pas loin de m'évanouir comme elle.

Sauf qu'elle s'était réveillée.

Lentement, ses sensations recommencèrent à dominer les miennes. Elle était allongée sur un canapé, où l'avait sans doute portée l'un des hommes de Victor lorsqu'elle s'était évanouie. Victor lui-même, en parfaite santé grâce aux soins qu'il lui avait extorqués sous la torture, avait rassemblé ses troupes dans la cuisine et leur exposait ses plans à voix basse. Il n'avait laissé qu'un seul gardien auprès de Lissa, que Dimitri et son équipe n'auraient aucun mal à neutraliser en arrivant.

Lissa observa le gardien solitaire, puis jeta un coup d'œil par la fenêtre. Malgré un étourdissement persistant, elle parvint à s'asseoir. Lorsque le gardien se tourna vers elle, méfiant, elle lui sourit.

— Vous allez rester calme, lui dit-elle. Et vous n'appellerez pas à l'aide quand je sortirai, c'est bien compris ?

Immédiatement envoûté par la suggestion, il hocha docilement la tête.

Lissa se dirigea vers la fenêtre et l'ouvrit en réfléchissant à sa situation. Elle était affaiblie, elle ignorait à quelle distance de l'académie, ou de n'importe quoi d'autre, elle se trouvait, et elle ne savait pas de combien de temps elle disposait avant que quelqu'un remarque son absence.

En revanche, elle savait qu'elle n'aurait peut-être pas d'autre chance de s'échapper et n'avait aucune intention de passer le restant de ses jours dans un chalet au fond des bois.

À n'importe quel autre moment, j'aurais applaudi son audace, mais pas à cet instant. Pas alors qu'une armée de gardiens venait la secourir… Malheureusement, elle ne pouvait pas entendre mes conseils.

Lorsqu'elle enjamba la fenêtre pour sauter, je poussai un juron.

— Quoi ? Qu'est-ce qui se passe ? demanda une voix derrière moi.

Je me redressai vivement en me cognant la tête au plafond du véhicule et découvris Christian qui m'espionnait depuis le coffre spacieux, à l'arrière de la camionnette.

— Mais qu'est-ce que tu fais là ? m'écriai-je.

— À ton avis ? Je joue les passagers clandestins.

— N'es-tu pas censé avoir un traumatisme crânien ou quelque chose de ce genre ?

Il haussa les épaules comme si cette question n'avait pas la moindre importance. Décidément, Lissa et lui formaient une sacrée paire… Ni l'un ni l'autre n'hésitaient à prendre des risques alors qu'ils n'étaient plus en état de le faire. Mais je devais bien reconnaître que, si Kirova ne m'avait pas autorisée à accompagner l'expédition, je lui aurais tenu compagnie dans le coffre…

— Qu'est-ce qui se passe ? insista-t-il. Est-ce qu'il y a du nouveau ?

Je m'empressai de lui expliquer le problème avant de sortir du véhicule. Il me suivit.

— Elle ne sait pas que nos gardiens sont en route pour la sauver, conclus-je. Il faut que je la retrouve avant qu'elle meure d'épuisement.

— Et les gardiens ? Ceux de l'académie, je veux dire… Vas-tu leur dire qu'elle s'est enfuie ?

Je secouai la tête.

— Ils doivent déjà investir le chalet, à présent. J'y vais seule. (Je savais qu'elle était partie sur la droite et j'avais l'intention de suivre cette direction jusqu'à m'être assez approchée d'elle pour avoir des informations plus utiles. J'avais parfaitement conscience que mon plan était très vague, mais cela n'avait aucune importance. Je devais la retrouver. La grimace de Christian me fit sourire.) Je sais, je sais… tu m'accompagnes.

Chapitre 23

Je n'avais jamais eu autant de mal à rester hors de la tête de Lissa, mais nous n'avions jamais vécu de situation de ce genre non plus.

Tandis que je luttais pour ne pas me laisser aspirer par la violence de ses émotions, je courais à travers bois avec Christian sur les talons, en m'éloignant de plus en plus du chalet. Comme j'aurais préféré que Lissa y reste… J'aurais adoré assister à l'attaque par son intermédiaire… Il n'en était malheureusement plus question et je courais en remerciant Dimitri d'avoir tant insisté sur l'endurance. Lissa ne se déplaçait pas très vite et plus nous nous rapprochions d'elle, mieux j'arrivais à la localiser. Christian ne fut pas capable de suivre mon rythme très longtemps. En commençant à ralentir pour ne pas le distancer, je pris conscience de la stupidité de la démarche.

Apparemment, lui aussi.

— Cours ! hoqueta-t-il en agitant la main.

Lorsque je fus assez proche pour être à portée de voix, j'appelai Lissa pour l'inciter à faire demi-tour. Un concert d'aboiements me répondit.

Des psycho-chiens. Bien sûr… Victor m'avait dit en posséder une meute ; il savait les contrôler. Je compris soudain pourquoi Dimitri n'avait pas entendu parler de la meute qui nous avait pourchassées à Chicago : c'était Victor et non l'académie qui l'avait envoyée.

Une minute plus tard, j'atteignis une clairière à l'orée de laquelle je vis Lissa plaquée contre un tronc d'arbre. À en juger par sa pâleur et par les impressions que je recevais d'elle, elle aurait dû s'évanouir depuis longtemps. Sa conscience ne tenait plus qu'aux ultimes ressources de sa volonté et elle regardait, les yeux exorbités, les quatre psycho-chiens qui l'avaient acculée. Le soleil qui baignait la clairière me rappela que Christian et elle avaient un problème supplémentaire à affronter, contrairement à moi.

— Hé ! criai-je aux monstres en espérant les détourner de Lissa.

Victor avait dû les envoyer à sa poursuite, mais j'avais bon espoir qu'ils réagiraient à une menace, et particulièrement à celle d'un dhampir. Les psycho-chiens ne nous aimaient pas davantage que les autres animaux.

De fait, ils tournèrent vers moi leur gueule énorme aux crocs dégoulinants de bave. Ils ressemblaient beaucoup à des loups, avec une fourrure brune et des yeux de braise. Victor leur avait probablement interdit de faire du mal à Lissa, mais ils ne devaient pas avoir les mêmes consignes me concernant.

Des loups. Comme en cours de sciences. Qu'avait dit Mme Meissner, déjà ? Que « l'issue des affrontements dépendait souvent de la volonté » ? En gardant cette idée à l'esprit, je m'efforçai d'adopter une attitude de dominant qui ne sembla guère les impressionner. Chacun d'eux pesait plus lourd que moi et ils étaient quatre. Effectivement, ils n'avaient pas de quoi avoir peur.

Tout en me répétant qu'il ne s'agissait que d'un entraînement avec Dimitri, je ramassai une branche qui avait à peu près la longueur et le poids d'une batte de base-ball. Je venais seulement d'assurer ma prise lorsque deux des chiens se jetèrent sur moi. Je reçus des coups de griffes et de dents mais conservai admirablement mon équilibre sous l'assaut. Finalement, j'avais assez bien retenu tout ce que j'avais appris dans les deux derniers mois sur le fait d'affronter des adversaires plus grands et plus lourds que soi...

Ils ressemblaient trop à des chiens pour que je prenne plaisir à les frapper, mais c'était eux ou moi et l'instinct de survie prit le dessus. Je parvins à abattre l'un des deux sans savoir si je l'avais tué ou simplement assommé. L'autre s'acharnait toujours sur moi et ses compagnons semblaient prêts à rejoindre la partie lorsqu'il se présenta un nouvel opposant, ou quelque chose s'en approchant : Christian.

— Va-t'en ! lui criai-je en repoussant le psycho-chien qui venait de me griffer la cuisse et avait failli me renverser.

Je portais toujours la robe, mais m'étais débarrassée des talons aiguilles depuis longtemps.

Mais Christian, comme tous les garçons amoureux, refusa de m'écouter. Il ramassa une autre branche et l'agita devant l'un des monstres, qui recula lorsqu'elle s'embrasa puis se figea, déchiré entre les ordres de Victor et sa peur instinctive du feu.

Son compagnon, le quatrième, contourna la torche pour attaquer Christian par-derrière. Le petit futé... Christian laissa échapper la branche sous le choc lorsque le psycho-chien bondit sur son dos. Celle-ci s'éteignit immédiatement, ce qui permit à l'autre de rejoindre son petit camarade pour la curée. J'achevai le mien avec une grimace et avançai vers eux en me demandant si j'allais réussir à en massacrer deux de plus.

Je n'eus pas à le faire. Les secours arrivèrent en la personne d'Alberta.

À peine eut-elle émergé d'entre les arbres qu'elle dégaina son arme et abattit les animaux, sans hésiter. Certes, les armes à feu étaient mortellement ennuyeuses à manier et parfaitement inutiles contre les Strigoï, mais elles avaient leurs vertus contre d'autres créatures. Les deux monstres tombèrent raides morts près du corps de Christian.

Quant au corps de Christian…

Nous convergeâmes toutes les trois vers lui ; Lissa et moi presque en rampant. Je dus détourner les yeux et il me fallut beaucoup de volonté pour ne pas vomir. Christian n'était pas encore mort, mais je ne l'en estimai plus très loin.

Lissa, complètement affolée, ne le quittait pas des yeux. Elle tendit timidement sa main vers lui avant de la laisser retomber.

— Je ne peux pas…, gémit-elle. Je n'ai plus de forces…

Alberta, dont le visage tanné exprimait autant de compassion que de sérieux, lui prit le bras.

— Venez, princesse. Il faut partir d'ici. Nous allons envoyer des secours.

Je me forçai à regarder Christian et à sentir à quel point Lissa tenait à lui.

— Liss…, murmurai-je, hésitante.

Elle me regarda avec surprise, comme si elle avait oublié que j'étais là. Sans un mot, j'écartai mes cheveux et inclinai la tête vers elle.

Pendant un long moment, elle me regarda sans comprendre.

Lorsque les canines que révéla son sourire reconnaissant se plantèrent dans ma gorge, je laissai échapper un petit gémissement. Cela m'avait tellement manqué… Je m'abandonnai à cette sensation merveilleuse et enivrante en ayant l'impression de glisser dans un rêve.

Je n'aurais pas su dire combien de temps cela dura ; sans doute pas très longtemps. Lorsqu'elle eut terminé, je fus saisie d'un vertige et reçus le soutien d'Alberta.

Du fond de ma torpeur extatique, je regardai Lissa s'agenouiller auprès de Christian et poser ses mains sur lui. Des bruits se firent entendre dans le sous-bois : les autres gardiens se rapprochaient.

La guérison s'opéra sans étincelles multicolores ni halo surnaturel. Elle fut invisible, comme une rencontre intime qui ne regardait que Christian et Lissa. Même si sa morsure avait engourdi notre lien, je la ressentis comme un écho de la guérison spectaculaire et vibrante de joie de Victor.

Un miracle se déroulait sous mes yeux et sous ceux, écarquillés, d'Alberta. Les blessures de Christian se refermèrent et ses joues reprirent des couleurs, autant, du moins, que les joues d'un Moroï le pouvaient. Il cligna plusieurs fois des yeux puis plongea son regard dans celui de Lissa, le sourire aux lèvres. J'eus l'impression de regarder un dessin animé de Walt Disney.

Je dus tourner de l'œil, puisque mes souvenirs s'arrêtent sur cette image.

Je me réveillai allongée dans l'infirmerie de l'académie, où on me nourrit comme une réchappée d'un camp de prisonniers pendant deux jours. Lissa resta presque tout le temps à mon chevet tandis que les événements liés à son enlèvement me revenaient peu à peu.

Nous avions dû parler des pouvoirs de Lissa à Kirova et quelques autres, leur expliquer qu'elle avait guéri Victor, Christian... et moi. C'était une nouvelle fracassante, mais l'administration accepta de garder le secret. Personne ne songea même à interner Lissa comme Mme Karp l'avait été.

La seule information qui avait transpiré parmi les élèves était que Victor Dashkov avait enlevé Lissa Dragomir. Personne ne savait pourquoi. L'attaque de Dimitri avait coûté la vie à certains des hommes de Victor, ce qui était un vrai gâchis compte tenu du nombre réduit de gardiens. Victor lui-même, enfermé dans une cellule à l'académie et sous haute surveillance vingt-quatre heures sur vingt-quatre, attendait qu'un régiment de gardiens royaux vienne le chercher. Le gouvernement moroï avait beau n'être qu'une institution privée, qui existait en marge et sur le territoire d'autres États, il possédait son propre système judiciaire. J'avais entendu parler des prisons moroï. Ce n'était vraiment pas le genre d'endroit où j'aimerais finir mes jours...

En ce qui concernait Natalie, la situation était plus compliquée. Même si elle était la complice de son père, elle était encore mineure. C'était elle qui avait déposé les cadavres d'animaux dans la chambre et le sac de Lissa. Elle nous avait espionnées pour le compte de Victor même avant notre fuite. Sa spécialisation en magie de la terre, la même que celle de son père, lui avait également permis de faire pourrir le bois du banc qui avait causé ma chute et la fracture de ma cheville. Lorsqu'elle m'avait vue écarter Lissa du cadavre de la colombe, Victor et elle avaient compris que c'était moi qu'ils devaient blesser s'ils voulaient mener leur petite expérience à bien. Natalie s'était contentée d'attendre le bon moment. On ne l'avait même pas enfermée dans sa chambre et l'académie ne savait pas trop quoi faire d'elle en attendant que la reine rende son jugement.

Je ne pouvais pas m'empêcher d'éprouver de la compassion pour elle. Elle était si gentille, si naïve... N'importe qui aurait été capable de la manipuler, alors, qu'aurait-elle pu refuser à un père qu'elle adorait et dont elle voulait si désespérément attirer l'attention ? Pour lui, elle aurait été prête à tout. D'après la rumeur, elle passait son temps devant le bâtiment qui servait de centre de détention à supplier qu'on l'autorise à le voir. Cela lui avait été refusé, jusque-là.

Après tous ces événements, Lissa et moi étions redevenues les meilleures amies du monde comme si rien, avant cela, ne s'était passé. Le reste de son univers, en revanche, changea beaucoup. Ce drame semblait lui avoir donné une conscience plus claire de ce qui importait vraiment pour elle. Elle plaqua Aaron. Même si elle le fit avec beaucoup de délicatesse, cela fut dur pour lui, d'autant plus que c'était la deuxième fois. Si l'on ajoute à cela le scandale des tromperies de Mia, on comprendra facilement pourquoi le pauvre Aaron semblait avoir perdu toute confiance en lui.

Lissa sortit aussitôt après avec Christian, sans se soucier des conséquences que cela pouvait avoir sur sa réputation. Les voir se tenir la main en public me donnait encore l'impression de nager en pleine fiction et Christian lui-même semblait à peine y croire. Nos camarades, pour leur part, étaient bien trop abasourdis pour faire des commentaires : il leur restait encore à admettre son existence avant de se demander ce qu'il faisait avec une fille comme elle.

Ma propre vie sentimentale était moins rose que la sienne, si on pouvait même parler de vie sentimentale. Dimitri n'était pas venu me voir pendant ma convalescence et nos entraînements étaient suspendus jusqu'à nouvel ordre. Finalement, quatre jours après l'enlèvement de Lissa, je le rencontrai par hasard dans le gymnase. Nous étions seuls.

J'étais venue récupérer mon sac et je le croisai sur le chemin du vestiaire. Je m'arrêtai net et fus incapable de prononcer un mot. Lui-même faillit me dépasser sans rien dire, puis se ravisa.

— Rose…, murmura-t-il après un long silence inconfortable. Tu dois aller dire à l'administration ce qui s'est passé… entre nous.

Alors que je rêvais de lui parler depuis quatre jours, cette conversation n'était vraiment pas celle que j'avais imaginée.

— Sûrement pas ! Ils te renverraient, ou pire.

— Ils auraient raison de me renvoyer. Ce que j'ai fait était mal.

— C'était à cause du sort. Tu ne pouvais pas t'en empêcher…

— Peu importe. C'était quand même mal. Et stupide.

« Mal » ? « Stupide » ? Je me mordis la lèvre en sentant mes yeux s'emplir de larmes et fis de mon mieux pour faire bonne figure.

— Ça va. Ce n'est pas si grave…

— Pas si grave ? J'ai abusé de toi !

— C'est faux, répondis-je d'une voix que je voulais calme et assurée.

Je dus paraître convaincante, puisqu'il cessa d'éviter mon regard.

— Rose… j'ai sept ans de plus que toi. Ça ne signifiera plus grand-chose dans dix ans mais, pour l'instant, c'est énorme. Je suis un adulte et tu n'es encore qu'une enfant.

Aïe ! j'aurais sincèrement préféré qu'il me mette son poing dans la figure.

— Tu n'avais pas l'air de le penser quand tu m'embrassais partout…

Ce fut à son tour d'accuser le coup.

— Ce n'est pas parce que ton corps… Bref. Ça ne fait pas de toi une adulte. Nous vivons dans deux mondes très différents. Je suis responsable de moi-même, j'ai déjà vu beaucoup de choses, vécu dans d'autres pays… J'ai tué, Rose – des gens, pas des animaux. Pour l'instant, tu vis dans un monde de devoirs à rendre, de shopping et de fêtes.

— Tu crois qu'il n'y a que ça qui m'intéresse ?

— Non. Bien sûr que non. Mais c'est tout de même ton monde. Tu dois encore mûrir et découvrir qui tu es. Il est important que tu continues à le faire, que tu fréquentes des garçons de ton âge…

Je n'avais aucune envie de fréquenter des garçons de mon âge mais m'abstins de le lui dire. À la place, je restai muette.

— Même si tu choisis de ne pas me dénoncer, tu dois bien comprendre que c'était une erreur. Une erreur qui ne se reproduira pas.

— Parce que tu es trop vieux pour moi? Parce que c'est irresponsable?

Son visage resta parfaitement impassible.

— Non. Simplement parce que tu ne m'intéresses pas de cette manière.

J'écarquillai les yeux. Son message – son rejet – ne pouvait pas être plus clair. Mes souvenirs de cette nuit-là, que je trouvais si beaux et si précieux, tombèrent aussitôt en poussière devant moi.

— Ça ne s'est produit qu'à cause du sort, insista-t-il. Tu comprends ?

J'étais effondrée et hors de moi. Comme je ne voulais pas m'humilier davantage en le suppliant, je me contentai de hausser les épaules.

— Oui. J'ai compris.

Je passai le reste de la journée à me morfondre en méprisant toutes les tentatives de Lissa et de Mason pour m'attirer dehors. L'ironie de la situation ne m'échappa pas : au moment où Kirova, impressionnée par ma prestation pendant l'enlèvement de Lissa, décidait de mettre fin à ma peine, je décidais de mon côté de ne plus quitter ma chambre.

Le lendemain, avant les cours, je me dirigeai vers le bâtiment où Victor était retenu captif. Les cellules y étaient parfaitement réglementaires, avec des barreaux solides et des gardiens dans le couloir. Il me fallut batailler ferme pour qu'on me laisse entrer. Même Natalie n'y était pas parvenue. Mais l'un des gardiens se trouvait dans la camionnette de Dimitri pendant l'intervention et m'avait vue subir la torture de Lissa. Je parvins à le convaincre que je voulais demander à Victor ce qu'il lui avait fait. Le gardien compatissant finit par avaler ce mensonge. On me laissa lui parler cinq minutes et les deux hommes s'éloignèrent pour nous laisser un peu d'intimité.

En voyant Victor dans sa cellule, je n'en revins pas d'avoir un jour eu pitié de lui. Sa jeunesse et sa santé me firent bouillir de rage. Il lisait, assis en tailleur sur sa couchette, et leva les yeux en m'entendant approcher.

— Rose ! Quelle bonne surprise ! Ta débrouillardise m'étonnera toujours… Je ne pensais vraiment pas qu'ils laisseraient quelqu'un me rendre visite.

Je croisai les bras en tâchant de me donner l'air d'un gardien féroce et impassible.

— Je suis venue vous demander de briser le sort, qu'on en finisse !

— De quoi parles-tu ?

— Du sort que vous nous avez jeté, à Dimitri et à moi.

— Ce sort n'existe plus. Il s'est consumé sur le coup.

Je secouai la tête.

— Non. Je continue à penser à lui. Je continue à avoir envie qu'il...

Il esquissa un sourire à moitié moqueur et à moitié compatissant.

— Ma chère... C'était déjà en toi bien avant que j'intervienne.

— Ce n'était pas si fort.

— Tu n'en avais peut-être pas conscience, mais cette attirance, physique et mentale, existait déjà en toi, et en lui. Mon sort n'aurait jamais pu fonctionner sinon. Il n'a fait que vous libérer de vos inhibitions et encourager les sentiments que vous éprouviez déjà l'un pour l'autre.

— Vous mentez. Il m'a dit qu'il n'éprouvait rien pour moi.

— C'est lui qui ment. Je te le répète : le sort n'aurait pas marché sans cela. D'ailleurs, je trouve qu'il s'est montré bien fautif dans cette histoire... Il n'aurait jamais dû s'autoriser à penser à toi de cette manière. On peut te pardonner un béguin d'adolescente, mais lui ? Il aurait dû être capable de se contrôler davantage, de mieux cacher ses sentiments... C'est Natalie qui l'a remarqué la première et il m'a suffi de vous observer ensemble pour en être convaincu. J'y ai vu une occasion de me débarrasser de vous deux en même temps... J'ai orienté le sort du pendentif de façon à vous attirer l'un vers l'autre et vous avez fait le reste.

— Vous êtes un dangereux malade. Comment avez-vous pu nous faire ça ? et enlever et torturer Lissa ?

— Je n'ai aucun remords de l'avoir obligée à me soigner, déclara-t-il en s'appuyant contre le mur. Je recommencerais si je le pouvais… Crois ce que tu veux, Rose, mais j'aime mon peuple. C'était son intérêt que j'avais à cœur… Que va-t-il se passer maintenant ? Difficile à dire… Les Moroï n'ont pas de véritable dirigeant. Personne n'est à la hauteur de la tâche à accomplir. (Il inclina la tête et parut réfléchir.) Vasilisa pourrait devenir une grande reine… si elle était animée de convictions politiques fortes et si elle arrivait à dompter l'influence que l'esprit a sur elle… C'est ironique, tu ne trouves pas ? L'esprit permet d'acquérir un pouvoir sur les foules tout en privant son porteur de l'équilibre mental indispensable pour le conserver. La dépression de Lissa, ses doutes, sa peur l'empêchent de se servir vraiment de ses pouvoirs… Néanmoins, le sang des Dragomir coule dans ses veines, et ce n'est pas rien. Et, bien sûr, elle t'a, toi, sa gardienne, « qui as reçu le baiser de l'ombre ». Qui sait ? elle peut encore nous surprendre…

— Le « baiser de l'ombre » ?

Et voilà que l'expression incompréhensible de Mme Karp m'était de nouveau appliquée.

— Tu as été embrassée par les ténèbres, c'est-à-dire la mort. Tu es passée de l'autre côté, puis tu es revenue. Crois-tu qu'une âme puisse faire un tel voyage sans en être marquée, d'une manière ou d'une autre ? Ton sens de la vie est bien plus grand et plus profond que le mien, même si tu ne t'en rends pas compte. Tu aurais dû être morte. Lissa t'a ramenée dans le monde des vivants et attachée à elle pour le restant de vos jours. Une part de toi se souviendra toujours de l'étreinte glacée de la mort et voudra éprouver la vie dans toute son intensité et dans toutes ses potentialités… Voilà pourquoi tu es si téméraire. Tu ne sais pas brider tes sentiments, ta passion, ta colère… C'est ce qui te rend remarquable… et dangereuse.

Mon silence abasourdi parut le satisfaire.

— C'est de là que vient votre lien, aussi. Les émotions de Lissa ne cessent de la submerger et de rejaillir sur les autres, mais presque personne n'est capable de les percevoir, à moins qu'elle les dirige volontairement sur quelqu'un lorsqu'elle pratique la suggestion. Sauf toi. Parce que ton esprit est désormais perméable aux forces extra-sensorielles, surtout celles qui émanent d'elle. (Tandis qu'il poussait un soupir presque joyeux, je me souvins que Vladimir avait sauvé la vie d'Anna. Voilà donc ce qui avait créé leur lien.) Eh oui ! cette académie pathétique n'a pas la moindre idée des trésors que vous êtes, Lissa et toi… Si je n'avais pas eu besoin de te tuer, je t'aurais volontiers intégrée à ma garde royale.

— Vous n'auriez jamais eu de garde royale. Croyez-vous vraiment qu'on ne se serait pas posé de questions sur votre guérison miraculeuse ? Même si personne n'a découvert les pouvoirs de Lissa, Tatiana se serait méfiée et aurait désigné un autre successeur.

— Tu as peut-être raison, mais tout cela n'a plus aucune importance. Il y a d'autres manières de prendre le pouvoir… Il est parfois nécessaire de sortir des sentiers battus. Crois-tu que Kenneth soit mon seul partisan moroï ? Les plus grandes révolutions commencent souvent très discrètement, bien cachées dans l'ombre… Ne l'oublie jamais.

Des bruits bizarres, un mélange de coups et de grognements, me firent tourner la tête vers l'extrémité du couloir. Les gardiens qui m'avaient laissé entrer avaient disparu. Je tendis le cou pour mieux voir.

— Enfin ! s'écria Victor en se levant.

Je sentis la terreur me gagner… jusqu'à ce que Natalie apparaisse à l'angle du couloir.

Le mélange de colère et de compassion qu'elle m'inspirait m'arracha un sourire forcé. Elle n'allait sans doute plus jamais revoir son père lorsque les gardiens royaux l'auraient emmené…

Même s'ils étaient devenus nos ennemis, ils méritaient le droit de se dire au revoir.

— Hé ! la saluai-je pendant qu'elle avançait vers moi d'un air déterminé. Je ne pensais vraiment pas qu'ils te laisseraient entrer…

Je n'insistai pas trop, puisque je n'étais pas non plus autorisée à me trouver là.

Elle avança droit sur moi et me projeta littéralement contre le mur. Je le heurtai si violemment que ma vue se brouilla.

— Qu'est-ce que… ? balbutiai-je en essayant de me relever, une main sur le front.

Sans plus se soucier de moi, Natalie ouvrit la cellule de Victor avec une clé que j'avais vue pendre à la ceinture de l'un des gardiens. Je m'approchai d'une démarche incertaine.

— Mais qu'est-ce que tu fais ?

Ce fut lorsqu'elle se tourna vers moi que je compris. Je remarquai les cernes rouges autour de ses yeux et sa peau trop pâle, même pour une Moroï. Elle avait encore du sang sur le menton. Surtout, son regard n'était plus du tout le même. Il était désormais si froid et si maléfique que mon cœur manqua un battement. Ce regard attestait qu'elle n'avait plus rien de vivant : elle était devenue une Strigoï.

Chapitre 24

Malgré tous mes entraînements, tous les cours que j'avais reçus sur les habitudes des Strigoï et les manières de les combattre, c'était cependant le premier que je voyais en vrai, et le spectacle était encore plus terrifiant que ce à quoi je m'attendais.

Néanmoins, la deuxième fois qu'elle se précipita sur moi, j'étais prête. En quelque sorte. Je plongeai et lui échappai, en me demandant par quel miracle. Alors, je me souvins de la plaisanterie de Dimitri sur le Strigoï du magasin. Je n'avais pas de pieu en argent. Rien qui aurait pu me permettre de lui couper la tête. Aucun moyen de la brûler. Courir semblait effectivement la meilleure option, sauf que Natalie me bloquait le passage.

Devant l'évidence de mon impuissance, je me contentai de reculer tandis qu'elle avançait sur moi d'une démarche infiniment plus gracieuse que celle qu'elle avait lorsqu'elle n'était qu'une Moroï.

Puis, beaucoup plus vite qu'elle en aurait été capable hier encore, elle se jeta sur moi, m'attrapa par les cheveux et me cogna la tête contre le mur. La douleur explosa dans mon crâne et je sentis un goût de sang dans ma bouche. J'essayai frénétiquement de lui échapper ou de l'atteindre, mais c'était comme affronter Dimitri sous crack.

— Ma chérie, murmura Victor. Essaie de ne pas la tuer si tu peux l'éviter… Nous pourrions avoir besoin d'elle.

Natalie me permit de souffler en marquant un temps d'arrêt, mais son regard meurtrier ne me lâcha pas un instant.

— Je vais essayer. (Je la sentais sceptique.) Sors, maintenant. Je te retrouverai dehors quand j'en aurai fini avec elle.

— Monstre ! hurlai-je à Victor. Comment avez-vous pu faire ça ? Vous avez demandé à votre propre fille de se transformer en Strigoï ?

— En dernier recours. Un sacrifice nécessaire à l'accomplissement d'une vaste entreprise. Natalie l'a bien compris.

Il nous quitta sur ces mots.

— Vraiment ? lui demandai-je en espérant la déconcentrer, comme les méchants des films, en la faisant parler. (J'espérais aussi que ma question masquerait ma terreur absolue.) Est-ce que tu le comprends vraiment ? Mon Dieu, Natalie ! Tu… t'es transformée… simplement parce qu'il te l'a demandé ?

— Mon père est un grand homme, répondit-elle. Il va sauver les Moroï des Strigoï.

— Es-tu devenue folle ? m'écriai-je. (Je reculais encore et ne tardai pas à heurter le mur. Mes ongles s'y enfoncèrent comme pour creuser un tunnel qui m'aurait permis de sortir de là.) Tu es devenue une Strigoï !

Elle haussa les épaules d'une manière qui ressemblait presque à l'ancienne Natalie.

— Je devais le faire pour pouvoir le tirer d'ici avant l'arrivée des autres gardiens. Une Moroï qui devient strigoï pour sauver tous les autres. Ça vaut la peine d'abandonner le soleil et la magie.

— Mais tu vas aussi vouloir tuer des Moroï ! Ce sera plus fort que toi !

— Il m'aidera à garder le contrôle. Si je n'y arrive pas, ils devront me tuer.

Tandis qu'elle me saisissait par les épaules, je frémis en découvrant avec quelle froideur elle envisageait sa propre mort. À cet instant, celle-ci lui paraissait presque aussi banale que la mienne.

— Tu es vraiment folle ! Tu ne peux pas l'aimer à ce point… Tu ne peux pas…

Elle me projeta encore contre le mur. En m'effondrant sur le sol, j'eus l'intuition soudaine que je ne me relèverais pas. Victor lui avait demandé d'éviter de me tuer, mais son regard me disait qu'elle n'y parviendrait pas. Elle avait trop envie de me vider de mon sang. Sa soif, comme chez tous les Strigoï, était inextinguible. Je compris brusquement que je n'aurais jamais dû lui parler. J'avais hésité, alors que Dimitri m'avait bien mise en garde contre cela.

Alors, comme par magie, il apparut. Il fondit sur elle depuis l'autre extrémité du couloir comme la Mort en personne, vêtue d'une chemise de cow-boy.

Natalie fit volte-face. Elle était rapide, vraiment rapide. Mais Dimitri l'était, lui aussi, et il évita son attaque. Son visage respirait la puissance et le calme. Horriblement fascinée, je les regardai se tourner autour en cherchant un point faible, comme deux partenaires d'une danse mortelle. Elle était plus forte que lui, nettement, mais n'était encore qu'une jeune Strigoï. Il ne suffisait pas de gagner des superpouvoirs pour savoir les maîtriser.

Dimitri, en revanche, maîtrisait les siens à la perfection. Après avoir assené et reçu quelques coups vicieux, il attaqua. Le pieu en argent étincela dans sa main comme un foudre divin avant d'aller s'enfoncer dans le cœur de son adversaire.

Le visage impassible, il la regarda s'effondrer sur le sol en hurlant. Après une agonie aussi atroce que brève, elle s'immobilisa.

Un instant plus tard, il se penchait au-dessus de moi pour me soulever dans ses bras comme il avait dû le faire le jour où je m'étais cassé la cheville.

— Dis donc, camarade…, murmurai-je d'une voix pâteuse. Tu avais raison pour les Strigoï…

Le monde commença à trop tourner pour que je garde les yeux ouverts.

— Rose ! Roza… ouvre les yeux ! (Je ne l'avais jamais entendu si inquiet.) Ne t'endors pas… Pas maintenant !

Je parvins à ouvrir un œil alors qu'il courait presque en direction de l'infirmerie.

— Est-ce qu'il disait vrai ?

— Qui ?

— Victor. Il a dit que ça n'aurait pas pu marcher sinon… Le pendentif…

Alors que je m'apprêtais à m'évanouir encore, la voix de Dimitri me raccrocha à la conscience.

— Qu'est-ce que tu veux dire ?

— Le sort. D'après Victor, il fallait que tu aies envie de moi… que tu t'intéresses à moi pour que ça marche. (Comme il ne répondait pas, j'eus envie de le secouer par la chemise, mais ne parvins même pas à bouger les doigts.) Est-ce que c'est vrai ? Est-ce que tu avais envie de moi ?

— Oui, Roza, finit-il par répondre d'une voix rauque. J'avais envie de toi. C'est toujours le cas. J'aimerais… qu'il nous soit possible d'être ensemble.

— Alors, pourquoi m'as-tu menti ?

Nous venions d'atteindre l'infirmerie, dont il réussit à ouvrir la porte sans me lâcher. Il appela aussitôt à l'aide.

— Pourquoi m'as-tu menti ? répétai-je.

Tandis que des pas précipités approchaient, il baissa les yeux vers moi.

— Parce que nous ne pouvons pas être ensemble.

— À cause de la différence d'âge, c'est ça ? Parce que tu es mon mentor ?

Il essuya doucement la larme qui avait roulé sur ma joue.

— En partie. Mais surtout… parce que nous allons tous les deux être les gardiens de Lissa. J'ai le devoir de la protéger à tout prix. Si une bande de Strigoï l'attaquait, je devrais me jeter entre elle et eux.

— Je le sais bien…, murmurai-je en recommençant à voir des points noirs danser devant mes yeux.

— Non, tu ne comprends pas. Si je m'autorisais à t'aimer, c'est entre eux et toi que je me jetterais.

L'équipe médicale m'arracha à ses bras.

Deux jours après en être sortie, je me retrouvais donc encore à l'infirmerie, pour la troisième fois en deux mois. Je devais détenir le record du nombre de séjours dans un si court laps de temps. Je souffrais de toute évidence d'un traumatisme crânien et probablement de quelques hémorragies internes, mais je ne le sus jamais précisément. Quand on a une guérisseuse de légende pour meilleure amie, ces choses-là n'ont plus autant d'importance.

On me garda encore deux jours en observation, pendant lesquels Lissa et Christian, qui ne se quittaient plus, passèrent presque tout leur temps libre à mon chevet. Grâce à eux, je reçus quelques nouvelles du monde extérieur. Dimitri avait compris qu'il y avait un Strigoï sur le campus quand il avait découvert la victime de Natalie vidée de son sang. Il s'agissait de M. Nagy. Le choix pouvait paraître surprenant, mais j'imaginais qu'elle avait compté sur une moindre résistance de la part de quelqu'un de si âgé. Les cours d'art slave étaient donc suspendus jusqu'à nouvel ordre… Les gardiens du centre de détention avaient eu la vie sauve. Comme avec moi, Natalie s'était contentée de les projeter contre les murs.

Victor avait été rattrapé avant d'avoir pu sortir de l'académie. J'en fus soulagée, même si cela soulignait à quel point le sacrifice de Natalie avait été inutile. D'après la rumeur, il avait gardé la tête haute et le sourire aux lèvres lorsque les gardiens de la reine l'avaient ramené en prison, comme s'il avait connu un secret qui rendait leurs efforts dérisoires.

Après cela, la vie retrouva plus ou moins son cours. Lissa avait cessé de s'entailler les poignets et le médecin lui avait prescrit un traitement qui l'aidait à se sentir mieux. Comme je m'étais toujours méfiée de ce genre de pilules, je ne savais pas bien de quoi il s'agissait. Notre lien me rassura vite : dans l'ensemble, ses médicaments l'aidaient surtout à stabiliser son humeur.

Comme elle avait aussi de nouveaux problèmes à affronter, c'était plutôt une bonne chose. Des problèmes comme André… Elle avait fini par croire à l'histoire de Christian et par admettre qu'André n'était peut-être pas le héros qu'elle avait toujours vu en lui. Elle eut du mal à l'accepter, mais en vint à se dire que son frère avait des bons et des mauvais côtés, comme tout le monde. Ce qu'il avait fait à Mia était triste et affligeant, mais ne l'empêchait pas d'avoir toujours été un bon frère pour elle. Grâce à cette histoire, elle cessa d'avoir l'impression de devoir être lui pour ne pas trahir les espoirs de sa famille. Elle pouvait désormais se contenter d'être elle-même, ce qu'elle prouvait jour après jour en affichant sa relation avec Christian.

Nos camarades de classe n'en revenaient toujours pas qu'elle sorte avec quelqu'un issu d'une famille déchue et elle s'en moquait éperdument. Elle traitait les insultes et les regards scandalisés des Moroï de sang royal par l'indifférence. D'ailleurs, tous ne lui tournèrent pas le dos pour autant. Certains des Moroï qu'elle avait fréquentés pendant sa brève période de gloire l'appréciaient pour elle-même et lui témoignaient leur amitié, sans l'aide de la suggestion. Sa gentillesse et sa franchise les séduisaient apparemment plus que les intrigues de ses rivales.

Bien sûr, bon nombre de Moroï de sang royal la méprisaient et se moquaient d'elle derrière son dos. À la surprise générale, Mia parvint à recouvrer une place parmi eux malgré son humiliation. Pour ma part, je me doutais qu'elle allait vite reprendre le dessus... Je perçus les signes annonciateurs de sa nouvelle vengeance en passant devant elle un matin. Elle parlait avec quelques amis et haussa la voix pour s'assurer que je l'entende.

— ... parfaitement assortis! L'un et l'autre viennent de familles en disgrâce...

Je continuai à marcher en serrant les dents. Elle avait les yeux rivés sur Lissa et Christian, qui ne s'en souciaient pas, puisqu'ils étaient perdus dans leur propre monde. Ils formaient un contraste saisissant, elle blonde et pâle, lui si brun avec des yeux si bleus. Je ne pus m'empêcher de les regarder moi aussi. Mia avait raison. Leurs deux familles étaient en disgrâce. Tatiana avait humilié Lissa en public et, même si personne n'osait reprocher aux Ozéra ce que les parents de Christian avaient fait, toutes les familles royales continuaient à garder leurs distances avec eux.

Mais ce que Mia avait dit était encore plus vrai qu'elle le croyait: ils étaient parfaitement assortis. Même s'ils étaient aujourd'hui des marginaux, les Dragomir et les Ozéra avaient autrefois compté parmi les familles les plus puissantes. L'influence qu'ils avaient l'un sur l'autre semblait leur donner les moyens de recouvrer la gloire de leurs ancêtres. Alors que Christian l'aidait à maîtriser ses passions, Lissa lui apprenait lentement à communiquer avec le monde. Plus je les observais, plus je prenais conscience de l'aura de confiance et d'énergie qu'ils irradiaient autour d'eux.

Ils ne resteraient pas des marginaux très longtemps.

L'aura qu'ils dégageaient attirait les gens tout autant que la gentillesse de Lissa, tant et si bien que notre cercle d'amis s'élargit. Mason, évidemment, ne nous quittait plus et ne cachait plus l'intérêt qu'il avait pour moi. Lissa me taquinait souvent à son sujet mais je restais franchement perplexe. Une part de moi se disait qu'il était peut-être temps d'avoir un véritable petit ami tandis que l'autre, infiniment plus grande, se languissait de Dimitri.

La plupart du temps, celui-ci me traitait comme l'aurait fait n'importe quel mentor. Il était efficace, doux, sévère et compréhensif, selon les moments. Rien ne laissait soupçonner ce qui s'était passé entre nous, à l'exception de quelques instants magiques où nos regards se croisaient. Lorsque j'eus surmonté la première vague de déception, je fus forcée de reconnaître qu'il avait, théoriquement, raison. L'âge était effectivement un problème et le resterait tant que nous n'aurions pas quitté l'académie. Malheureusement, l'autre raison qu'il avait mentionnée n'avait jamais réussi à s'ancrer dans mon esprit, alors qu'elle aurait dû. Deux gardiens qui s'aimaient risquaient de se distraire mutuellement de leur devoir, au détriment du Moroï qu'ils étaient censés protéger. Nous ne pouvions pas risquer de mettre Lissa en danger pour satisfaire un désir égoïste... Nous n'aurions pas valu mieux que le gardien des Badica qui s'était enfui. Un jour, j'avais dit à Dimitri que mes propres sentiments n'avaient aucune importance en comparaison de la sécurité de Lissa.

J'espérais seulement être capable de me montrer à la hauteur, le moment venu.

— C'est dommage pour la guérison, me dit Lissa.

— Pardon ?

Nous étions dans sa chambre, prétendument pour étudier, et je rêvais encore de Dimitri. Malgré tous les reproches que j'avais pu faire à Lissa sur sa tendance à garder des secrets, je ne lui avais parlé ni de Dimitri ni du soir où j'avais failli perdre ma virginité. Je n'arrivais pas à m'y résoudre...

Elle posa son livre d'histoire sur ses genoux.

— C'est dommage que j'aie dû abandonner la guérison. Et la suggestion. (Elle fronça les sourcils. Si tout le monde avait vu son don de guérison comme un talent miraculeux qui méritait d'être étudié de plus près, la suggestion lui avait valu de sérieuses réprimandes de la part de Kirova et de Mme Carmack.) Ce que je veux dire, c'est que je suis heureuse aujourd'hui. J'aurais dû demander de l'aide beaucoup plus tôt ; tu avais raison sur ce point. Je ne regrette pas d'être sous traitement. Mais Victor avait raison aussi : je ne peux plus me servir de l'esprit. Je n'arrive même plus à le sentir. Ça me manque…

Je ne trouvai rien à répondre. Je la préférais comme cela. À présent qu'elle ne risquait plus de perdre la tête, j'avais l'impression d'avoir retrouvé la Lissa que j'avais toujours connue. En la regardant, je n'avais aucun mal à comprendre pourquoi Victor voyait en elle un dirigeant d'exception en devenir. Elle me rappelait ses parents et André, qui avaient toujours inspiré du respect, presque de la dévotion, à tous ceux qui les connaissaient.

— Il avait raison là-dessus aussi, poursuivit-elle. Il a dit que ce serait plus fort que moi… Si tu savais comme j'aimerais recouvrer mon pouvoir, par moments…

— Je sais.

Je le sentais au fond d'elle. Son traitement l'avait privée de ses pouvoirs sans rien changer à notre lien.

— Je ne cesse de penser à toutes les choses que je pourrais faire, à tous les gens que je pourrais aider…

Elle sembla très triste tout à coup.

— Tu dois prendre soin de toi, répondis-je avec assurance. Je ne veux pas que tu te fasses de nouveau du mal.

— Je sais… Christian ne cesse de me répéter la même chose. (Elle esquissa le sourire rêveur qui lui venait toujours quand elle songeait à lui. Si j'avais su quels imbéciles heureux l'amour ferait d'eux, j'aurais peut-être été moins impatiente de les voir se mettre ensemble.) Je suppose que vous avez raison… Mieux vaut regretter la magie en étant saine d'esprit que de l'avoir en étant dépressive… De toute manière, il n'y a pas d'entre-deux.

— Effectivement.

Une idée me frappa subitement. Il existait un entre-deux. Les mots qu'avait prononcés Natalie me revinrent à l'esprit.

« Ça vaut la peine d'abandonner le soleil et la magie. »

« La magie ».

Mme Karp ne s'était pas transformée en Strigoï parce qu'elle avait perdu la tête, mais pour rester saine, au contraire… En perdant sa magie, elle avait aussi perdu son besoin compulsif de l'utiliser. Je regardai Lissa en sentant une inquiétude nouvelle me gagner. Que se passerait-il si elle le comprenait ? Voudrait-elle passer de l'autre côté, elle aussi ? Non, décidai-je. Lissa ne ferait jamais une chose pareille. Elle avait trop de force de caractère et des valeurs morales solides. Tant qu'elle resterait sous traitement, j'étais assurée que sa modération naturelle l'empêcherait de prendre des mesures si drastiques.

Néanmoins, l'idée me tracassait. Le lendemain, je me rendis à la chapelle et attendis sur un banc que le prêtre fasse son apparition.

— Bonjour, Rosemarie ! me salua-t-il, visiblement surpris. Est-ce que je peux faire quelque chose pour toi ?

— J'ai besoin d'en savoir plus sur saint Vladimir, annonçai-je en me levant. J'ai lu le livre que vous m'aviez prêté et quelques autres. (Je préférais ne pas m'étendre sur les livres volés dans son grenier.) Aucun ne précise comment il est mort. Que lui est-il arrivé ? A-t-il… connu le martyre ?

Les sourcils broussailleux du prêtre se froncèrent.

— Non. Il est mort de vieillesse. Paisiblement.

— Vous êtes sûr ? Il ne s'est pas transformé en Strigoï ou suicidé ?

— Bien sûr que non ! Qu'est-ce qui te fait penser ça ?

— Je sais bien que c'était un saint… mais il était un peu fou, non ? Je l'ai lu. Alors je me suis dit qu'il avait pu… se laisser aller.

— Il est vrai qu'il a lutté contre les démons – contre la folie – pendant sa vie entière, me répondit-il avec le plus grand sérieux.

C'était un combat difficile, et il a pu lui arriver de vouloir mourir… Mais c'est un combat qu'il a remporté.

J'en fus stupéfaite. Vladimir n'avait pas été soigné et n'avait jamais cessé de se servir de ses pouvoirs.

— Comment a-t-il fait ?

— Grâce à la force de sa volonté, j'imagine… et à Anna.

— « Celle qui avait reçu le baiser de l'ombre », murmurai-je. Sa gardienne.

Le prêtre acquiesça.

— Elle a toujours été à son côté. À chaque moment critique, c'était elle qui l'empêchait de céder à la folie.

Je quittai la chapelle un peu étourdie. Anna l'avait fait. Elle avait permis à Vladimir d'accomplir des miracles sans qu'il le paie d'une mort atroce. Mme Karp n'avait pas eu cette chance… Elle n'avait pas eu de gardien lié à elle, pour l'aider à tenir le coup.

Mais Lissa m'avait, moi.

Je me dirigeai vers le réfectoire le sourire aux lèvres, pleine de confiance en la vie. Nous en étions capables… Tout irait bien tant que nous resterions ensemble.

Du coin de l'œil, je vis une forme noire se poser dans un arbre voisin. Je m'arrêtai net. Il s'agissait d'une corneille, au bec impressionnant et aux plumes luisantes.

Alors je compris que ce n'était pas n'importe quelle corneille mais LA corneille. Celle que Lissa avait guérie. Aucun autre oiseau n'aurait couru le risque de se poser si près d'un dhampir, ni ne m'aurait regardée avec autant d'intelligence, ni d'une manière si familière… J'avais peine à croire qu'elle était toujours sur le campus. Saisie d'un frisson, je reculai d'un pas, puis fus frappée par l'évidence.

— Tu es liée à elle, toi aussi, n'est-ce pas ? lui demandai-je en ayant parfaitement conscience que j'allais passer pour folle si quelqu'un me voyait. Elle t'a ramenée de là-bas. Tu as reçu le « baiser de l'ombre ».

Trouvant cette idée plutôt cool, je tendis le bras en espérant, sans trop y croire, qu'elle allait venir se poser dessus, comme au cinéma. Elle se contenta de me regarder en ayant l'air de me prendre pour une idiote, avant de s'envoler.

Je la regardai s'éloigner dans le ciel gris du crépuscule, puis partis rejoindre Lissa. Le croassement que j'entendis au loin me fit vraiment penser à un rire.

Castelmore
60-62, rue d'Hauteville
75010 Paris
E-mail : info@castelmore.fr

Achevé d'imprimer en janvier 2014 par Aubin Imprimeur
N° d'impression 1310.0390
Dépôt légal, février 2014
Imprimé en France
36231107-1